八男이라니, 그건 아니지!
6

Y.A 지음

후지 초코 일러스트

강동욱 옮김

양쪽의 주장이 평행선을 달리고 있을 때
귀에 익은 거대한 충돌음과 함께
그 인물이 날아 내렸다.

엘빈
통칭 : 엘

벤델린
통칭 : 벨

빌마

암스트롱

"요즘 벤델린 씨 집에서 나오는
식사가 맛있는 탓에
살이 찐 것 같아……"

"그래?
내가 보기에는
안 그런데."

"네?"

CONTENTS

팔남이라니 그건 아니지! ⑥

제1화 '폭풍'이라는 이름의 여인

"어머? 왜 그러세요? 벤델린 님."

"(이거 어째 귀찮은 여자한테 걸려버렸군…….)"

나는 아무에게도 들리지 않게 혼자 중얼거린다.

갑자기 우리에게 말을 걸어온 카타리나 린다 폰 바이겔이라는 여자는 엘리제가 한눈에 꿰뚫어본 대로 몰락 귀족의 딸일 것이다.

귀족의 영애가 모험자가 되지 말라는 법도 없고 실제로 빌마와 같은 존재도 있지만, 멀쩡한 귀족이라면 망토 같은 것은 걸치지 않기 때문이다.

명백히 눈에 띄는 것이 목적이며, 왜 눈에 띄려고 하느냐 하면 이름을 알려 가문을 부흥시키기 위해서이리라. 다만 망토 자체는 특별 주문품으로 왕국에서 하사하는 것보다 압도적으로 품질이 좋았다. 빨간 가죽 드레스와 마찬가지로 용의 배내털을 썼으며, 이 또한 마법 방어력이 뛰어날 것이다.

그리고 이런 사람은 어째선지 벼락출세한 귀족을 눈엣가시로 여기는 경우가 많다.

자신과 비슷한 처지에서 위로 올라간 자에 대하여, 근친 증오를 닮은 감정이라고 할까, 라이벌로 여기기가 쉬우리라.

눈매가 조금 매섭지만 미소녀이며 가슴도 엘리제보다 약간 작은 정도. 스타일도 무척 뛰어나서 외모만으로 본다면 꼭 가까이 하고 싶은 타입이군.

'여러모로 아쉽네.'

하는 생각을 하고 있으려니 이나, 루이제, 빌마가 팔꿈치로 옆구리를 찔렀다.

"으읔!"

엘리제도 의미심장한 미소를 짓고 있다.

어디까지나 보편적인 남자의 감정인데, 라고 억울해하면서 나는 카타리나에게 말을 건다.

"그래서 무슨 용건인가요?"

"벤델린 님은 용을 두 마리나 물리치셨다 해도 모험자로서는 아직 풋내기죠."

"하아……."

그런 것은 스스로도 익히 알고 있지만 그 점을 일부러 지적하는 이유는 뭘까?

이상하게 생각하자, 엘이 작은 목소리로 그 의도를 일러준다.

"(사냥터를 바꿔 이곳에 왔지만 나는 너보다 실력이 위라는 말을 하고 싶은 거야.)"

모험자니까 마음대로 사냥을 해서 실적을 올리면 될 텐데, 어째서 카타리나는 나를 도발하는 듯한 태도를 보이는 걸까?

그저 번거로울 뿐 아니라 시간 낭비인 듯한 기분이 들지만.

"(이런 사람 은근히 많지…….)"

루이제도 내게 소곤거렸지만 확실히 모험자 중에는 이런 사람이 많다고 한다.

애당초 산전수전 다 겪은 데다 세간의 평가가 천차만별인 업계이므로 묘하게 자의식 과잉이라고 할까, 항상 자신의 실력이나 위치를 확인하지 않으면 불안해지는 사람이 일정 수 있다고 한다.

"(귀족인 벨에게 생각하는 바가 있겠지…….)"

"(아니, 나한테 그런 얘기를 해봤자…….)"

뜻이 높은 것은 훌륭한 일이지만 그건 나와는 전혀 상관이 없다.

귀족으로서의 이름을 버리지 않고 잃은 것을 되찾는 일에 열심이며, 마법사로서의 실력도 높은 것 같다.

하지만 그녀는 여성이므로 무엇보다 귀족이 될 수가 없다.

가끔씩 왕족이나 대귀족의 모친이나 딸이 당대(當代)에 한하여 인정받는 정도이며, 당연히 이 뒤죽박죽이고 우아한 모습을 한 그녀에게는 절대로 닿지 않는 것이다.

그런 사회니까 어쩔 수 없다고는 말하고 싶지 않지만, 그 사회에 대한 불만을 내게 쏟아내봤자 난감할 따름이다.

"(내게 하고 싶은 말이 뭔지는 알겠지만…….)"

똑같은 마법 재능을 갖고 태어났는데, 나는 귀족이 되고 그녀는 될 수 없다.

작은 영지의 귀족이 그녀가 번 돈을 목적으로 신부로 맞이할 가능성도 있었지만 한번 평민으로 떨어진 그녀는 본처가 될 수 없다.

게다가 원래의 성을 버리는 것이 되므로 카타리나는 어쨌든 받아들일 수가 없을 것이다.

그 울분이 내 모습을 보고 터져 나온 거라면 그야말로 불똥 한번 제대로 튄 것이다.

"이곳의 사냥터 소문을 듣고 서부에서 오신 건가요? 제가 활동을 하면 가끔 불쌍한 분들이 나오니까요."

자신이 번만큼 다른 모험자들의 몫이 줄어듦으로 그 대상이 될 만한 사람에게 미리 사과를 해둔다…….

과연, 대단한 자신감이라고 생각함과 동시에 어째서 그런 얘기를 내게……하는 의문이 든다.

"(벨, 이 여자 좀 성가셔 보이네.)"

"(우연이군, 나도 똑같이 생각했는데.)"

이나 일행도 대단한 사람과 만났다는 표정을 짓고 있다.

카타리나라는 사람을 관찰만 하고 있어도 의미가 없으니까 나도 뭔가 대꾸를 하기로 한다.

일단은 백작이므로 체면이라는 것도 존재한다……아니, 그냥 단순히 귀찮을 뿐이다.

"염려 마십시오. 이 마의 숲은 넓으니까요."

다른 협소하거나 마물의 숫자가 줄어든 곳이라면 몰라도, 이 마의 숲은 다른 영역과는 확연히 다르다. 사냥감 숫자가 부족해지는 일은 한동안 없을 것이다.

"게다가 누가 얼마나 잡고 얼마나 벌든 상관없는 일 아닌가요?"

모험자 길드에는 랭킹 제도 같은 것은 존재하지 않는다.

누가 얼마를 벌어 길드에 상납금을 얼마느 납부했는지 따위는 전혀 공표되지 않았다.

돈이 많은 모험자에게는 그걸 노리는 묘한 녀석들이 들러붙기 쉽다.

그것을 뿌리치는 수고 때문에 길드에 납부하는 상납금이 줄어들면 곤란하기 때문에 길드 측도 전혀 공표하지 않는 것이다. 다만 뛰어난 모험자라면 자연스레 소문이 퍼져 이름이 알려져 간다.

그저 그뿐이며 애당초 모험자란 '남보다 돈을 버는 게 아니라 자신이 얼마나 버느냐?'가 목적이다.

내게는 그녀와 경쟁할 마음 같은 건 눈곱만큼도 없었다.

"서로 노력해서 각자 좋은 결과를 얻는다. 그게 전부 아닌가요?"

"어머, 자신감이 매우 큰 것 같군요."

그렇다 해도 사람은 자신과 남을 비교하기 마련. 그녀는 그런 마음이 남들보다 큰 것이다. 특히 내게는 지고 싶지 않다는 감정이 강한 것처럼 느껴졌다.

"자신감이라기보다 그저 영역에 숨어들어 사냥이나 채집을 할 뿐 아닌가요?"

"어머, 어머, 용을 물리친 영웅님은 모범답안을 척척 내놓는 우등생 같군요."

"당신……."

자신도 모르게 엘이 반론을 펴려고 하지만 그녀는 그런 엘에게 눈길도 주지 않고 말했다.

"측근이 조금 시끄러운 것 같군요."

"윽!"

갑자기 내뱉은 그녀의 폭언에 화가 난 엘이 뛰쳐나가려 했지만 이나와 루이제가 가로막았다.

"너, 느닷없이 말을 걸어 남의 파티 멤버를 모욕하질 않나. 머리가 멀쩡하긴 해?"

"당신이야말로 우쭐대는 모습이 부러울 따름이네요."

도저히 말이 통하지 않는 상태가 이어졌지만 차츰 그녀가 무엇을 원하는지 이해가 되었다.

분명 그녀는 나와 승부를 겨뤄 자기 실력이 위라는 것을 증명하고 싶은 것이리라.

그리고 여성인 자신이 나보다도 뛰어난 모험자임을 세상에 알려 거기서 가문의 부흥의 실마리가 될 뭔가를 찾고 싶다. 한 마디로 이름을 날려 세간에 자신을 어필하고 싶은 것이다.

그 때문에 일부러 내게 도발하고 있는 것이다.

"참 번거로운 사람이군. 승부를 겨루면 되겠지? 다만……."

"네. 당신과 초원에서 마법 승부를 벌여봤자 한 푼도 안 생길 테니까요."

그 정도의 지성은 있는 것 같다.

이 대륙은 마법사의 숫자가 매우 부족하다. 따라서 마법사끼리 실전 형식의 결투를 벌인다면 위에서는 냉소하는 정도가 아니라 자칫하면 처벌 받을 가능성조차 있었다.

"하루 동안 잡은 사냥감 평가액으로 갈까."

"모험자로서는 제일 타당한 승부 방식이군요."

아무도 없는 곳에서 마법사끼리 서로 마법을 날려봤자 단순한 마력 낭비일 뿐 아무것도 생산하지 못한다는 매우 합리적인 이유도 존재한다.

"그럼 해가 질 때까지로 할까요. 마력이 떨어지면 빨리 사냥을 끝내도 상관없어요."

"그건 나보다 마력이 적은 당신이 걱정할 일이겠지."

"마력이란 단순히 많다고 해서 좋은 게 아니에요."

하고 도발해 봤지만 그녀의 자신감으로 보아 상당한 마력을 가졌음은 쉽게 상상할 수 있다.

게다가 모험자로서의 경험은 상대가 더 많으므로 전혀 방심할 수가 없다.

"저기……경호 담당인 나로서는 전혀 받아들일 수 없는데……."

"그렇다 해도 너희가 따라오면 승부의 공정성이 떨어지니까."

게다가 나도 명색이 귀족이므로 받아들인 승부는 정정당당히 할 필요가 있었다.

주위의 눈이 있다는 것은 매우 힘든 일이다.

덕분에 소란함을 느낀 모험자들이 서서히 모여들어 이쪽을 멀찍이 에워싸고 관찰하고 있다. 카타리나는 외모로 봐도 눈에 띄니 꽤 유명인이리라.

"오늘 하루뿐이니까."

"으으……로델리히 씨한테 혼날 텐데……."

엘 입장에서는 반드시 지켜야만 하는 내가 단독 행동을 하는 것을 용납할 수 없는 모양이다.

하지만 내 입장에서도 저 여자에게 달아났다는 인상을 주는 것은 내키지 않았다.

"그거라면 이 사람에게 맡겨라!"

양쪽의 주장이 평행선을 달리고 있을 때 어디서 귀에 익은 거대한 충돌음과 함께 그 인물이 날아 내렸다.

낙하음과 함께 충격파가 발생하며 그 여자도 포함한 여성 전원이 옷이 젖혀져 팬티가 보이지 않도록 양손으로 다리춤을 누르는 신세가 되었다.

"도사님인가요? 여기는 또 어쩐 일로……."

오늘 이곳에 온다는 얘기를 듣지 못했기 때문에 모두가 놀란 표정을 짓는다.

"이렇게 불쑥 누구시죠?"

"왕궁 수석 마도사다! 이 사람이 이 승부의 심판을 맡도록 하겠다!"

"왕궁 수석 마도사님이요? 하긴, 초짜인 바우마이스터 백작님에게 무슨 일이 생기면 곤란하겠죠."

의외로 이 여자는 도사를 보고도 전혀 동요한 기색을 보이지 않았다.

왕도 주변에서는 인지도가 높았지만 지방에서는 도사의 얼굴이나 외모를 아는 사람이 의외로 적어서, 그 때문에 잘생긴 미남자나 미중년이라고 멋대로 믿다가 실물을 보고 말문이 막히는 여자가 끊이지 않았다.

"상당히 담이 센 여인이구나! 지금 바우마이스터 백작에게 무슨 일이 생기면 곤란하다! 이 사람이 감시를 하고 무슨 일이 있으면 보호할 것이다!"

"뭐, 좋습니다. 만약 그렇게 되면 틀림없이 승부는 제가 이길 테니까요."

"그렇겠지만 어디까지나 만일의 경우다. 이 사람은 전혀 걱정 하지 않으니까! 그럼 승부를 시작한다!"

"네?! 벌써요?"

과연 도사다. 이 사람은 항상 다른 사람을 자신의 페이스에 끌 어들인다.

출발 신호와 동시에 그녀와 나는 재빨리 '고속비상'으로 마의 숲 안쪽으로 이동을 시작했다.

입구 근처에서 기다리는 것보다는 아직 사람이 들어가지 않은 안쪽 포인트가 사냥감이 많기 때문이다.

승부의 내용면으로 봐도 내부로 들어가 마물을 전문으로 잡는 편이 평가액이 오를 것이다.

"아, 그래. 너희는 그 포인트에서 카카오 열매를 따도록 해."

"알았어. 하지만……."

"벨은 승부보다 카카오 열매가 더 걱정이구나."

"벨이 없으니까 빌마와 내가 파티를 지킬게."

"초콜릿을 위해서도 카카오 열매는 필요해."

비상하기 직전에 나는 다른 일행에게 입구 근처의 포인트에서 카카오 열매를 따도록 지시를 내렸다.

"벤델린 님, 오늘은 일진이 사납네요."

"하루 정도는 어쩔 수 없지."

"그런 분은 실제로 승부를 하지 않으면 납득하지 않으니까요……."

역시 엘리제 답게 그 여자의 성격을 단번에 꿰뚫고 있었다.

"나참……알테리오 씨가 되도록 많이 따달라고 부탁했는데……."

"그쪽은 맡겨 주세요."

카카오 열매는 길드를 통해 다른 모험자들에게도 사들이고 있는 모양이었지만, 전혀 수요를 따라가지 못하는지 딴 만큼 전부 사겠다고 했다.

"벤델린 님의 무사와 무운을 빕니다."

"염려 마."

일단 몰락했다 해도 귀족의 자손이 싸움을 걸었으므로 엘리제는 장래의 본처에게 걸맞은 말을 내게 해주었다. 그리고 내가 그여자에게 조금 화가 나있다는 사실을 눈치 챈 것 같다.

"그럼 출발!"

나는 그 여자보다 조금 늦게 마의 숲 안쪽으로 마법을 써서 날아갔다.

"자, 오랜만의 사냥이군."

몇 분 후 나는 마물의 반응이 다수 확인된 포인트에 착륙했다.

상공을 보니 도사가 공중에 뜬 채로 나를 감시하고 있는 모습을 확인할 수 있다.

그저 무료한 듯이 마법주머니에서 도시락을 꺼내 먹으면서 마테차를 연신 들이키는 것 같았다.

"우와! 용케도 저렇게 많이 먹는구나……."

보고 있어봤자 속만 쓰릴 뿐이므로 재빨리 마물을 사냥하기 시작한다.

먼저 최초로 높이가 2미터를 넘는 거대한 사슴을 닮은 마물을 발견하고 재빨리 모은 '윈드커터'로 목을 베어 떨군다.

"어디, 이 마물은……."

블랜타크 씨에게 빌린 도해 마물·산물 대전에 따르면 와일드 임팔라인 모양이다.

전세에서 본 아프리카 야생동물을 소개하는 TV프로그램에서 이것을 닮은 동물이 종종 치타에게 잡아 먹혔던 모습이 떠오른다.

도해 마물·산물 대전에 따르면 이 와일드 임팔라는 다른 대형 육식마물의 먹이가 된다고 한다.

"이 마의 숲은 전체적으로 크기가 남다른 것 같군."

그렇게 내뱉으며 나는 목을 자른 와일드 임팔라를 마법으로 공중에 띄워 잘라낸 목을 밑으로 해서 그대로 피뽑기를 시작한다.

마법주머니에 넣어두면 선도가 떨어지지 않으므로 딱히 지금 할 필요는 없지만 이 자리에 와일드 임팔라의 피를 뿌리는 일이 중요했다.

왜냐하면 이 피 냄새를 맡고 많은 대형 육식마물이 유인되어 오기 때문이다.

"사벨 타이거가 돈이 되니까."

전에 블랜타크 씨가 인솔해서 나갔던 조사에서 잡은 사벨 타이거라는 마물은, 가져간 길드에서 가격을 매기지 못하고 나중에 경매가 열렸다고 한다.

낙찰자는 서부의 부호 백작으로 그 사람은 저택 거실에 벗겨낸 모피를 깔아두고 손님들에게 자랑스럽게 보여주는 모양이다. 그리고 육식마물인데도 고기나 내장도 맛있는 모양이라 파티 등에 내놓아, 낙찰 받은 부호 백작은 충분히 본전을 뽑았다며 기쁘게 말했다고 한다.

옛날의 도감에만 기재되어 있는 마물이며 게다가 잡은 것은 애당초 초일류 모험자였던 블랜타크 씨와 마투류를 쓰는 루이제가 함께 싸워서 잡은 한 마리뿐.

두 사람이 마음만 먹으면 더 잡을 수 있었겠지만 그때는 조사가 주목적이라 접근해온 마물밖에 상대하지 않았고, 지난 세 달 가량은 주로 카카오 열매를 모으는 활동을 했다.

결과적으로 모험자 길드에는 '사벨 타이거 고액 매입'이란 방이 나붙었고, 일확천금을 꿈꾼 모험자들 중에는 희생자도 제법 나오고 있는 모양이다.

그 크기에 보통 사람보다도 훨씬 빠르기 때문에 당연하다고 할 수 있었지만.

"그 여자는 어떻게 사냥을 하고 있을까?"

뛰어난 마법사가 반드시 뛰어난 모험자가 될 수 있다는 보장은 없었다.

가능성은 압도적으로 높았지만 예컨대 불 계통 마법을 잘 쓰는 마법사가 특기 마법으로 마물을 태워 죽인다고 하자. 보통의 동물보다도 훨씬 생명력이 강한 마물을 죽일 정도의 화염이므로 당연히 마물은 새까맣게 타버리고 말아서 결국 큰돈이 되지 않는다.

돈이 되는 부분을 남기려면 되도록 상처를 입히지 않고 죽인다, 이게 기본이며 그러기 위해서는 자신보다도 약한 동물이나 마물을 상대할 필요가 있다는 뜻이다.

"그 여자도 그렇게 하고 있을까?"

하는 생각을 하는 동안 시야에 마물 몇 마리의 모습이 들어온다.

"사벨 타이거라……."

전부 네 마리가 보인다.

도감에 따르면 사벨 타이거는 기본적으로 단독 행동을 취하는 모양이므로 아까 뿌린 와일드 임팔라의 피에 낚인 것이리라.

사벨 타이거들은 와일드 임팔라의 피가 고인 곳까지 이동해 거기서 잠시 피를 핥은 후 이번에는 일제히 내게 덤벼온다.

그다지 털이 없는 인간은 그들에게 양은 적어도 먹기가 편한 대상이라고 도감에 적혀 있었으므로 결국 나는 먹음직스러운 먹이인 셈이다.

"어이쿠, 무서워라."

네 마리의 사벨 타이거는 일제히 사냥감인 내게 덤벼들지만 그 공격 모두 '마법장벽'에 의해 막혔다. 사벨 타이거가 '마법장벽'을 드득 드득 긁는 광경을 올려다보면서 이번에는 이쪽이 공격을 개시한다.

신기하게도 공포심은 없었다.

그도 그럴 것이 도사와의 수련이 훨씬 더 공포스러웠기 때문이다.

한 번이라도 그 사람에게 실전 형식의 전투 훈련에서 공격을 받아보면 누구나 이해할 수 있을 것이다. 그 사람에 비하면 사벨 타이거 따위는 고양이나 마찬가지다.

"자, 이 녀석들을 잡아야겠지."

이 경우 되도록 사냥감에게 손상을 입히지 않은 게 중요했다.

그러므로 여기는 상대를 찢어버리는 '윈드커터'가 아니라 어릴 때 사냥하며 자주 썼던 화살을 날리는 마법의 개량판을 쓰기로 한다.

화살은 주위에 있는 나뭇가지를 마법으로 압축한 뒤 끝을 뾰족하게 만들고, 그걸로 모든 생물의 급소인 연수(延髓)를 후방에서 노린다.

사냥감인 내게 정신이 팔려 있는데도 처음에는 뒤에서 날린 화살을 피하거나 맞아도 급소에서 벗어나며 대부분 실패로 돌아갔다.

하지만 사벨 타이거는 나를 꼭 먹고 말겠다고 공격에 집중한 탓에 화살을 모두 피하지 못하고 20분 만에 네 마리 모두 연수 부분을 화살로 파괴당하며 그대로 생명 활동을 멈추었다.

"좀 더 연습을 해야겠군……."

나는 쓰러진 네 마리의 사벨 타이거의 사체를 마법주머니에 넣은 뒤 다음 포인트로 이동한다.

"전부 사벨 타이거만 올 수는 없겠지?"

그 뒤로 열 차례 가량 같은 전법으로 마물을 사냥해 간다.

사벨 타이거 외에 비슷한 크기로 표범을 닮은 남방 표범이나 라이노라는 거대한 코뿔소에 헬콘도르라는 거조 등등.

피를 뿌려 육식 동물만 불러들일 작정이었지만, 잡식이나 초식 마물도 모여들어 나를 공격해 왔다. 아마도 구역을 침범한 녀석에게 제재를 가하려고 모여든 것이리라. 그 덕분에 고맙게도 다양한 마물을 잡을 수 있었지만.

모여든 마물들의 공격을 '마법장벽'으로 막으면서 나뭇가지를 마법으로 화살로 만들어 날려 마물의 뒤에서 급소인 연수에 깊이 박는다.

옆에서 보면 재미없는 전법이겠지만 이 방법이라면 마물의 몸을 그다지 손상시키지 않고 죽일 수 있으므로 나중에 소재가 비싸게 팔린다. 게다가 세간의 일 대부분은 비슷한 작업의 반복이라 나로서는 샐러리맨 시절로 돌아간 것 같아 오히려 마음이 차분해진다.

"자, 밥이나 먹을까."

어느 정도 성과를 올리고 나니 슬슬 출출해졌다. 점심시간이 가까워졌기 때문에 도시락을 먹기로 한다.

메뉴는 단출해서, 얼마 전 제조에 성공한 매실장아찌가 들어간 큼지막한 주먹밥 세 개와 수통에 넣은 보리차뿐이었다. 일을 하는 중이므로 점심은 간단한 메뉴로 골랐다.

보리차는 얼마 전까지 자신의 마법으로 볶았지만 지금은 저택의 조리사가 해준다.

제조법만 알려주면 전문가 분이 잘 볶아주므로 훨씬 맛있었다.

"어디서 먹을까?"

혼자 먹기도 심심해서 도사라도 부를까 했지만 어째선지 상공에 그의 모습은 보이지 않았다. 그 여자의 감시라도 하러갔는지 모른다.

"감시 일은 괜찮을까?"

여전히 행동이 자유로운 도사를 찾으려고 '비상'으로 상공에 오르니, 그 대신 카타리나가 우아하게 점심을 먹고 있는 모습을 발견했다.

'마법장벽'을 전개하고 그 안에서 도시락을 펼치고 있다.

"역시 서부에서 가장 수입이 많은 모험자답네⋯⋯."

가만히 보니 매우 훌륭한 음식을 먹고 있다. 도시락이므로 샌드위치가 메인이었지만, 볶은 고기와 생선 튀김에 채소 샐러드 등, 고른 반찬에 따뜻한 수프, 차, 과일, 쿠키 등도 있었다.

"충실한 메뉴로군⋯⋯."

"어머? 적의 정세를 시찰하러 오셨나요?"

"아니, 도사님이 안 보여서."

"도사님이라면 저의 자른 과일을 보시더니 본인도 과일이 드시고 싶다며 따러 가셨어요."

"뭔데⋯⋯."

나를 감시한다는 조건으로 승부가 시작됐는데 느닷없이 직무 포기라니 어떤 의미에서 대단한 사람이다. 아니면 내 걱정을 전혀 안 하는지도 모르겠다.

"뭐, 없어도 상관없겠지⋯⋯좋은 걸 먹고 있잖아."

"저는 귀족 출신이므로 어떤 곳에서도 항상 귀족답게 우아하

게, 시간을 지켜 식사를 하고 있답니다."

"그렇군. 나도 밥이나 먹을까."

"같이 먹을까요?"

"그래도 돼?"

"승부 시간 외에도 서로 으르렁거릴 만큼 속이 좁지는 않으니까요."

"그럼 실례할까……."

하고 그 전에 카타리나의 '마법장벽'을 드득 드득 긁고 있는 거대한 곰이 몇 마리나 있었기 때문에 이걸 마법으로 쓰러뜨린 뒤에 안으로 들어간다.

"이곳의 마물은 정말로 흉포하군."

"네……의외로 제법이군요."

"남방 그리즐리……라."

곰은 도해 마물·산물 대전에 따르면 이름이 남방 그리즐리인 모양이다.

그리즐리는 추운 곳에 사는 이미지가 강하지만 마의 숲에서 상식적인 생태계를 찾아봤자 소용없으리라. 쓰러뜨린 사냥감을 마법주머니에 넣은 후 점심을 먹기 시작한다.

"평범한 식사로군요."

카타리나가 내 식사를 보고 솔직하게 감상을 털어놓는다.

"아침과 저녁은 평범하게 먹으니까 특히 문제는 없어. 그쪽은 무척 호화롭군."

"지금은 작위와 영지를 잃었어도 저는 엄연히 귀족이에요. 거기에 어울리는 식사가 있죠."

"준비하기 힘들지 않아?"

"무슨 말씀인가 하니……저 같은 모험자 쯤 되면 식사를 만들어주는 자가 당연히 있지 않을까요?"

"그렇군."

그 후에는 딱히 별다른 대화를 나누지 않고 식사를 마쳤지만 아무래도 납득이 되지 않는다.

마의 숲 근처 마을에는 아직 변변히 건물도 서 있지 않아서 거기에 귀족풍 모험자가 고용인을 거느리고 식사까지 준비시킨다고 보기는 어렵기 때문이다.

뭐라고 할까……이 여자, 나와 비슷한 냄새가 나는 것 같은데…….

하긴, 승부는 오늘 뿐이니 그게 끝나고 나면 딱히 만날 일도 없으리라.

그 전에 승부 따위 아무래도 상관없어서 그 여자가 내게 이겨 No.1을 자처한들, '흐음, 그렇군요.' 하는 느낌밖에 없다.

그보다, 그 No.1의 근거도 알고 싶지 않을 정도다.

다른 지역에 우리보다도 뛰어난 모험자가 있을지도 모르는데……아니, 틀림없이 있을 것이다.

"이제 저녁까지 하면 되겠군."

"네."

점심과 휴식을 마친 카타리나와 나는 다시 사냥을 재개한다.

그녀와 헤어져 나는 새로운 포인트에서 마물을 한 마리 쓰러뜨린 뒤 그 피를 요란하게 뿌려, 다가온 마물을 잇달아 쓰러뜨려 간다.

육식계 마물뿐만 아니라 잡식, 초식계 마물까지 이끌려오는 게 역시 이상하기는 했지만 나를 덮치려고 '마법장벽'을 드득 드득 긁는 동안 나뭇가지로 만든 화살로 연수나 다른 급소를 꿰뚫어 예외 없이 잡아간다.

그 일은 저녁까지 계속됐고, 나는 마법을 이용해 혼자 사냥하는 방법을 확립하는 데 성공했다.

이게 가능하면 만에 하나 어쿼트 신성제국으로 망명한다 해도 충분히 모험자로서 살아갈 수 있으리라.

상공에는 어느새 도사가 돌아와 탐욕스럽게 자신이 딴 거대 망고를 먹고 있다.

내 감시는 하고 있는 것 같았지만 그 이상으로 자신도 즐기고 있는 것이리라.

"벌써 저녁이군……."

아직 마력에는 여유가 있었지만 엘리제와 다른 일행이 걱정하면 곤란하니까 돌아가기로 한다.

"마법을 무척 영리하게 쓴 것 같군."

"요란하게 찢거나 불태우면 소재가 돈이 안 되니까요."

모험자의 수입원은 토벌한 마물의 소재를 판 대금이 대부분이다.

일부 위험한 언 데드 이외에, 아무 짓도 하지 않으면 영역에만 틀어박혀 있는 마물들의 경우 토벌 보수 같은 것은 발생하지 않기 때문이다.

"그렇게 생각은 해도, 실제 마물은 강하니까 그러기 힘들지."

되도록 소재가 비싸게 팔리도록 몸을 손상시키지 않고 죽이는 게 기본이며, 무리해서 강한 마물을 쓰러뜨려도 소재의 상태가 나쁘면 헛고생만 할 가능성이 높다.

그보다는 등급이 낮은 마물을 되도록 손상되지 않게 꼼꼼히 잡아야 돈이 되는 게 이 세계의 상식이다.

"그건 그렇고 그 여자는 어땠나요?"

"'폭풍'의 카타리나 말인가? 화려하게 마물을 쓰러뜨렸다!"

폭풍이란 상당히 무시무시한 별명이다. 승부 중에 회오리가 발생했는지는 확인하지 않았지만.

"도사님은 알고 있군요."

"서부에서는 매우 유명한 모험자 겸 마법사다!"

열다섯 살에 모험자로 데뷔하여, 불과 1년 만에 서부 지역의 최고 모험자가 됐다고 한다.

"몰랐어요."

"그야 바우마이스터 백작은 어쩔 수 없지."

나는 지금까지 고명한 모험자의 이름은커녕 귀족의 이름조차 기억 못하는 생활을 해왔기 때문이다.

기억을 못해서 자주 엘리제에게 의지하고 있지만.

모험자 예비학교에서도 고명한 모험자의 이름은 가르쳐주지 않았고, 유명한 모험자의 이름을 기억하기보다 자신이 유명해지도록 노력하라는 것이 교육방침이었다.

"그렇다 해도 인간이란 멋대로 순위를 매기고 소문을 내는 존재다!"

도사의 말대로 그게 인간이라는 생물인 것이다.

"어쨌든 이 바닥은 뒷배경보단 자기 자신이 중요하니까. 이제 돌아가도록 하자."

"네."

둘이서 길드 지부가 있는 오두막 앞까지 날아가니 그곳에는 이미 엘 일행과 그 여자가 기다리고 있었다.

"벨, 얘기한 대로 카카오는 모아뒀어."

"미안해."

"이건 돈을 벌 수 있으니까."

현재 왕도나 그 주변에서는 알테리오 씨가 초콜릿과 코코아를 거의 독점 판매하고 있다.

당연히 다른 상회들도 따라하는 움직임이 있어서 카카오 열매를 사모아 시제품을 제작하거나 판매도 하고 있었다.

하지만 대략적인 제조법은 상상해도 실제로 만들면 아직 품질에 문제가 있기 때문에 거의 시장을 빼앗아 오지 못하는 모양이다.

그렇다 해도 조만간 품질 문제는 해결될 것이므로 그 전에 나는 알테리오 씨에게 '브랜드화'할 것을 권했다.

"브랜드화?"

"초콜릿이나 코코아를 처음 제조해 판매했고 품질도 제일 뛰어나니까요."

곧바로 신규업자가 늘어나 박리다매 경쟁이 될 것이므로 고품질, 고급 노선으로 다른 쪽과 차별화를 꾀하도록 알테리오 씨에게 권한 것이다.

"왕실의 단골과 같은 거예요. 알테리오 상회의 초콜릿은 비싸긴 해도 다른 상회의 초콜릿과는 품질이 다르다고. 차별화를 위해 품질을 관리하여 출하한 상품에 알테리오인(印)을 찍는다던가."

"과연."

"그리고 취급하는 가게가 간판을 내걸도록 허용하세요. 당점에서는 알테리오 상회의 초콜릿을 취급합니다라던가."

"하지만 용케도 그런 아이디어를 떠올리는군."

딱히 내가 생각한 아이디어는 아니다.

왕국에서도 왕가 단골이나 공작가 단골 등, 왕족이나 귀족이 쓰고 있다고 상품의 고급스러운 느낌을 선전하는 가게나 공방은 많았다.

"그럼 우리는 바우마이스터인으로 가지."

"어째서 제 이름이죠?"

"알테리오인으로 하면 주변의 질투 때문에 귀찮으니까."

애당초 조미료로 큰돈을 벌고 있는 데다 새롭게 일어난 바우마이스터 백작령의 단골 상인으로도 내정돼 있기 때문에 자기 이름을 딴 브랜드를 만들면 주위의 질투가 더 심해지기 때문이라고 한다.

"단순한 질투라면 상관없지만……."

장사를 방해하기라도 하면 귀찮으므로 카카오가 이곳에서만 딸 수 있는 특산품이라는 점을 이유로 초콜릿이나 코코아 브랜드

명은 '바우마이스터인'으로 결정해버렸다

"알테리오 씨도 정말 바쁘군."

엘의 말대로 지금까지 해오던 장사에 조미료나 식자재 판매, 레스토랑과 프랜차이즈 형식의 음식점의 전개에 초콜릿과 코코아의 제조와 판매.

거기에 새롭게 우리 단골 상인으로서의 일도 늘어날 테니까 무척 힘들 것 같다.

하지만 역시 일이 너무 많기 때문에 일부 업무를 중소 상회에 위탁하고 상납금을 받는 시스템으로 변경하기 시작한 모양이다.

그 이유는 거물 귀족의 단골 상인이 되면 비교가 안될 만큼 바빠지기 때문이라고 한다.

역시 거물 귀족의 상대이므로 독점은 아니지만, 나와는 몇 년이나 거래를 해왔고 상회 규모도 상당히 확장했기 때문에 맡길 거래가 늘어나는 것은 틀림없으므로 한동안은 바빠질 것이다.

"그래서 카카오가 잘 팔리는 거로군."

"초콜릿 재료가 부족하기 때문이겠지?"

"다른 상회와 서로 물량을 놓고 다투는 모양이니까."

그렇다면 무리해서 마물을 잡을 필요가 전혀 없다고 나는 생각했다.

카카오는 바나나 같은 나무의 그늘에 심어 키우는 게 기본이기 때문에 동시에 바나나 망고 등의 재배 연구도 진행하여 바우마이스터 백작령 남쪽에 실험 농장을 만들고 이식하여 키우는 부분부터 시작하고 있다.

원래는 마의 숲에서 거대화한 나무인 점도 있고 분명히 말해서 성과가 나올지도 모른다는 이유로 그 동안은 마의 숲에서 채집할 필요가 있었다.

"어머, 어머, 수렵보다도 채집이 우선이라니……벤델린 씨에게는 패기가 부족하군요."

엘과 그런 말을 하고 있으려니 거기에 마찬가지로 사냥을 마치고 기다리고 있던 카타리나가 끼어든다.

"딱히 패기가 있든 없든 결과는 별로 다르지 않잖아."

전세에서도 무의미하게 혈기왕성한 상사는 불편할 뿐이었고, 이번 생에서도 행동력만으로 이쪽에 폐만 끼치는 귀족을 많이 봤다.

무작정 의욕이나 패기가 있다고 되는 게 아니라고 나는 생각한다.

오히려 느닷없이 남에게 승부를 도전하는 카타리나야말로 헛심만 쓰는 꼴이라고 생각한다.

"어쨌든 빨리 성과를 비교하고 해산하자."

"뭣! 승패는요?"

"딱히 누가 이겨도 상관없잖아."

No.1이 아니면 마의 숲에 못 들어가는 것도 아니고 각자 자신의 페이스대로 모험자를 계속해가면 되는 것이다.

누가 뛰어난지 승부하는 일 자체가 내 관점에서는 시간 낭비일 뿐이었다.

"흑백을 분명히 가리지 않으면 뒷맛이 찝찝하지 않나요?"

"그렇게까지 말한다면……."

결판이 나면 더 이상 엉겨 붙지 않겠지……. 그렇게 판단한 나는 길드 지부 앞에서 직원들에게 잡아온 사냥감의 감정을 부탁한다. 승부의 성과를 꺼내놓기 전부터도 구경하기 위해 모험자들이 잔뜩 모여서 주목을 받고 있지만, 감정이나 해체하는 시설이 완성되어 있지 않기 때문에 어쩔 수가 없었다.

"제가 먼저 할게요."

먼저 카타리나가 마법주머니에서 성과물을 꺼낸다. 그 숫자는 엄청나게 많았다.

역시 '폭풍'이라는 별명이 붙은 것 답게 바람 계통 마법이 특기인 모양이라 고 위력의 '윈드커터'로 일격에 사냥감의 경동맥을 끊어 출혈사시켰다.

"역시 서부 최고의 모험자야."

사냥감을 검사하는 길드 직원들은 카타리나의 실력에 감탄했다.

"거의 손상이 없으니 좋은 소재를 얻을 수 있겠군요."

경동맥을 일격에 끊어 달리 손상된 곳이 없기 때문에 최근 왕도의 거물 귀족들 사이에서 유행하고 있는 마의 숲산(産) 마물의 장식으로 최적이었다.

귀족이란 기본적으로 허세가 심해서 값비싸고 진기한 물건을 모아 다른 귀족에게 자랑하며 자신의 재력을 과시하는 것이다.

예전부터 비룡의 목을 박제한 것이 최고봉이라 일컬어져 귀족들은 아무리 고가라도 경쟁하듯 사들였다. 가격이 비싼 것은 비룡의 목 가죽이나 안구, 이빨 등도 쓸모가 있어서 좀처럼 수요를 충족시키지 못하기 때문에 값이 비등한 때문이다.

　부족한 소재를 장식으로 쓰는 것은 재력이 있는 귀족이 아니면 할 수 없는 일이다.

　"하지만 이미 절반의 귀족이 갖고 있죠."

　왕국이 건국된 지 2천년이 지난 탓에 역시 대부분의 귀족이 비룡 목의 박제를 갖고 있었다.

　따라서 희소성 면에서는 이미 그다지 가치가 높지 않다.

　상대가 갖고 있는 것을 자랑해봤자 그다지 의미가 없기 때문에 일부 귀족이 와일드 울프의 모피 깔개 에 눈독을 들이고 있지만 용에 비하면 임팩트가 떨어진다.

　난감해 하던 참에 초기의 마의 숲 탐색에서 잡은 사벨 타이거 한 마리가 경매에 나왔다.

　그 특징적인 긴 이빨에 와일드 울프보다 배 이상 큰 크기. 그리고 지금은 마의 숲에서밖에 생존이 확인되지 않으며, 또한 평범한 모험자는 잡으러 가도 오히려 잡아먹힌다는 점, 거기에 잡힌 것은 한 마리뿐. 처음으로 손에 넣어 모피를 깔개로 만든 서부의 부호 귀족은 그 이름을 사교계에 널리 떨치고 있다.

　"그런 이유로 사벨 타이거의 되도록 상처가 적은 개체가 필요합니다."

　깔개로 만들 것이므로 너무 상처가 많으면 쓸 수가 없기 때문이다.

　"상처가 목에만 있어서 다행이군. 이건 높은 평가를 받겠네요."

　"얼마 정도나 될까요?"

프로 모험자인 카타리나는 처음으로 잡아온 사냥감의 평가액이 신경 쓰이는 것 같다.

"자세한 액수는 알 수 없습니다. 왜냐면 마의 숲의 산물이나 마물은 전부 경매에서 평가액이 결정되니까요."

여기서밖에 잡을 수 없으며 또한 초일류 모험자가 아니면 그저 개죽음을 당할 뿐이다.

그 결과 마의 숲의 산물은 수요를 충족시키지 못해 경매에서 돈 있는 사람만 구입하는 구조가 되어 있었다.

"승패의 행방이 기대되는군요."

카타리나는 상당히 자신이 있는지 그 커다란 가슴을 내밀며 기뻐했다.

그리고 다음은 내 차례다.

"이건……상처가 더 적군요."

게다가 마물은 거의 출혈이 없었다.

뒤통수 쪽에서 연수를, 거기에 나뭇가지로 만든 화살에 맞고 죽었기 때문이다.

"그렇다면 피도 얻을 수 있겠군요."

"네."

죽은 직후 마법주머니에 넣었기 때문에 아직 사후 경직이나 혈액의 응고도 시작되지 않았다.

마물의 피는 약의 재료나 마도구 제작의 재료나 촉매가 되는 경우가 많아서 이것도 있으면 있는 대로 팔려나가는 것이다.

"게다가 숫자도 많군요."

"숫자는 별로 의식하지 않았지만."

오늘은 되도록 마물을 손상시키지 않고 죽이는 마법 연습이라고 결론을 내렸기 때문이다.

승부에 관해서는, '받아주면 저쪽이 만족하겠지' 라는 정도로밖에 생각하지 않았다.

"숫자는 두 배에 가깝고, 이건 어마어마한 액수가 나오겠군요."

"아아, 흰색 사벨 타이거가 있었지."

잡은 마물 중에 딱 한 마리 백변종의 사벨 타이거가 섞여 있었다.

아무리 거대한 마물이라도 자연계에서 흰색이 살아남는 일은 드물다.

다른 개체보다도 훨씬 크기 때문에 그것이 요인이었는지도 모른다.

"이 녀석의 모피는 원하는 귀족이 많을 테니 경쟁이 무척 심할 겁니다."

똑같은 사벨 타이거의 모피를 자랑한다 해도 더 희소한 흰색 모피라면 더욱 자랑할 수 있기 때문이다.

게다가 흰색이라기보다 은색에 가깝기 때문에 보기에도 훨씬 좋았다.

"몇 마리 더 잡을 수 없을까요?"

"흰색을? 그건 운의 요소가 매우 강하니까."

아마도 그 비율은 수천에서 수만 분의 1 정도일 것이다.

마의 숲은 먹이가 풍부하고 사벨 타이거 같은 대형 육식마물도 엄청난 밀도로 서식하고 있지만, 매일 사냥을 해도 성과는 일 년에 하나 나올까 말까 할 것이다.

"확실히 그렇겠군요……."

이미 승부에 관해서는 자세한 평가액을 계산할 필요도 없었다. 마물의 종류나 숫자 모두 내가 두 배 가까이 잡았기 때문이다.

이긴 것을 자랑할 마음도 없어서 굳이 언급하지 않으려고 길드 직원들과 잡은 흰색에 대해 얘기를 나누고 있자 무시당했다고 화가 난 듯 카타리나가 또 끼어들었다.

"벌써 이긴 행세를 하는군요."

"보면 알 것 같은데……."

오늘의 성과를 보면 한눈에 알 수 있다.

하지만 나를 이기지 못한다 해도 혼자서 마의 숲의 마물을 이토록 많이 잡을 수 있는 것이다. 충분히 모험자로서 초일류이니까 무리하게 경합하지 않아도 될 것 같다.

"모험자란 일정 기간 동안 일정하게 성과를 올릴 필요가 있어요! 승부는 일주일의 성과로 겨루도록 해요!"

"뭐어어?!"

갑작스러운 규칙 변경이었다.

그러고 보니 어릴 때 이런 녀석이 있었던 기억이 떠오른다.

가위바위보를 하다가 지면 '역시 삼세판이지' 하고 갑자기 말을 꺼내는 것이다.

그리고 또 지면 이번에는 오판 삼승제가 됐던 기억이 난다.

분명 카타리나 역시 끔찍이도 지기 싫어하는 편이리라. 나는 점점 더 그녀가 귀찮게 느껴졌다.

"딱히 상관은 없지만……."

카타리나 자체는 귀찮지만 승부를 이유로 일주일 동안 사냥에 집중하는 일은 기쁘다.

로델리히로부터는 예정보다 개발이 더 진행되었다며 일주일간의 휴가를 받았다.

누가 주군인지 잘 모르겠지만, 그 부분을 따지기 시작하면 골치 아프다.

"나는 상관있어!"

다만 호위를 담당하는 엘 입장에서는 내가 혼자 사냥을 하는 일은 용인하기 어려운 것 같았다.

"너 혹시 다른 파티 멤버 없어?"

같은 인원수의 파티끼리 단체전을 벌인다면……엘은 자신도 참가할 수 있다고 여긴 모양이지만, 카타리나의 대답은 엘의 예상을 크게 배신했다.

"저 정도 되는 초일류 모험자는 좀처럼 비슷한 수준의 동료를 찾을 수가 없답니다."

"뭐? 그럼 지금까지 파티를 만든 적은?"

"없어요. 저는 지금까지 혼자 성과를 올려 왔으니까!"

한 마디로 옛날의 나와 마찬가지로 외톨이라는 뜻이다.

대단하다 싶기는 하지만 내 과거의 트라우마가 자극받아 안 됐다는 생각이 든다. 같은 외톨이로서 어쩐지 동정심을 느끼는 것이다.

원래 뛰어난 마법사는 혼자서도 돈을 벌 수 있으므로 고립되기

쉬운 경향이 있다.

신출내기 시절에 기생할 목적으로 접근해 오는 무리가 많으며 그런 경향은 갈수록 더 심해지는 것 같다.

하물며 그녀는 여성이다. 개중에는 빌붙어먹을 목적으로 다가오는 남자 모험자도 많았을 것이다.

"어떤 남작가의 사남이 자신과 파티를 짜면 가문을 부흥시킬 수 있다고 접근해 오기는 했지만……."

여성 모험자는 속성용을 몇 마리나 쓰러뜨려도 결코 작위를 받을 수 없다.

그래서 집안을 잇기 어려운 귀족의 자제가 그녀의 공적과 자산을 노리고 접근해 왔으리라.

자신이 명목상의 당주가 될 테니까 그 성과를 자신에게 넘기라고.

그런 무리를 믿었다간 거의 비참한 결과를 맞이하기 때문에 그녀의 판단은 틀리지 않았다.

그런 녀석만 상대해왔기 때문에 카타리나는 어느 정도 사람을 불신하고 있는 것 같다.

"그게 세상이라고 하면 그것뿐이지만 바우마이스터 백작님에게도 비슷한 분들이 있었네요."

그런데 여기서 갑자기 이야기의 흐름이 이상한 방향으로 흘렀다. 갑자기 카타리나가 엘 일행에게 도발적인 말을 한 것이다.

"뛰어난 마법사에게 얹혀사는 이 파티 멤버들이."

"말이면 다인 줄 알아!"

제일 먼저 반응한 것은 의외로 제일 냉정 침착한 이나였다.

"자신이 혼자 다닌다고 남의 파티를 헐뜯지 마!"

"저는 형편없는 분들을 떠안을 바에야 혼자인 편이 낫다고 여길 뿐이에요. 누군가를 구체적으로 언급한 건 아니니까요……."

"벨이라면 모를까 너한테 그런 말을 듣고 싶지는 않아. 그렇게 성격이 괴팍하니까 혼자 다니는 주제에! 혼자인 게 영예로운 척하지 마!"

"(이나, 이제 그만 해…….)"

나도 카타리나도 그렇지만 자신과 대등한 실력을 가진 모험자만을 멤버로 삼으려고 하면 틀림없이 벽에 부딪친다.

애당초 그 조건을 고집하면 회사도 상회도 귀족가도 성립되지 않는다.

어느 정도 타산을 따지는 것은 인간으로서 당연한 생존 본능이며, 최종적으로 양쪽이 서로 마음이 맞아 잘 지내면 되는 것이니까.

나는 속이 아저씨이므로 그런 식으로 결론을 지었지만 카타리나는 감수성이 예민하던 시기에 그런 녀석들과 너무 많이 접해서 사람을 믿지 못하게 됐는지도 모른다.

"나는 마법도 못 쓰고 너만큼 모험자로서 돈을 못 벌지도 모르지만! 어쨌든 자존심이라는 게 있거든! 승부해!"

"뭐어어—?!"

설마 여기서 이나가 승부 운운 할 줄은 아무도 몰랐다.

그와 동시에 카타리나와 이나 둘만으로는 승부가 되지 못한다는 것도 잘 알고 있었다.

그녀는 창의 달인이지만 그런 것으로는 쫓아갈 수 없을 만큼 마법이란 압도적인 힘이었기 때문이다.

"그럼 나도 참가할게."

"나도 같은 기생충 취급을 받았으니까. 참가할게."

"저도. 회복 담당이 필요할 테니까요."

"엘리제 님을 지킨다."

역시 이나 단독으로는 무리이므로 엘, 루이제, 엘리제, 빌마 다섯이 승부에 도전하겠다고 선언했다. 모두들 카타리나의 도발에 격노했으리라.

"엘, 내 호위는?"

"도사님에게 부탁할게."

이 순간 엘의 머릿속에서는 '내 호위'라는 단어가 사라졌다. 나를 완전히 무시하고 승부가 진행되어 간다.

"아니, 이 사람도 참가할 것이니까!"

"도사님은 거기서 왜 끼는데……."

나이로 봐도 이 자리에서 누구보다 중재를 맡아야 할 도사가 어째선지 자신도 승부에 참가하겠다고 했다.

그런 말을 해봤자 사태가 해결될 리도 없고, 그저 단순히 재미있어서 참가하고 싶은 것뿐이리라. 도사는 그런 사람이다.

나, 카타리나, 엘 일행의 세 조로 사냥 경쟁을 하고 싶은데, 도사가 안전 대책을 겸한 심판 역할을 맡아주지 않는다.

"대체 무슨 생각을 하시는 거예요……."

우리뿐 아니라 카타리나조차 도사의 태도에 당혹스러운 표정을 지었다.

"왜냐고 묻는다면 무척 즐거워 보이기 때문이다!"

"……그렇군요……그렇겠죠……."

나는 마음속으로 '당신이 애야?'라고 외쳤다.

스승님과 친구사이라고 했지만, 나는 새삼 스승님이 얼마나 대단한 사람인지 감탄한다.

"감시 및 심판 역할은 어떻게 할 거죠?"

"블랜타크 님에게 부탁할 것이다!"

결국 도사의 억지 참가도 인정을 받아……라기보다, 거절할 수 있는 사람이 없으므로 내일부터 다시 사냥감 사냥 경쟁이 시작되게 되었다.

내가 사냥을 할 수 있는 나머지 엿새 중에 닷새 동안 잡은 사냥감의 평가액이 제일 많은 팀이 이긴다는 규칙이었지만, 그럼 오늘 하루의 성과는 대체 뭐였던 걸까?

평범하게 사냥을 한 거라고 생각해도 어딘지 석연치 않은 느낌을 지울 수가 없다.

"나 그렇게 한가한 사람 아닌데……."

그리고 또 한 명 희생자가 발생했다.

밤에 저택으로 돌아온 후 블랜타크 씨에게 의논하자 그는 떨떠름해 하면서도 요청을 수락했다.

내가 혹시라도 잘못되면 블라이히뢰더 변경백작에게 혼이 나는 정도로 끝나지 않을 것이므로 수락하지 않을 수 없었으리라.

그리고 그가 제일 연장자이자 어른이기도 했다.

"자의식이 지나친 몰락 귀족의 아가씨에게 그렇게까지 끌려 다니는 거냐?"

"어차피 사냥을 할 생각이었고 한 번 큰 차이로 이기면 얌전해지겠죠."

"그렇다면 다행이지만……."

"……."

블랜타크 씨가 생각하는 점은 나도 알고 있다.

실은 그 카타리나인가 하는 여자가 특이한 사람일지도 모른다는 것을.

그래도 피해를 없을 거라고 믿고 나는 내일에 대비해 잠자리에 든다.

'사냥을 할 수 있으니까 그걸로 충분하다'고 생각하면서.

제2화 다시 실력 겨루기

"규칙은 해가 질 때까지 수렵과 채집으로 얻은 성과의 평가액이다. 닷새 동안이니까 페이스를 잘 배분하도록."

"벨, 블랜타크 씨 말하는 게 꼭 예비학교 교장 선생님 같아."

"루이제 아가씨, 나 아직 그렇게까지 노인은 아니야."

"으아, 귀가 밝으시네요……."

루이제가 블랜타크 씨의 밝은 귀에 놀랐지만 확실히 그렇게까지 노인은 아니니까.

"또 하나, 이번 승부에 져도 더 하자고 억지 부리기 없다."

"알겠습니다. 이번 승부로 완전히 결판을 내죠."

다음 날 이른 아침, 전직 베테랑 모험자인 블랜타크 씨의 인사로부터 새롭게 승부가 시작되려 하고 있었다.

나와 카타리나와 도사는 각각 개인으로, 엘 일행은 다섯이 팀을 이뤄 싸운다.

어제 드물게 카타리나의 폭언에 흥분한 이나였지만 역시 혼자서는 그녀를 이길 수가 없으므로 다섯이 팀을 이룬 것은 어쩔 수 없는 일이었다.

그만큼 강력한 마법사는 혼자서도 압도적인 힘을 가지니까.

"이나, 무리는 하지 마."

"물론이지, 나도 그렇게까지 바보는 아니야."

"그럼?"

"우리는 숫자로 메우는 전법이야. 그리고 채집을 메인으로 하고 말이지."

과연 참으로 멋진 수를 생각해 냈다.

커다란 마물을 잡으면 단가는 높지만 시간과 노력이 많이 든다.

그렇다면 수렵은 자위적 수단으로만 제한하고, 과일류나 비싼 약초 등의 채집으로 좁혀 숫자를 벌어야 한다고.

실로 냉정한 이나다운 작전이기도 했다.

"효율적으로 단가가 높은 것이 있는 곳을 찾는 게 핵심이야."

"어제는 마구 몰아세우더니 의외로 쪼잔한 전략이군요."

"너야말로 단세포니까 모험자는 그저 요란하게 마법을 써서 마물을 잡으면 된다고 여기는 거겠지."

"뭐라구요?"

카타리나가 이나를 도발하지만 오히려 이나에게 반격당해 흥분하고 만다.

확실히 이나의 지적은 옳다.

모험자가 요란한 방법으로 강력한 마물을 토벌하면 문외한의 눈에는 멋있게 보이겠지만 그것만이 모험자의 일은 아니기 때문이다.

모험자의 일이란 어쨌든 잘 팔릴 물건을 많이 획득하는 것이다.

왜냐하면 용이나 강력한 마물을 쓰러뜨리면 돈이 되긴 하지만, 그런 일을 할 수 있는 모험자는 많지 않으므로 사실은 채집물에서 얻는 수입이 많기 때문이다.

모험자 길드 입장에서도 무모한 토벌로 모험자가 큰 부상을 입거나 죽어버리면 곤란하기 때문에 되도록 장기간에 걸쳐 일정하게 돈을 버는 모험자는 대환영이었다.

초일류의 모험자란 소수밖에 없기 때문에 초일류인 것이다.

실제로 한번도 마물 영역에 들어가지 않고 인적이 드문 숲에서 꾸준히 고가의 산물을 효과적으로 모아서 평생 수입이 천만 센트를 넘은 모험자도 과거에는 존재했다.

그런 사람은 초일류 모험자의 그늘에 가리기 마련이지만 진짜 성공자인 것은 사실이었다.

"아가씨들, 싸움은 금지니까. 그런 것은 승부로 가리도록."

"알겠습니다."

"알겠어요."

제 아무리 카타리나라도 고명한 모험자였던 블랜타크 씨의 주의에는 순순히 따랐다.

아무도 군소리 못할 만한 실적을 올렸기 때문에 섣불리 반론을 펼 수가 없으리라.

"그럼 시작이군."

블랜타크 씨의 신호로 승부가 시작됐지만, 나는 딱히 특별한 일을 하는 게 아니다.

마의 숲에 들어가 내게 덤벼드는 마물을 깨끗이 죽일 뿐이다.

나뭇가지로 만든 화살을 마법으로 연수 같은 급소에 찌르는 수법에도 변함이 없다.

어제 저녁 무렵 화살로 만들기 전에 마법으로 나뭇가지를 전체적으로 압축하는 방법을 떠올렸기 때문에 찌르는 위력이 늘어 마물들에게는 불행의 씨앗이 늘어났을 뿐이다.

"하지만 저녀석들은 학습능력이 없다고나 할까……."

일반 동물보다는 좀 더 머리가 좋은 것 같았지만 마물은 여전히 내가 펼쳐놓은 '마법장벽'을 깨려고 드득 드득 발톱을 세우고 있었다.

그리고 뒤에서 급소를 찔려 죽어간다.

다른 마물도 먼저 공격한 마물의 최후를 봤으니까 포기하면 좋을 텐데, 완전히 똑같은 공격을 펼치다가 똑같은 마법으로 쓰러져 간다.

머리가 나쁘다기보다 투쟁 본능이 너무 강해서 그렇게 해야 직성이 풀리는지도 모르겠다.

"후우, 역시 주먹밥은 매실장아찌야."

"묘하게 빨간 열매인데 괜찮나요?"

어째선지 어제와 마찬가지로 점심시간이 되자 카타리나가 나타나 같이 식사를 하게 됐다.

진지한 승부이므로 공평을 기하기 위해 한순간도 대전자와 얼굴을 마주하지 않는다……고 생각할 만큼 나는 승부를 진지하게 받아들이지 않았기 때문에 딱히 신경 쓰지 않고 '마법장벽' 안에 넣어준다.

어제는 카타리나가 '마법장벽'을 유지했기 때문에 이걸로 비긴 셈이다.

"색깔이 빨간 것은 함께 절인 식물의 잎이 빨갛기 때문이야. 오

래 가고 건강에도 좋으며 음식이 상하는 걸 방지하는 효과도 있
어."

"시기는 하지만 맛은 나쁘지 않군요. 요리에도 쓸 수 있을 것
같고……."

"뭐? 카타리나가 요리를?"

"뭣! 무슨 말씀인가 했더니, 물론 요리사가 말이죠!"

어제부터 수상했지만 과연 지금의 마의 숲 근처의 환경에서 카
타리나가 요리사를 거느리고 숙박할 만한 곳이 있을까?

틀림없이 본인 스스로 요리를 만들고 있겠지만…….

"그 새고기 맛있어 보이네."

"호로호로새의 소금찜이에요."

카타리나의 말로는 깃털을 꼼꼼하게 뽑은 후 내장을 꺼낸 호로
호로새의 뱃속에 향신료, 향미채소, 밑준비를 한 내장 토막을 넣
고 대량의 젖은 소금으로 전체를 감싼 후 찐다고 한다.

도미의 소금찜과 비슷한 요리인 것 같다. 사용하는 소금 양으
로 봐도 매우 고급스러운 요리였다.

"한 입 맛보실래요?"

"그럼 그럴까."

너무 맛있어 보여 조금 얻어 먹어봤지만 역시나 기대만큼 맛있
었다.

지금까지 이 요리를 떠올리지 못한 자신에게 저주를 퍼부을 것
같다.

"이 요리 맛있는걸."

솔직하게 칭찬하자 카타리나는 무척 기뻐했다.

분명히 직접 만들었으니까 칭찬을 받고 기뻐하는 것이겠지만 그것을 지적하면 요리사가 만들었다고 소리칠 게 뻔하니 굳이 아무런 말도 하지 않는다.

"답례로 디저트를 대접할게."

그렇게 말해도 여러 가지 자른 과일과 약간의 물과 벌꿀을 컵에 넣고 '혼합' 마법으로 트로피컬 믹스 프루트 주스로 만들 뿐이다.

마요네즈를 만들며 얻은 마법을 응용한 것에 불과하다.

"바람 마법이 특기인 저에게 절묘한 마법을 보여주시는군요. 컵 안의 재료가 한 방울도 흘러넘치지 않다니 역시 대단하네요."

"카타리나는 별명이 '폭풍'이었지."

그래서 바람 마법에는 흥미가 많은 것이다.

"네. 별명이 생긴 유래는 제 바람과는 조금 거리가 있지만……."

서부의 모험자 예비학교에서 야외 수업 중에 갑자기 늑대 떼가 학생들을 덮쳤기 때문에 자기도 모르게 거대한 회오리 마법으로 몽땅 날려버렸다고 한다.

"물론 일부 학생이 휘말리기는 했지만, 그 늑대 떼의 습격을 받고도 사망자가 없었던 점은 행운이었는데……."

그 사건으로 동급생들이 꺼리게 된 것도 카타리나가 늘 혼자 있는 이유 중에 하나일지도 모르겠다.

"저 정도쯤 되는 마법사는 동료를 찾는 일도 쉽지 않아요."

그로부터 나흘 동안 차츰 효율이 좋아져 사냥 성과는 순조로웠지만, 어째선지 점심은 늘 카타리나가 함께 했다.

나는 주먹밥만 싸오기 때문에 반찬 같은 것을 나눠 준다.

"벤델린 씨는 귀족이니까 좀 더 먹는 것에 신경을 써야 해요."

저택에 돌아가면 나름대로 훌륭한 요리를 먹는데, 어째선지 누나가 잔소리를 하는 것처럼 되어 버렸다.

첫인상은 조금 나빴지만 이렇게 지내보니 의외로 괜찮은 아가씨인지도 모르겠다.

"여자 혼자 힘들겠지만, 그래도 이나 일행에게 말이 너무 심했어."

마지막 날 점심에 닷새 전 일을 언급했더니 이 또한 의외의 반응이 돌아왔다.

"말이 심했던 점은 인정하지만 모험자란 언제까지나 강자에게 의지해서 살아가서는 안 돼요."

카타리나는 나름대로 이나 일행에게 내게 너무 의존하지 말라는 말을 하고 싶었던 것 같다.

표현이 부적절했던 탓에 그런 뜻으로는 전해지지 않았지만.

"그걸로 나한테 이길 수 있을까?"

"이제 저녁때까지 성과를 늘려 승리를 확실하게 굳힐 거예요."

첫날보다 성과가 오른 모양이라 카타리나는 자신 있게 가슴을 내밀었다. 아직 짧은 만남이었지만 무척 카타리나답다고 생각한다.

점심을 먹은 뒤 카타리나와 헤어져 마지막으로 수입을 챙기려고 했다.

"승부는 별로 신경 쓰지 않지만……."

이나 일행이나 카타리나 모두 진지하게 임하고 있기 때문에 대충 하는 것도 실례이리라.

그리고 이제야 또 한 사람의 참가자를 떠올렸다.

어째선지 멋대로 참전한 도사다.

"걱정할 필요는 없겠지. 우리가 몽땅 죽어도 그 사람만은 틀림 없이 살아있을 테니까."

지금쯤 제 멋대로 마물이 손상되지 않도록 지난번 비룡처럼 목을 꺾거나 때려죽일 것이다.

아까 저쪽에서 마물로 추정되는 존재의 단말마의 비명을 연속해서 들었지만, 정신건강 상 크게 신경 쓰지 않기로 했다.

그저 마의 숲의 마물들에게 천적이 나타났을 뿐이니까.

남은 문제는 엘 일행이 채집을 우선하여 얼마나 효율적으로 돈을 벌어, 카타리나의 성과에 따라 가느냐일 것이다.

"조금 있으면 시간이 끝나는군."

마지막 날 오후에도 효과적으로 사냥을 진행해 마침내 닷새 동안에 걸친 수렵 및 채집 경쟁이 끝났다.

길드 지부 앞에서 기다리는 직원들에게 지금까지 거둔 성과를 모두 건넨다.

"이야~, 엄청난 성과네요. 날마다 승부를 해주시면 안 될까요?"

이번 승부에서는 길드 측이 매우 협조적이었지만, 그들 입장에서 세 명의 마법사가 성과를 경합한다는 것은 실수입이 늘어 바람직한 일인 것 같다.

"전혀 수요를 충족시키지 못하고 있으니까요."

마의 숲에 침입할 수 있게 된 것은 좋았지만 난이도가 높아 미숙한 모험자라면 시신으로 변할 뿐.

인원수에 비하면 의외로 성과가 오르지 않은 모양이다.

모험자라는 이름대로 무모한 모험 끝에 죽어버리는 자도 많았고, 어느 정도 마의 숲에 관한 정보가 모아질 때까지는 희생자가 줄지 않을 것으로 예상됐다.

다른 지역에서 뛰어들 초일류 베테랑은 카타리나를 포함해도 아직 소수다.

자기 거점에서 돈을 버는 그들은 조금 더 양상을 지켜보고 싶은 모양이다.

"그리고 여기는 아무것도 없으니까요……."

마도비행선이 정기적으로 오게 됐지만 원래 마의 숲에 모여드는 모험자를 위해 생겨난 마을이므로 숙박지를 포함해서 전혀 정비가 되어있지 않다.

모험자 길드 지부조차 오두막 신세인 것이다.

아직 노숙을 하는 모험자도 많고 오락 시설은 몇몇 행상인이 차리는 시장이나 포장마차 정도였다.

입이 거친 모험자는 '마을? 그딴 게 어딨어?' 하고 투덜거릴 정도다.

"자금이나 자재가 없는 건 아닌데. 시간이……시간이 부족해……."

"그밖에 개발이 필요한 곳도 많은 것 같고요."

원래 아무것도 없는 미개지였기 때문에 아무래도 처음에는 바우르부르크 주변을 우선하기 마련이므로 그 점은 조금만 더 참아주길 바란다고 나는 길드 직원에게 설명한다.

"아직까지는 그럭저럭 생활할 수 있으니까 문제없어요. 조만간 이 근처에서도 개발이 시작되겠죠?"

길드 지부장과 그런 얘기를 하고 있는 사이에 집계가 끝났다.

"그럼 결과를 발표하겠습니다."

제일 처음이 나였지만, 되도록 오지에서 커다란 마물만 잡은 결과 카타리나의 세 배가량 성과를 올렸다.

마물을 손상시키지 않고 쓰러뜨리는 마법에 익숙해진 탓도 있으리라.

사벨 타이거도 꽤 잡았지만 역시 흰색은 한 마리도 섞여 있지 않았다. 첫날은 우연히 운이 좋았던 것 같다.

"압도적이군요."

"큭큭……."

카타리나도 열심히 사냥을 했겠지만 역시 마력량의 차이가 컸던 것 같다.

그녀의 성과 중에 초고액이 될 만한 개체도 없다는 점에서 경매에 내놓기도 전에 승부가 난 셈이리라.

"어디, 다음은 엘 일행인데……."

카타리나의 성과에 얼마나 육박했는지가 핵심이었지만, 성과를 계산하는 길드 직원은 의외의 결과를 입에 담았다.

"카타리나 씨보다도 평가액이 조금 위군요."

"뭣! 그게 무슨 소리죠?"

"아니, 그건 숫자로 메웠다고 밖에…….."

수요가 많아 단가가 높은 카카오나 과일류를 대량으로 채집했고, 그밖에도 고액의 약효가 뛰어난 약초류를 대량으로 모은 것 같다.

약초에 대해서는 교회에서 치료를 돕는 일도 하는 엘리제가 크게 공헌했다.

이 약초는 이런 곳에 많이 자란다던가 하는 지식을 잘 활용한 것 같다.

역시 엘리제답게 착실한 완벽초인의 모습을 발휘했다.

그리고 예상보다도 잡은 사냥감 숫자가 많았다.

"사벨 타이거도 몇 마리 있네요. 게다가 상처도 없어요."

"있기는 있지만 벨과 마찬가지지."

사벨 타이거는 전부 루이제가 잡은 것 같다.

그 돌진이나 공격을 뛰어난 동체 시력을 활용하여 최소한의 움직임으로 피하며 재빨리 뒤로 돌아 마력을 담은 일격으로 쓰러뜨린다.

외상이 없는 것은 마투류의 비법인 내부 파괴로 연수만 갈기갈기 찢었기 때문인 모양이다. 겉으로 봐서는 전혀 알 수가 없었다.

"그거 뭔데? 은근히 무섭네."

"어느 정도 마력이 있어야 쓸 수 있는 기술이야. 도사님의 지도도 도움이 됐지."

그러고 보니 그랬다.

루이제는 중급과 상급 중간 정도의 마력을 가졌지만,, 그것을 마투류로 최대한 절약하면서 싸운다.

도사나 나는 적의 공격을 받아도 문제없도록 미리 '마법장벽'을 쳐두지만 루이제는 '마법장벽'을 치지 않고 피할 수 있느냐 하는 선택을 0.1초 단위로 판단한다.

피할 수 있는 공격이라면 '마법장벽'을 치지 않고 평범하게 피해버리는 것이다.

"넷이서 채집하고 내가 주변의 감시 역할. 숫자가 많으면 빌마나 이나에게 응원을 부탁하는 게 기본이었지."

루이제는 가장 큰 위협인 사벨 타이거를 전문적으로 잡은 것 같다.

다른 마물을 보면 깨끗이 목을 베어 떨군 것이 빌마의 성과이며 머리나 심장부 근처에 찔린 상처가 있는 것이 이나의 성과이리라.

"현재, 마의 숲에서 나는 과일 따위는 가격이 오르는 추세니까요. 이 정도면 대상인들이 경매에서 값을 끌어올릴 겁니다."

대상인은 범용 마법주머니를 몇 개나 갖고 있다.

거기 넣어두면 선도가 떨어지지 않으므로 신선 식품이라도 살 수 있을 때 대량 구입한다고 한다.

가격이 쌀 때 사들였다가 비쌀 때 방출하여 이익을 올리는 것이 목적이다.

재고를 대량으로 떠안아도 자금력이 있기 때문에 경영을 압박하지 않으며 마의 숲에서 난 물건들은 한동안 가격이 떨어질 일이 없다. 어쨌거나 여기서밖에 딸 수 없으니까.

다른 라이벌들에게 빼앗기지 않게 경매에서 값을 올리는 일도 주저하지 않는다고 한다.

"루이제 씨는 운도 좋군요……."

길드 직원의 시선 끝에는 흰색 사벨 타이거 한 마리가 놓여 있었다.

이것으로 두 마리째였지만 그 크기는 내가 잡은 것보다도 훨씬 컸다.

"게다가 전혀 상처도 없고!"

"안쪽은 그렇지 않지만요."

"그렇게 치면 암스트롱 도사님도 마찬가지지만요."

또 한 사람 제멋대로 참전한 도사였지만 그 전과는 경이적이었다.

엄청난 숫자의 마물 사체가 모조리 고통스러운 표정을 지은 상태로 늘어져 있어서 몇 명의 길드 직원들이 열심히 검사를 하고 있었다.

"저기……도사님?"

"옛날부터 이 사람은 이것으로 대량의 마물을 잡았던 것이다!"

도사는 자기 주먹을 앞으로 내지르며 어필한다.

어려운 방법 따위 쓰지 않고 그저 마력을 담은 주먹으로 마물을 때려죽이고, 걷어차 죽이고, 목을 꺾어 죽인 것 같다. 단순명쾌하며 시간도 걸리지 않겠지만 이 세계에서도 그런 일이 가능한 사람은 틀림없이 도사 정도뿐이리라.

나는 그 공격이 내게 향하지 않기만을 바랐다.

"그리고 숲 안쪽에서 유적을 발견했다! 내일이라도 탐색을 하러 갈 생각인데."

"뭐야. 도사님이 압도적인 1위잖아."

그야말로 엘의 말 대로였다.

사냥감 수조차 나보다 압도적으로 많았는데 심지어 미발견 유적까지 찾은 것이다. 역시 멋대로 참전한 보람이 있을지도 모르겠다.

"도사, 너무 젊은 친구들 일을 빼앗지 마."

"그렇기는 하지만, 실은 둘째 아내와 셋째 아내가 임신을 한 모양이라 미리미리 열심히 벌어두려고 생각한 것이다!"

"저기? 스무 명째였던가요?"

"그렇다! 이번에는 딸이었으면 좋겠군!"

도사의 엄청난 전과를 보며 블랜타크 씨가 젊은 모험자의 수입을 가로채지 말라고 나무랐지만, 그 말에 도사는 아이가 또 태어나므로 수입이 필요하다고 반론했다.

그보다 도사는 우리 아버지 이상으로 가족계획에 신경을 쓰지 않는 것 같다.

다만 생활력 하나는 초일류이므로 전혀 문제될 것이 없지만.

"여자아이가 태어나면 바우마이스터 백작에게 시집을 보내도 좋다!"

"네?"

"(도사를 닮은 여자아이가 벨의 아내가?)"

도사의 딸을 신부로 삼는다……우선은 나이 차보다도 엘이 내뱉은 한 마디가 신경을 건드린다.

"(도사를 닮은 딸?)"

곧바로 머릿속에서 떠오른 모습은 근육이 우락부락하고 얼굴도 도사를 쏙 빼닮은 여자아이였다.

"(그건 참아주세요. 아니, 물건이 안 설 것 같은데.)"

속된 표현이라 미안하지만 첫날밤에 허리가 꺾일 것 같은 이미지밖에 떠오르지 않았다.

"저기, 도사님, 엘리제 앞에서 그런 발언은 조금…….'

"오오, 그랬군. 자식이나 손자의 혼인은 생각을 해주기 바란다!!"

어떻게 대꾸해야 할지 망설이고 있을 때 도와준 사람은 이나였다.

사랑스러운 조카인 엘리제의 이름을 꺼내어 에둘러 거절을 해준 것이다.

"(이나! 살았어! 진짜 살았어!)"

"잠깐! 벨!"

엉겁결에 그대로 이나에게 안겨버렸지만 도사만 빼고는 모두들 크게 납득한 표정을 짓고 있었다.

역시 모두가 떠올린 도사의 딸의 이미지는 여장한 도사 그 자체였던 것 같다.

"뭐, 승부는 무사히 끝났으니까 다행이다!"

1위가 도사, 2위가 나, 3위가 엘 일행, 도사는 애당초 초일류 모험자이므로 이것은 어쩔 수 없으리라. 이미 나와 마력량에 차이가 없지만 경험이 다르니까.

"딱히 순위는 아무래도 상관없잖아."

블랜타크 씨가 옆에 있던 길드 직원에게 물으니 그는 긍정으로 받아들일 수 있는 대답을 했다.

"이토록 어마어마한 양의 물건이 왕도에서 경매에 붙여져 비싼 값에 낙찰된다. 그러면 다른 지역에 소문이 퍼질 테니까요."

자기 거점 지역보다 돈을 벌 수 있다는 사실을 알면 초일류 모험자들이 모여들 가능성이 높다. 그렇기 때문에 모험자 길드는 승부를 도운 것이리라. 승부라기보다 선전 목적도 있었던 것이다.

"남은 것은 유적인가……."

"네. 마의 숲 탐색은 이제 막 시작됐습니다. 다른 곳에도 미지의 유적이 여러 곳 있겠죠."

만약 도사가 발견한 유적에서 많은 성과가 나오면 이 또한 많은 모험자들을 불러 모을 미끼가 된다. 미지의 유적이란 그만큼 돈을 벌 가능성이 높기 때문이다.

결국 모험자 길드도 도사도 마의 숲 주변에 솜씨 좋은 모험자를 모아 개발을 도우려하는 것이다. 돈을 벌 수 있는 모험자가 가족과 함께 와서 그곳에 집을 짓고 생활한다.

고액의 납세도 하고, 그들을 대상으로 상인들이 장사하러 올 테니 지역의 활성화로 이어질 것이다.

"그럼 내일이라도 유적을 탐험할 것이다!"

"멤버는 이대로 가면 되겠지?"

예전에 죽을 뻔했던 지하유적 탐사 때보다 빌마와 도사가 가담한 만큼 전력은 더욱 늘었다. 아주 엄청난 일이 벌어지지 않는 한 문제는 없을 것이다.

"그럼 내일 일찍 출발해야하니 돌아갈까요."

"이 사람도 하룻밤 재워다오!"

"나도. '순간이동'으로 같이 데려가 줘."

"좋습니다. 최근에 '순간이동'으로 옮길 수 있는 사람이 늘었으니까요."

검은 연기의 언데드 거인과 벌인 전투나 그 후 토목 마법을 구사한 덕분에 마력량과 마법 정밀도가 높아졌는지 한꺼번에 열 명까지 옮길 수 있게 되었다.

"그거 편리하군. 그럼 부탁하네."

"알겠습니다."

우리는 내일의 유적 탐사에 대비해 일찌감치 쉬려고 바우르부르크로 이전한 저택으로 '순간이동'으로 돌아간다.

무사히 저택에 도착했지만 나는 차츰 뭔가를 잊고 있는 것 같은 감각에 시달렸다.

"벤델린 님, 왜 그러세요?"

"엘리제, 내가 뭔가를 잊고 있지 않았나?"

"한 가지 있다면 승부를 벌인 카타리나 씨가 아닐지……."

"까먹고 있었어!"

그러고 보니 카타리나와 며칠이나 승부를 벌인 것을 떠올린다.

도사의 임팩트가 너무 강해서 엘리제를 뺀 모두가 그녀의 존재를 잊고 있던 것이다.

엘리제가 기억할 수 있었던 것은 그녀가 상식인인 동시에 도사의 조카라서 그의 엉뚱한 행동에 면역이 되어 있기 때문으로 보인다.

"돌아갈까요?"

"귀찮으니까 내일 가도 되겠지? 응? 빌마."

조금은 불쌍하기도 했지만 이나 일행에게 했던 폭언도 있고, 그다지 나쁜 사람이 아니라는 것은 알았지만 이제 마력이 한계였다.

카타리나라면 하룻밤쯤 방치해도 괜찮을 거야……라고 생각하기로 한다.

"그 녀석 의외로 질기니까 하룻밤 정도는 방치해도 괜찮아."

"가끔 보면 벨과 빌마는 진짜 잔인해. 그 여자도 입이 거칠긴 했지만……."

"현실적으로 마력도 이제 한계야."

조금은 죄책감이 들었기 때문에 내일까지 지난 며칠 동안 카타리나와 나눈 얘기를 전하여 화를 누그러뜨리기로 한다.

뛰어난 마법사니까 바우마이스터 백작령 안을 거점으로 삼았으면 하는 점도 있고 입이 조금 거칠지만 성품은 나쁜 아가씨가 아니라고 생각한다. 누가 최고인지를 놓고 승부를 벌인다거나 하는 답답한 부분은 자제했으면 하는 바람이었지만.

"엘, 사실은 완전 네 타입이냐?"

"싫어. 그 여자 미인이긴 해도 엄청 성가시고."

"첫인상만 봐서는 그렇겠지."

나는 일이 잘 되더라도 내일이나 가능하겠다고 결론짓고 다 같이 도미니크가 만든 요리를 먹고 푹 잠을 잔 뒤 일단 밤사이에 카타리나에 대해 잘 얘기를 해두었다.

"그 여자가 정말 요리 같은 걸 할까?"

엘은 매우 반신반의하며 내 얘기를 들었지만.

다음 날 또 다시 마의 숲 근처 모험자 길드 지부 앞에 모이자, 카타리나는 고지식하게 우리를 기다리고 있었다. 표정은 언짢은 듯했지만 어딘가 와줘서 다행이라는 표정처럼 보이기도 한다.

"승부의 결과도 얘기하지 않고 저를 방치하다니, 대체 무슨 생각인가요?"

"역시 화가 났군."

"당연하죠!"

일부러 이쪽에 시비를 걸어올 정도니까 무시 받는 것이 싫었던 모양이다.

"미안하기는 하지만 카타리나도 도사의 언행에 어이가 없어서 아무 말도 안 했잖아."

"그건……."

그때에 '나를 잊지 말라'는 말 정도만 했다면 방치하지 않았겠지만, 그녀는 도사에 대한 면역이 없었기 때문에 그 자리에서 어이가 없어 멈춰서버린 게 좋지 못했다.

"우리도 이미 몇 년째 알고 지냈지만 그 사람은 정기적으로 충격적인 사실이 판명되니까."

원래는 초일류 모험자였다고 들었지만 설마 이렇게까지 대단하다고 할까, 왕궁 수석 마도사인데도 가끔씩 아르바이트로 사냥을 하는 것이니까 충격적이기도 했다.

그보다 아무도 말리지 않는 걸까?

아니, 말려봤자 소용없을 것 같기는 하지만.

"게다가 승부는 우리가 이겼잖아?"

카타리나의 성과는 세간의 일반적인 평가로는 초일류의 이름에 부끄럽지 않은 것이었다.

한 마디로 상대를 잘못 만났다는 뜻이리라.

"아직 승부는 끝나지 않았어요. 이번에는 한 달 동안의 성과로!"

"도사와 한 달이나 승부를 하겠다고?"

"그건……."

거의 승산이 없는 승부이리라.

우리의 파티에 블랜타크 씨가 가세하면 확실히 이길 수 있겠지만 그건 이미 승리라고 할 수 없으니까.

"이길 수 있게 되려면 시간이 조금 걸리겠지만."

게다가 한 달의 성과라니 또 연장인가.

혹시 카타리나는 우리와 승부를 해서라도 같이 있고 싶은 걸까?

"승부는 한동안 미뤄두겠어요!"

가까스로 승부 얘기는 철회시켰다. 하지만 승부욕이라고 할까 나를 이겨 이름을 알리는 것에 집착한다고 할까.

"이대로 여기서 활동하면 금방 유명인이 되겠지만."

"그것만은 안되요!"

"어째서?"

"벤델린 씨는 활약하면 그대로 공적이나 작위로 이어지잖아요? 저는 당신을 뛰어넘는 활약을 펼쳐도 그런 일이 생길지 말지……."

여성이라 겪어야 하는 비극이리라.

아무리 활약을 펼쳐도 남자가 아니므로 작위를 받을 수 없고, 번 돈을 목적으로 이상한 녀석들이 꼬이기만 한다. 그래서 파티를 만들지 않고 혼자 이름을 날리는 것에 집착하고 있다.

예외 취급을 받을 만큼 활약하는 것 말고는 선조가 빼앗긴 작위를 되찾을 방법이 없다고 생각하는 것이리라.

그것조차 불확실하지만 지금은 어쨌든 거기에 매달릴 수밖에 없다고.

그렇게 생각하니 조금 불쌍한 생각이 든다.

"저기, 도움이 될지는 확실치 않지만……."

나는 카타리나에게 유적 탐사에 참가했으면 좋겠다고 요청한다.

이번 유적 탐색은 도사나 빌마도 참가하여 지난번보다 압도적으로 전력이 늘어났다.

하지만 이 세상에 절대라는 것은 존재하지 않는다.

그러므로 초일류 마법사인 카타리나 도 참가하기를 바라는 것이다.

사실 그녀는 입이 조금 험한 듯해도 의외로 순수한 성격을 갖고 있으며 승부를 벌일 때도 전혀 치사한 방법을 쓰지 않았다.

모험자들이 쉽게 저지르는, 내 이익을 위해 남을 배신한다는 걱정도 전혀 없으리라.

무엇보다 이나 일행에게는 사과를 해야겠지만.

"미지의 유적이니까 뭐가 튀어 나올지는 분명하지 않지만."

"유적 탐색은 처음이지만 저는 서부에서 이름이 알려진 모험자. 달아난다는 선택이란 있을 수 없어요!"

"그거 다행이군. 지난번 같은 일은 겪기 싫으니까."

"소문으로 들었어요. 얼마 전 암살 미수 사건에 관여했다 작위를 박탈당한 루크너 남작가가 방해를 했다고."

사실이 아니지만 그라면 하고도 남을 거라는 이유로 소문이 쉽사리 퍼진 것 같다.

자업자득이므로 나는 전혀 수정할 마음이 없었지만.

"그러니까 부탁해."

"할 수 없군요. 제 실력을 똑똑히 봐주세요!"

"(그냥 말버릇이라고 생각하니 의외로 귀엽네…….)"

나는 자신과 닮은 외톨이 냄새가 나는 카타리나를 못내 방치하지 못했고…….

이렇게 해서 그녀도 멤버에 가담하여 다시 미지의 유적 탐색이 시작된 것이었다.

제3화 마의 숲 지하유적

"여러분도 제법 하는 것 같군요. 지난번에 한 발언을 취소하고 진심으로 사과할게요. 그리고 저도 이번 탐색에 참가하게 됐어요. 큰 배를 탔다는 생각으로 마음 푹 놓도록 하세요."

마의 숲에서 도사가 발견한 미지의 지하유적 탐색이 시작됐지만, 그 전에 내가 참가를 요청한 카타리나가 이나 일행에게 예전의 폭언을 사과했다.

그 내용을 들으니 좀 더 부드럽게 말하면 좋겠다 싶었지만 아마도 그녀는 이런 식으로밖에 말을 못하는 것이리라.

그래도 일단 사과를 했다는 점만은 이나 일행도 인정하는 모양이다.

역시 어젯밤에 잘 얘기해 둔 것 같다.

"왠지 개운치가 않은데……."

"이나는 워낙 진지한 성격이니까. 나는 이런 사람이 재밌어서 좋더라."

"나는 전력에 보탬이 될 테니까 딱히 상관없어."

진지한 성격의 이나의 입장에서 카타리나의 폭언은 용납하기 어려운 부분이 있을 테지만, 어쨌거나 일단 사과를 했기 때문에 아직 감정을 잘 처리하지 못하는 상태인 모양이다.

루이제는 이 카타리나라는 인물에게 어딘가 재미있는 부분을 찾은 것 같다.

엘은 지난 번 유적 탐색 건을 토대로 전력이 된다면 문제가 없는 모양이다.

미인이기는 해도 연애 대상으로서는 무리라고 공언했기 때문에 흥미는 없는 것 같았다.

"벨 님, 하늘하늘도 동료로 들어오는 거야?"

"일단은 이번만."

빌마는 모험자인데도 하늘하늘 한 얇은 천이 달린 가죽 드레스를 입은 카타리나를 '하늘하늘'이라는 별명으로 불렀다. 드레스 또한 가죽은 용의 가죽을 썼고 망토도 새끼용에게서 뽑은 배내털로 짰기 때문에 방어구로서는 최고봉에 가까운 명품이었지만 빌마의 눈에는 그저 신기한 물건으로 보이는 모양이다.

모험자가 된 지 불과 1년 만에 그 정도 방어구를 손에 넣었으므로 그녀가 초일류 모험자라는 사실은 틀림없지만 모험자로서 효율을 최우선시하는 무미건조한 빌마의 눈에는 카타리나가 뒤죽박죽인 존재로 보일 것이다.

"하늘하늘, 꽤 쓸모가 있으니까 괜찮아."

"이 아가씨는 저보다도 독설이 심한데요."

카나리나는 자신의 말투가 오만하다는 자각은 하고 있는 것 같다.

그런데도 빌마의 발언에 얼굴을 굳혔다.

화를 내지 않는 것은 빌마의 외모가 매우 작고 귀엽기 때문인 모양이라 그런 점에서 그녀는 크게 이득인 셈이다.

"빌마 씨, 앞으로 함께 탐색할 사람에게 '하늘하늘'이라는 표현은 옳지 못해요."

"네, 엘리제 님."

"정식으로 인사드릴게요. 카타리나 린다 폰 바이겔이라고 합니다."

"어머 정중하기도 해라. 엘리제 카타리나 폰 호엔하임이에요."

그리고 그런 빌마조차 함부로 굴지 못하는 내 미래의 본처 엘리제.

둘 다 가슴이 크고 이름이 겹치는 부분도 있지만 스타일상으로는 별로 닮지 않았다.

그나저나 귀족의 이름은 참 귀찮다. 조상 대대로 내려오는 여러 영지·지방의 이름이나, 특수한 미들 네임이 붙는 사람이 많으며, 또한 그것이 겹치는 사람이 많다. 엘리제와 카타리나 둘뿐이라면 큰 문제는 없겠지만.

엘리제는 겉으로 봐서는 '호엔하임가의 성녀'라는 별명에 어울리는 우아한 미모를 갖추고 있지만, 동시에 중앙의 명문 귀족가의 영애다운 심지가 강한 면도 갖고 있다

천하의 카타리나도 엘리제에게는 정중하게 인사를 했다.

엘리제도 과거의 폭언 따위 전혀 신경 쓰지 않는 듯 마찬가지로 정중하게 인사를 한다.

역시 한 번 몰락해버린 전 귀족가의 영애와 진짜 귀족 영애와의 차이가 나와 버린 것 같다.

귀족 세계에서는 '이걸로 은혜를 한 번 베풀었다'라고 말하는 듯한 느낌일까.

카타리나도 그걸 눈치 챈 모양이라 평소의 말투와 태도가 크게 움츠러들었다.

다만 왕도에는 나쁜 의미로 귀족 영애인 듯한 사람도 많이 존재하며 그들에 비하면 차라리 카타리나가 백배 나을지도 모른다.

"인사는 그쯤 해두고 어서 지하로 들어가자."

"그래! 새로운 지하유적을 탐색할 생각에 어제는 한숨도 못 잤으니까!"

블랜타크 씨의 재촉에 곧바로 유적에 들어가기로 했지만, 또 한 명의 어른이자 감시 역할을 맡은 도사는 유적 탐색을 매우 기대한 모양이다.

하지만 설레어 잠을 못 잤다는 말은 솔직히 '소풍 전날의 아이냐!' 싶은 생각도 든다.

"그럼 유적까지 이동한다!"

내가 유적을 발견한 게 아니라 '순간이동'을 쓸 수 없기 때문에 현지까지 걸어서 이동한다.

지난 며칠 동안 꽤 많이 잡은 덕분에 가는 동안 마물은 거의 나타나지 않았지만, 그래도 전혀 없지는 않다. 하지만 숫자가 적기 때문에 전부 루이제가 마력을 아낀 마투류 격투술로 처치해 간다.

"아직 유적에 도착하지도 않았는데 마법사에게 마력을 소모시킬 수는 없으니까."

"미안해, 루이제."

"숫자가 적으니까 괜찮아. 틀림없이 도사님이 대량으로 잡았겠지."

"루이제 아가씨의 말대로다! 유적 안에서는 무슨 일이 있을지 모르니까 최대한 마력은 절약한다!"

약 한 시간 후 도사의 안내로 유적 입구에 도착한다.

장소는 모험자 길드 지부가 있는 마을에서는 떨어져 있지만 그다지 안쪽은 아니었다.

입구는 매우 작고 또한 무성히 자란 남방고사리 따위로 덮여 있어서 도사가 용케 찾아냈구나 하고 모두들 감탄한다.

"우연히 소변이 마려워 여기서 싸려고 생각한 것이다!"

"하아. 그렇군요……."

결국 우연히 발견된 것 같았다.

도사만 뺀 모두가 속으로 괜히 감탄했다고 느꼈을 터이다.

"그래서 이 입구는 누가 열지?"

입구의 문은 닫혀 있었고, 누가 열어야 하는지를 엘이 물었다.

"그 전에 함정을 확인해야지."

문에 손을 댄 순간 쾅 하고 터지면 큰일이다.

도사의 충고에 따라 함정의 유무를 조사할 필요가 있었다.

"내가 나설 차례군."

재빨리 블랜타크 씨가 앞으로 나와 '함정감지' 마법을 구사하여 문을 조사한다.

역시 초일류 마법사 출신답게 이런 종류의 마법도 쓸 수 있다는 점은 참 대단한 것 같다.

"함정은 없는 것 같은데. 다만, 조금 성가시군……."

"성가셔요?"

"그래. 이 자물쇠를 봐."

블랜타크 씨는 문에 걸린 자물쇠를 가리켰다.

열쇠는 필요 없는 것 같지만 네 개의 다이얼이 붙어 있어서 0부터 9까지의 숫자로 바꿀 수 있게 되어 있다. 가장 알기 쉽게 말하자면 자전거 따위에 쓰는 숫자식 자물쇠를 닮은 것이다.

"숫자를 틀리면 '콰앙' 하고 터진다거나."

"그런 함정은 확인할 수 없군. 그냥 평범하게 숫자를 맞출 뿐이겠지."

시간이 걸리므로 은근히 짜증나는 함정이라고 할 수 있다.

아마도 이 문에 자물쇠를 채운 인간은 성질이 매우 고약할 것이다.

"그냥 날려버리는 방법도 있다!"

"그 앞에 뭐가 있을지 모르니 문을 날려버리는 건 안 돼."

만일 안에서 위험한 것이 발견되어 다시 문을 봉인해야 하는 사태가 생겼을 때, 문을 폭파해 부숴버렸다면 봉인 작업이 어려워지기 때문이다.

"하나씩 시도해 볼 수밖에 없겠지."

"틀리면 페널티 같은 게 있을까요?"

"아까도 말했지만 그런 함정은 탐지하지 못했어. 애당초 그런 고성능 함정은 효율이 나빠."

다이얼을 하나 틀릴 때마다 뭔가 일이 벌어지는 함정은 비용 문제만 놓고 봐도 설치가 현실적으로 매우 어렵기 때문이다.

게다가 고대 마법 문명시대의 유적은 대부분 안쪽에 공을 들여 함정을 설치하는 경향이 강한 모양이다.

그러고 보니 지난번 '강제 이전 마법진'이나 '거꾸로 묶어 죽이기' 함정이 유적 내부에 존재했다는 사실이 떠오른다.

"네에에—? 다이얼을 하나씩?"

0000부터 9999까지 하나씩 돌려 문이 열리는 번호를 찾는 것이다.

매우 단순하고 시간만 걸리는 짜증나는 작업이다.

"어디—."

내가 다른 사람들과 눈을 맞추려고 하자 모두들 시선을 피해 버린다.

엘리제조차도 그런 것을 보면 결코 아무도 하고 싶지 않은 것이리라.

당연히 나도 싫다.

"이런 경우는 신입에게 맡긴다던가."

엘의 의견에 따라 모두의 시선이 일제히 카타리나에게 향한다.

"그렇게 잔인한 말이 또 어디 있나요? 공평하게 제비뽑기로 결정해야 해요!"

당연히 카타리나도 펄쩍 뛰었지만 그 대신 좋은 아이디어를 내준 것 같다.

제비뽑기로 공평하게 결정해야 확실히 나중에 불만이 나오지 않을 것이다.

"벨 님, 가위바위보로 하자."

빌마가 내 로브를 잡아당기며 가위바위보로 결판을 내자는 의견을 내놓는다.

이 세계에 가위바위보는 존재하지 않았지만, 얼마 전 남는 시간에 우연히 빌마에게 가르쳐 줬더니 무척 마음에 들어 한 것이다.

그 이후 빌마는 뭔가 결정할 일이 있으면 반드시 가위바위보로 정하자고 했다.

이나 일행도 아무 준비도 없이 간단히 승패를 가릴 수 있으므로 지금은 거의 가위바위보에 참가하게 되었다.

이 세계에서는 이럴 경우 보통 제비뽑기나 동전 던지기로 정하지만, 가위바위보라면 별다른 수고가 필요치 않아서 좋다.

"뭐어어? 가위바위보?"

유일하게 엘만은 가위바위보로 정하는 것이 매우 불만인 듯하다.

그 이유는 엘이 소름끼칠 만큼 가위바위보를 못하기 때문으로 나는 엘이 가위바위보에서 이기는 장면을 본 적이 없다.

종종 빌마에게 지고 간식을 빼앗기는 모습을 목격했다.

"내가 일방적으로 불리한 것 같은데……."

"새삼 제비를 만들기도 귀찮으니까."

엘은 왜 그렇게 가위바위보를 못할까?

인간의 운의 총량은 크게 다르지 않을 텐데.

"어쨌든 시간이 아까우니까 가위바위보로 하자."

"할 수 없지. 신입도 있으니까 역시 지진 않겠지."

엘도 마지못해 인정하며 다이얼을 돌릴 사람을 정하는 가위바위보가 시작되었다.

가위바위보를 한 지 약 세 시간.

"9995! 9996! 안 열려!"

예상대로 가위바위보에 진 엘은 문에 달린 숫자식 다이얼을 일사분란하게 돌리고 있었다. 그 동안 남은 멤버들은 보초만 빼고 휴식을 취하고 있다.

세 시간이나 긴장을 하고 있으면 몸이 버티지 못하므로 보초만 빼고는 엘리제가 끓인 차와 과자를 즐기고 있었다.

"이 초콜릿 과자는 단 맛이 적어서 맛있네."

"그건 알테리오 씨가 보내온 시제품이야."

"그 사람 진짜 잘나가는구나."

이나는 알테리오 씨의 장사 근성에 감탄했다.

지금까지 벌이는 일마다 대부분 성공했기 때문에 아마도 한동안은 지금과 같을 것이다.

"하지만 엘한테 조금 미안한걸."

"졌으니 어쩔 수 없지."

"빌마는 여전히 냉정하구나. 물론 나도 대신해 줄 생각은 전혀 안 했지만."

"모험자니까 패배라는 사실은 고분고분히 받아들여야죠."

"여기서 카타리나의 속이 깊은 건지 아닌지 알쏭달쏭한 발언."

"딱히 그런 걸 노린 것은 아니에요."

"너희들, 남이 이렇게 고생하고 있는데……."

엘은 과자를 집어먹고 차를 즐기는 여성진에게 불평을 내뱉었지만, 결국은 패배자의 넋두리일 뿐이므로 아무도 상대를 해주지 않았다.

"9997! 이것도 안 열려!"

처음에 0000을 맞췄다가 어쩌면 9999일지도 모른다고 맞춰봤지만 아니었고, 그래서 다시 0001부터 맞추기 시작했는데 결과는 9998이었다.

당연히 엘은 격노하면서 문에서 빠진 자물쇠를 바닥에 내동댕이쳤다.

"이걸 만든 인간은 성격이 비뚤어진 놈일 거야!"

"뭔가 어중간한 함정이네요…….."

"함정이라기보다 간단한 방범설비지. 이 유적의 주인은 외부 침입자를 거의 생각지 않은 거야."

"지금은 정글로 메워져 있지만 옛날에는 안전한 장소 안에 있었을지도 모르지."

내 물음에 블랜타크 씨는 기운 빠진 말투로 얘기했다.

"의욕이 없어 보이네요."

"입구가 이런 식인 유적은 거의 백 퍼센트 꽝이니까."

고대 유적에도 여러 종류가 있는 모양이지만, 입구에 자물쇠만 채워져 있고 비교적 쉽게 풀 수 있는 것에는 그다지 가치 있는 보물이 없는 경우가 많은 듯하다.

"드물게 보물이 있는 경우도 있지만……말 그대로 드물지."

예전에 비슷한 자물쇠를 풀고 유적 안으로 들어간 적이 있었는데 그곳은 옛날의 식량창고였던 모양이다.

"만년도 더 된 것이니까. 아무것도 없었지."

시간이 그토록 오래 지나니 식량 같은 것은 썩는 정도가 아니

라 흔적조차 없었다고 한다.

"상당히 오지에 있는 유적이라 기대했는데."

"식량 창고였나요?"

"그런 지하유적도 있지."

전에 숨어든 것 같은, 그야말로 지하유적의 탈을 쓴 고대 위인의 비밀기지 같은 것은 극단적인 예이며 대부분은 문화적 가치가 있는 지하건조물이거나 개인이 만든 지하실 또는 옛날의 공공설비인 모양이다.

어느 세상이든 그런 것을 남길 수 있는 건 부자나 신분이 높은 사람들이다.

마도구나 보물이 나오는 이유는 그 지하유적을 만든 사람이나 조직이나 상회의 재산이거나 비품 등이 남아있기 때문이라고 한다.

어째서 마물이 사는 영역에 집중되어 있는가 하면 그 이외의 유적은 거의 발굴되어 버렸기 때문인 모양이다.

얄궂게도 인간이 들어가기 어렵기 때문에 남아있는 거라고 블랜타크 씨는 말한다.

"고대 마법 문명시대는 마물이 사는 영역에도 인간이 살았단 말인가요?"

"그렇겠지. 증거도 있는 것 같고."

마물이 사는 영역이 아니라도 가끔 전인미답의 벽지에서 유적이 발견되는 경우가 있다고 한다.

그곳에 가기까지 시간과 노력이 많이 들고 발견되는 숫자도 점점 줄어드는 모양이지만.

"술 창고라면 좋을 텐데……."

"또 그런. 아무리 본인이 좋아한다고……."

"술이라면 아직 가능성이 있지."

전에 고대의 귀족이 소유했던 지하식 와인 셀러가 유적으로 발견됐는데, 그곳에 보존되어 있던 와인은 멀쩡했다고 한다.

"고대 마법 문명시대의 빈티지 와인이니까. 눈알이 튀어나올 만큼 높은 가격이 붙었지."

귀족이나 대상인이 모두 달라붙어 경매에서 경합을 벌였다고 한다.

"그런 가능성을 꿈꾸면서 탐색을 시작하자."

"안전을 위해 이 사람이 앞장서겠다."

도사라면 갑자기 마물이 습격해도 괜찮다는 이유에 따라 그를 선두로 블랜타크 씨와 내가 나란히 뒤따른다.

자물쇠를 풀고 문을 열자 살짝 곰팡이 냄새가 났다. 그야말로 지하유적 같은 느낌이다.

만일을 위해 블랜타크 씨와 함께 '탐지' 마법을 쓰면서 어두운 통로를 나아가지만, 사람 둘이 그럭저럭 나란히 지나갈 수 있을 정도의 좁은 통로에는 마물의 흔적이 전혀 없었다.

"역시 단순한 창고로군."

블랜타크 씨가 노골적으로 아쉬운 표정을 짓는다.

지하유적을 만든 사람에게 재력이 있으면 유적 내부의 물건을 지키기 위해 대량의 함정이나 마물 등이 배치되어 있다고 한다.

또한 골렘 따위도 단골이라고 블랜타크 씨는 말한다.

"시간이 흐르면서 유적은 부서지고 마물만 들어 있는 것도 있지만 말이야. 그런데……눈이 좀 부시군, 도사."

"이 사람은 '라이트' 마법도 몸에 걸치지 않으면 발현되지 않는다."

"뭐, 밝기만 하면 상관없지만."

통로를 나아가며 점점 어두워졌기 때문에 도사는 '라이트' 마법을 썼다.

이 '라이트' 마법은 당연히 유적 탐색 등에서는 일반적인 마법이다.

보통은 손끝에 빛의 구슬을 맺히게 하여 사용하지만 도사는 온몸에 빛을 휘감고 무의미한 빛을 비추고 있었다.

엘리제였다면 '빛나는 여신'이라며 세간의 추앙을 받았겠지만 도사는 그저 '천벌을 받은 빛나는 거인'으로 보일 뿐이다.

항상 온몸이 빛나고 있기 때문에 마력 효율도 나빠 보인다. 도사 정도의 마력을 갖고 있으면 딱히 신경 쓰지 않겠지만.

"또 다시 자물쇠가 달린 문이군."

선두의 도사가 다시 자물쇠가 달린 문을 발견한다.

게다가 이번에는 평범하게 열쇠로 열 수 있는 자물쇠가 달려있는 모양이다.

"부술 수밖에 없다!"

"이번만큼은 부술 수밖에 없겠지?"

함정의 존재도 감지하지 못했지만 동시에 열쇠도 어디에 있는지 알 수 없었다.

자물쇠 자체도 겉모습은 맹꽁이자물쇠와 비슷했으며 별로 귀중품으로 보이지 않아서 블랜타크 씨는 부숴도 문제가 없다고 판단한 것 같다.

"그럼……."

"잠깐만 기다리세요. 제가 '자물쇠열기' 마법을 쓸 수 있으니까."

도사가 맨손으로 맹꽁이자물쇠 비슷한 것을 파괴하려고 했을 때, 카타리나가 다른 방법을 제안했다.

"오오, 진기한 마법을 쓸 줄 아는군."

블랜타크 씨가 감탄하는 것도 무리가 아니다.

이 '자물쇠열기' 마법은 쓰기에 매우 편리하지만 습득하기가 매우 어려운 마법이었기 때문이다.

자신의 마력을 덩어리로 만든 뒤 고형화하여 그 자물쇠에 맞는 열쇠 형태로 변형시켜 자물쇠를 부수지 않고 열쇠를 연다.

무서우리만치 섬세한 마력의 컨트롤이 필요하지만 그에 비해 성과가 크지 않으므로 모두들 금세 습득을 포기해 버려서 사용자가 매우 적은 마법이었다.

"이게 있으면 혼자 유적에 들어갈 수 있을까 싶어서요."

"아무리 솜씨가 좋은 마법사라도 유적에 혼자 가는 것은 위험해."

"알고 있어요. 덕분에 사장된 마법이고……."

천하의 카타리나도 블랜타크 씨의 충고는 순순히 받아들였다.

그가 마법사나 모험자로서 대선배이며 그 공적 또한 두말 할 나위 없는 초일류 인물이었기 때문이었다.

또 하나 그런 그에게 솜씨가 좋다는 말을 듣고 기분이 좋았으리라.

"길드 본부의 간부 중에도 아는 사람이 있어서 '폭풍'의 소문은 익히 들었지."

왕국 서부를 다스리는 호르미아 변경백작령에 있는 모험자 예비학교를 수석으로 졸업하고, 1년여 만에 서부 영역 제일의 마법사라는 평을 듣게 됐다고 한다.

"몰랐어."

"꼬마는 정말로 다른 모험자에게 관심이 없구나……."

관심이 없다고 할까, 지난 몇 년 동안 남에게 신경 쓸만한 생활을 해오지 못했기 때문이다.

모처럼 들어간 모험자 예비학교에도 몇 달 밖에 다니지 못했다.

일단은 왕도의 모험자 예비학교에 유학을 온 형태로 되어있지만 실은 거의 얼굴을 내민 적이 없어서 다른 모험자는 잘 모르는 것이다.

몰라도 모험자란 개개인이 자영업자 같은 것이니까 그리 곤란한 일은 없다.

"본인만 잘 벌면 되지 않나요?"

"그건 그렇지만."

그 대신 귀족으로서는 온통 구속뿐이라 지독한 꼴을 겪고 있으니까

"아, 하지만 카타리나는 아직 모험자가 된지 1년 남짓 밖에 안 됐어?"

"뭔가 불만이라도 있나요?"

"그럼 나이도 우리와 비슷하려나?"

열여덟 살 정도로 보이지만 사실은 아직 열여섯인 모양이다.

"제게는 뜻이 있어요! 바이겔가를 귀족가로서 부흥시킨다는! 그 책임감이 얼굴에 나타나 있는 거예요!"

한 마디로 늙어 보이는 게 아니라 어른스럽다고 말하고 싶은 것이리라.

그 때문에 마법을 쓸 수 있다는 사실을 안 순간부터 혼자 열심히 마법 수련을 했고, 열두 살에 모험자 예비학교에 들어갈 때까지는 수렵 등으로 돈을 벌었다.

모험자 예비학교 시절에도 수렵으로 열심히 돈을 벌었으며, 물론 그 틈틈이 마법 수련을 하고 지금도 마력은 계속 늘어나고 있으므로 수련을 게을리 하지 않는다고 한다.

"어쩐지 얘기를 듣다보니 옛날의 벨 같은걸……."

카타리나가 자랑스럽게 얘기하는 옛날이야기를 듣고 엘이 나지막이 감상을 속삭인다.

전에 나한테 들었던, 옛날의 내 생활과 비슷하다는 뜻이다

"(과연……카타리나도 나와 마찬가지로 외톨이였구나…….)"

아니, 틀림없이 현재도 그럴 것이다.

어쨌든 파티도 만들지 않고 혼자 모험자를 하고 있으니까.

"자물쇠열기도 언젠가 동료가 생겨 필요해질까 싶어서 터득했겠지……. 훌륭하군, 카타리나."

"뭐에요? 사람을 친구도 하나 없는 것처럼!"

"그래서, 있어?"

있다면 꼭 소개를 받고 싶다.

"이제 자물쇠를 열게요!"

내 질문을 무시하고 카타리나는 자물쇠를 열기 시작한다.

그 얼버무리는 모습을 보고 나는 그녀가 정말로 친구가 없다는 걸 눈치 챘다.

"열었습니다."

"빠르군."

"이 정도 자물쇠쯤은 제게 식은 죽 먹기죠."

"혼자서는 유적에 들어오지도 못할 텐데 용케 거기까지 수련을 했군."

"적당히 해요. 기분이 상할 것 같으니까요!"

"미안, 미안. 이거 듬직한 누님 같은 느낌이군."

"이 정도는 기본이죠."

우쭐하다 기분을 상하게 한 탓에 조금 장단을 맞춰줬더니 카타리나는 금세 기분이 좋아졌다.

자물쇠는 불과 십여 초 만에 열렸고 우리는 지하유적 안으로 더 나아간다.

한동안 걷다보니 통로가 또 다시 막혀 있었다.

"또 막다른 곳이네."

"아니, 마도 엘리베이터가 설치되어 있다."

"마도 엘리베이터?"

"마력으로 아래층까지 보내주는 편리한 장치지."

고개를 갸웃거리는 이나에게 블랜타크 씨가 설명한다.

마도 엘리베이터란 쉽게 말해 마력으로 움직이는 엘리베이터이다.

고대 유적에 간혹 설치되어 있는 모양이지만, 멀쩡히 움직이는 것은 지금까지 거의 없었다고 한다.

"이건 멀쩡하군. 별일인데."

블랜타크 씨가 막다른 곳의 벽에 있는 먼지투성이 단추를 누르자 석벽인 줄 알았던 것이 옆으로 미끄러지며 열린다.

확실히 엘리베이터와 매우 흡사한 구조로 되어 있다.

"단추에 '열림'이라고 적혀 있군요."

그 밑에도 '닫힘'이라고 적힌 단추가 있기 때문에 이건 그야말로 엘리베이터이다.

열린 문 안으로 들어가자 그 벽에는 '열림' '닫힘' 외에 모든 층수가 적힌 버튼이 붙어 있었다.

"여기는 1층이고, 지하 20층까지 있나."

"알고 보니 대유적이라던가?"

"커다란 창고일 거야. 열쇠가 단순하니까 거의 꽝이나 마찬가지지."

블랜타크 씨는 식료품이나 의류 따위의 창고가 아니었을까 하고 추리를 했다.

고대 마법 문명시대에는 대규모의 창고를 가진 대자본의 상회가 다수 난립했다고 한다.

"이미 안이 텅 비었으니까 돈이 안 된다는 건가요?"

만년 넘게 시간이 지났는데 내용물인 식료품이나 의류가 무사할 리도 없어서 거의 텅 빈 케이스가 많은 모양이다.

"마도 엘리베이터는 팔 수 있을지도."

마도구 길드가 연구를 위해 사줄 가능성이 높다고 한다.

"연구 말인가요?"

"그래. 왕성에는 마도 엘리베이터가 설치되어 있지 않았지? 이 마도 엘리베이터도 잃어버린 고대 기술이라 마도구 길드가 분해해서 연구하는 동안 전부 못 쓰게 돼버리겠지."

몇 안 되는 현존품도 그 때문에 전부 망가져 버렸다고 한다.

"구조는 그렇게 복잡해 보이지 않는데요."

이곳에 있는 마도 엘리베이터처럼 단추를 눌러 층수를 지정하면 그곳에 멈춘다거나 하는 기능을 재현할 수가 없는 모양이다.

그리고 문이 닫힐 때 사람이 끼어버린 경우 전세에서는 센서에 의해 저절로 열리는 게 기본이지만, 당연히 이 세계의 기술로는 재현 불가능했다.

오히려 고대 마법 문명시대에 재현할 수 있었다는 점이 대단한 것 같지만.

"짐을 1층부터 2층으로 올리는 정도의 엘리베이터라면 왕성에서도 뒤편에서 쓰고 있어."

어디까지나 화물용인데도 가격이 어마어마하게 비싸다고 한다.

생산수도 적고, 왕성이나 일부 공공시설, 대귀족이나 대상인이 갖고 있는 정도인 모양이다.

"화물 전용이라."

"마도 엘리베이터는 유지에 기술과 돈이 드니까. 대귀족 중에도 필요 없다고 생각하는 사람이 많지. 우리 나리도 없거든."

그러고 보니 블라이히뢰더 변경백작의 저택에서 엘리베이터를 본 적이 없다는 기억을 떠올린다.

"벌써 아래층에 도착했다니! 누구예요! 제 엉덩이를 만진 사람이!"

"아아, 나야."

"조금은 미안한 내색이라도 해요!"

"좁으니까 어쩔 수 없잖아! (그보다 가죽 감촉밖에 못 느꼈으니까······.)"

엘리베이터는 생각보다 넓어 전원이 들어갔지만, 인원이 많아 꽉 차버린 탓에 내 손이 카타리나의 엉덩이에 닿은 것이다.

"저기, 내 가슴을 건드린 것은?"

"나인 것 같군. 뭐? 그게 가슴이었다고?"

"블랜타크 님, 나가서 메다꽂아도 될까요?"

"자, 잘못했네!"

꽉 들어찬 엘리베이터 때문에 사고가 생겼던 것 같지만, 우리는 무사히 지하 1층에 도착했다.

"또 통로뿐인가?"

"전형적인 지하창고로군."

폭 3미터쯤 되는 앞이 보이지 않을 정도로 긴 통로가 뻗어 있었고, 그 양쪽에 대략 5미터 간격으로 엘리베이터의 문과 비슷하게 '열림' '닫힘' 단추가 설치되어 있다.

"문의 동력도 마력인가요?"

"그렇겠지. 그리고……별일이군! 마장고로 되어 있는 건가!"

"마장고요?"

마장고가 뭔지는 아무리 나라도 알고 있다.

한마디로 마법주머니의 창고판이다.

작은 주머니에 대량으로 수납하는 대신 방에 보관하며 그 방에 있는 물건의 경년열화를 방지하는 기능만을 탑재한 마도구다.

문을 열고 내용물을 꺼낼 때는 그 기능이 멈췄다가 다시 문을 닫으면 안에 들어 있는 물건의 시간 경과가 멈춘다.

고대 마법 문명시대에는 냉장고와 나란히 보급되었던 물건이라고 전에 책에서 읽은 적이 있다.

"하지만 그런 옛날의 마장고가 아직도 움직이고 있는 건가요?"

"당연하지. 어쨌거나 이건 마도구니까."

고대 마법 문명시대의 유적에서 발견한 마도구는 겉모습이 조금 낡아도 지금 당장 쓸 수 있는 물건이 많다.

어쨌거나 애초에 장기간 사용하는 것을 전제로 만든 물건이 많은 데다 대부분 경년열화를 방지하는 마법이 걸려 있기 때문이다.

역시 만년 이상 지났으니 그 마법이 걸려있지 않으면 찾아봤자 쓸 수 없지만.

"자, 단추 아래를 잘 봐."

"아, 마정석이 빛나고 있어."

빛나고 있다는 것은 지금도 경년열화 방지 기능이 살아 있다는 뜻이다.

"와아, 그렇게 오래 가는구나."

"솜씨가 좋은 마도구 장인이 건설에 참여했겠지."

블랜타크 씨는 솜씨가 좋은 마도구 장인은 마도구의 성능뿐만 아니라 딸려 있는 마정석의 연비도 더 뛰어나다고 엘에게 설명한다.

"하지만 만 년이 넘었는걸요."

"열화(劣化) 방지는 마력을 별로 잡아먹지 않으니까. 만드는 건 어렵지만……."

그렇기 때문에 나는 스승님에게 마법주머니와 그 내용물을 무사히 넘겨받은 것이다.

"마장고는 마법주머니만큼 마법을 소비하지 않아."

대량의 물건을 주머니 안에 설정한 이차원(異次元)의 공간에 보관하거나 그것을 자유롭게 불러내는 기능이 생략되어 있기 때문이다.

실제로 문 뒤편에 달려 있는 마력 보급용 마정석은 크기가 소프트볼 공정도밖에 안 되었다.

그 크기로 만 년 넘게 가동되고 있으니까 마법주머니보다 마력 소비 효율이 좋을 것이다.

"유적에서 발굴된 사용 가능한 마도구는 이렇게 살아있는 창고에 들어 있던 경우도 많아. 어쩌면 의외로 대박일지도."

재빨리 제일 가까이 있는 문을 열고 마장고 안에 들어가 본다.

실내는 폭 5미터, 길이 100미터, 천장 높이 5미터 정도로 매우 컸으며 안에 들어가면 마도구인 조명이 저절로 켜지는 구조로 되어 있었다.

바닥이나 벽, 천장도 대리석 같은 새하얀 돌로 되어 있고 매우 가느다란 마법진 같은 것이 많이 그려져 있다.

아무래도 열화 방지의 마법진인 것 같다.

"역시 살아 있군."

방 안에는 나무상자가 대량으로 쌓여 있었지만 모두 만 년 이상 전의 것으로 보이지 않는다.

아직 나무가 하얗고 신품 같았으며, 나무 특유의 은은한 향이 실내에 퍼지기 시작했기 때문이다.

"또 시간이 흐르기 시작한 것 같군."

문을 열었기 때문에 시간의 흐름이 부활했고, 나무 상자가 신품이었기 때문에 당시 그대로의 냄새가 나기 시작한 것이라고 블랜타크 씨는 설명한다.

"결국, 내용물을 넣고 빼는 동안에는 시간이 흐르는 거군요?"

"문 안쪽에도 마법진이 그려져 있겠지. 문을 열면 열화 방지 마법이 멈추는 거야."

"편리한 건가?"

마도구 길드 사람들도 그런 의문을 느끼고 있는 모양이며, 그것이 마장고가 보급되지 않은 가장 큰 원인이라고 한다.

마장고는 물론 소비 마력도 적고 일단 가동시키면 장기간 쓸 수 있지만, 만들기 위해서는 대규모 창고 공사와 특수한 석재를 내부 벽 전체에 두르고, 또한 독특한 마법진을 빈틈없이 그릴 필요가 있다.

초기 비용을 고려하면 냉장고가 압도적으로 가성비가 좋다고 한다.

"그러고 보니 알테리오 씨도 대형 냉장고를 구입했죠."

된장이나 간장을 저장하기 위해 구입한 것은 지하에 설치한 대형 냉장고였다고 나는 들었다.

"마장고는 시간이 흐르지 않으니까 신선 식료품의 저장에 좋을 것 같지만 문을 열면 시간이 흐르니까."

대규모의 창고를 마장고로 만들어 신선 식료품을 대량으로 보관해도 결국 꺼낼 때 일일이 시간이 경과하고 온도 조절 같은 부패 방지도 하지 않았기 때문에 쉽게 상한다.

그럴 바에는 작은 냉장고 쪽이 압도적으로 경비가 덜 들고, 어느 정도 양을 보존할 때는 마법주머니가 자리도 차지하지 않고 운반도 편하다고 한다.

마장고는 어중간한 존재가 되어 지금은 거의 보급되지 않았다고 한다.

"의복이나 잡화 등을 오랜 기간 보관해봤자 의미가 없으니까."

"그럼 옛날 사람은 어째서 마장고를 이용했을까요?"

"그건……이게 힌트가 될까?"

카타리나의 의문에 대답하려 한 것은 아니지만 나는 문 근처의 벽가에 작은 책상과 책장을 발견했다.

책장에는 대량의 종이가 끈으로 묶여 꽂혀 있었고, 내용을 살펴보니 그것은 이 창고에 들어가 있는 물품의 목록인 것 같다.

"예상한대로 병에 든 술, 의복, 생활 잡화로군."

고대의 것이라도 신품에 가깝기 때문에 그 나름대로 가격을 받을 수 있을 것이었다.

"있잖아, 벨. 이건 목록이 아닌데."

나눠서 끈으로 묶인 종이다발의 내용을 읽던 와중에 루이제가 뭔가 다른 자료를 찾은 것 같다.

"어디. '프라임타운 교외에 대형쇼핑몰 프라이스 오프가 당당히 오픈! 80, 90% 할인은 기본! 신형 에너지 절약형 마도구도, 완전 봉사가격으로 대방출! 없는 것 빼고 다 있다!'라."

전단지 같은 것이지만 어쩐지 전세인 일본의 분위기가 물씬 풍기는 문구였다

그보다 같은 고대 마법 문명시대의 유적인데도 어딘가 왕도 주변의 것과는 다른 듯한 기분이 든다.

"벨, 이 지하유적의 자료가 있어."

꼼꼼하게 자료를 읽고 있던 이나가 이 지하유적의 정체가 적힌 종이를 찾은 것 같다.

받아서 읽어보니 이 지하유적은 아무래도 이 전단지에 있는 쇼핑몰 전용의 지하창고였던 것 같다.

"어디, 한 마디로 대형 땡처리 매장의 창고 같은 거로군."

고대 마법 문명시대에 대해서는 아직 연구자들 사이에서도 잘 알려져 있지 않은 내용이 많은 것 같지만 적어도 지금보다는 마도구 등이 대량으로 보급되어 있고 생활도 풍요로웠던 것 같다.

전세인 일본처럼 저렴한 물건이 대량으로 보급된 결과 점점 가격이 내려가고 생산된 상품의 재고가 쌓여 업자의 경영을 압박해 간다.

자연스레 업자는 도태되고 박리다매의 대자본이나 상황 변화

에 대처가 빠른 소규모 업자로 양극화된다.

이 지하창고는 그 과정에서 망한 업자에게 사들인 물건을 '신고품(新古品)'으로서 보존하기 위한 창고라고 나는 추측했다.

"(고대 마법 문명시대도 의외로 살기가 팍팍했군…….) 결국 이 창고에 대량의 상품이 있다는 건가요?"

도사는 재빨리 나무상자 하나를 열더니 안에 든 술병을 꺼내어 시음했다.

탐색은 아직 지하 1층 첫 방인 이곳밖에 들어가지 않았다.

한 층이 이것과 비슷한 규모라 치고 그것이 20층이나 된다.

얼마만큼의 물자가 남아 있는지 상상하기조차 어려울 정도였다.

"도사님, 탐색 중에는 술을 마시지 마세요."

"와인이 떫군. 마장고에 들어있었으니 어쩔 수 없겠지만."

시음이라 해도 도사답게 단숨에 병나발을 불어 술병이 드러냈다.

하지만 도사가 이 정도로 취할 리도 없어서 낯빛도 전혀 변화가 없다.

"엘리제 님, 배고파."

"네에, 네에. 지금 간식을 드릴게요."

"고마워, 엘리제 님."

마물도 없는 유적 탐색이었으므로 빌마는 무료해진 모양이다.

시간도 마침 점심 전이어서 엘리제는 빌마에게 직접 구워온 쿠키를 주었다.

마치 동생을 잘 돌보는 언니와 어리광 부리는 동생 같은 구도로 보인다.

"완전 대박인 것 같군요. 이 엄청난 수확과 공적이라도…….."

"여자의 몸으로는 귀족이 될 수 없겠지."

"이 나라는 정말로 폐쇄적이에요!"

아직 전부 다 조사하지는 않았지만, 이만한 물자가 있다면 수입이 어마어마할 것이다.

그런데 카타리나는 여성은 귀족이 될 수 없다는 왕국의 불문율 때문에 손해를 보는 신세가 될 것이다.

내가 보기에는 매우 뛰어난 마법사이므로 예외로 인정해도 될 것 같지만…….

"(도사님, 이대로 놔둔다면.)"

"(망명해버릴 가능성이 있겠군…….)"

어퀴트 신성제국에서는 여성 귀족도 인정을 받는 모양이라 적어도 몇 명 정도는 존재하고 있는 것 같다. 어쩌면 카타리나도 마지막 희망이라며 제국으로 망명해버릴 가능성이 있었다.

그녀 정도의 마법사가 망명해버리면 왕국에 큰 타격이 될지도 모른다.

"망명은 하지 않아요. 제게는 지켜야 할 가신들과 그 가족이 있으니까요."

카타리나의 본가인 바이겔가는 조부의 대에 왕가의 전봉(轉封-영지를 다른 곳으로 옮기는 것) 명령을 거부했다는 명목으로……실제로는 파벌 다툼의 여파로 영지와 작위를 빼앗겨 버렸다고 한다.

그녀가 말하는 가신들이란 바이겔 가문을 섬겼던 종사장 이하

가신과 그 자손들로, 왕국의 직할지가 된 지금도 언젠가 바이겔 가문이 귀족으로 복귀하기를 바라며 영지를 완강히 지키고 있는 모양이다.

말만 들어도 정말 무섭도록 대단한 충성심인 것 같다.

"조부님이 폐하의 명을 거역하는 일은 있을 수 없어요! 그 악랄한 루크너 후작가의 짓이니까요!"

지금의 루크너 재무경의 선대가 같은 재무벌이자 그 당시 분쟁이 있던 릴리엔탈 백작가의 세력을 꺾기 위해 그 같은 공작을 벌였다고 카타리나는 설명한다.

바이겔가는 재지 영주로서는 드물게 법의귀족인 릴리엔탈 백작가의 종자였다.

영지가 왕도에 가깝고 친척 관계이기도 했던 모양이라, 만일의 경우 어느 정도의 병력을 기대할 수 있는 바이겔가를 루크너 후작가가 탐탁지 않게 여긴 것 같다.

중앙의 법의귀족끼리 다퉜을 때 수십 명을 쉽게 동원할 수 있는 재지 귀족의 존재는 중요한 것이다.

"그 사람은 여기 저기 원한을 많이도 샀군."

"대귀족이라는 존재는 그 나름대로 적이 있는 것이다!"

게다가 바이겔가가 작위를 박탈당할 당시에는 양가의 당주가 견원지간이었지만, 대가 바뀐 지금은 그 정도로 사이가 나쁘지 않은 모양이다.

"관계 회복이 이루어졌군요."

"선조의 원한보다 현세의 이익이 우선이라는 뜻이다!"

도사의 말로는 대가 바뀌면 극단적으로 귀족가문 끼리의 관계가 바뀌는 경우가 있다고 한다.

반대로 '불구대천의 원수니까 절대 용서하지 말라!'고 후계자에게 유지로 남겨 수백 년 동안 사이가 나쁜 귀족 가문도 존재한다고 하지만.

"작위 박탈 당시에는 릴리엔탈 백작가도 원조를 해주었지만……."

'반드시 영지와 작위를 되찾아주겠다'고 원조를 해주었는데 대가 바뀐 뒤 외면을 당하고 만 모양이다.

그 뒤에도 가신들은 그 땅에 남아 명주 등으로 일하면서 열심히 몰락한 바이겔가를 든든히 받쳐주었다고 한다.

아마도 릴리엔탈 백작가는 루크너 후작가와의 사이가 복원되었기 때문에 바이겔가를 버린 것이리라.

큰 이익을 위해 작은 이익을 잘라낸다는 것은 어느 세상에나 흔히 있는 얘기였다.

"가신들에 대한 은혜를 갚기 위해 저는 귀족이 되어야만 합니다!"

그렇다 해도 이대로는 카타리나가 귀족이 될 수 있는 가능성이 없기 때문에 그런 초조함이 처음에 봤던 오만한 태도로…….

원래부터 기가 셌을지도 모르지만.

모험자로서의 활동 거점을 서부로 삼은 것도 왕도 부근은 여러모로 시끄러웠기 때문이었으리라.

"어쨌든, 그 얘기는 나중에 하고 보물을 갖고 돌아가자."

블랜타크 씨의 충고대로 우리는 점심을 먹은 후 이 지하창고에 있는 모든 방을 돌며 보관되어 있던 물자를 회수했다.

마도구도 대량으로 있었던 것 같지만 확인은 나중에 해도 상관없다.

그럴 일은 없겠지만 방치해 뒀다가 다른 모험자들이 가로채 가면 분통 터질 테니까.

"한 층당 같은 크기의 마장고가 스무 개씩 있고 20층이면 전부 사백인가……. 엄청나군."

"길드 사람들 감정하느라 눈코 뜰 새 없이 바쁘겠네요."

"그게 그 녀석들 일이니까."

블랜타크 씨의 대답은 싱겁기 그지없었다.

"모험자 길드는 물론 필요하지만, 우리 모험자들의 수익으로 먹고 사는 것도 사실이야. 이 정도 바쁜 건 신경 안 써도 돼."

"하지만 블랜타크 씨."

"뭐지? 이나 아가씨."

최근 블랜타크 씨에게 '님'자를 빼달라는 부탁을 받은 이나는 이제 그를 '블랜타크 씨'라고 부르고 있다.

"이 자료를 보면 이곳은 제4지하창고인 모양이에요."

"탐색을 속행할까……."

나는 다음날부터 해야 하는 공사 의뢰를 연기하면서까지 주변의 탐색에 참가하여 똑같은 지하유적이라는 이름의 창고를 모두 여덟 개나 발견했다.

모두 똑같은 구조로 스무 개의 마장고×20층을 완비.

그리고 창고 안에는 대량의 물자가 채워져 있었다.

"옛날에는 물건이 남아돌았군요."

대량의 온갖 물자를 보면서 엘리제는 솔직하게 감상을 늘어놓는다. 가난한 사람들을 위해 봉사활동을 하고 있기 때문에 여러 생각이 드는지도 모르겠다.

"적어도 이곳은 그런 느낌이군."

블랜타크 씨의 말로는 마의 숲에 있는 유적은 다른 지역에 있는 유적과는 뭔가가 근본적으로 다르다고 한다.

확실히 이곳은 지하유적풍의 구조가 아니라 대량으로 물자를 보관하기 위한 지하창고일 뿐이다.

보존하고 있는 물자의 열화를 막기 위해 마장고까지 설치한 것을 보면 일본인처럼 결벽스러운 부분이 있었을지도 모르겠다.

"한 데 묶어 고대 마법 문명이라고 하지만 이 지역은 다른 국가였던 게 아닐까?"

"일단은 통일국가였던 것 같아."

전문가의 연구에 따르면 중앙부에는 강력한 왕정국가가 존재했던 것 같다.

"그럼 속국이나 자치령, 아니면 위성국인가?"

"그럴지도 모르지."

하지만 그 주변의 역사적 사실은 왕국의 연구자가 조사하면 될 일이다.

나는 발견한 창고 여덟 개의 물자 전부를 마법주머니에 넣고 입구를 재봉쇄한 뒤 저택으로 돌아왔다.

"이제 다이얼이라면 넌덜머리가 나……. 사람이 0000부터 열심히 맞췄는데 답이 9987이면 싸우자는 얘기 아냐? 아니면 9999부터 맞췄는데 0007이라거나…….”

　단 한 사람, 계속해서 가위바위보에 진 탓에 여덟 개의 지하창
고 다이얼 자물쇠를 자기 손으로 열어야 했던 엘은 그렇게 봐서
그런지 영혼이 빠져나가버린 것 같았다.

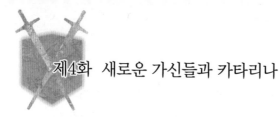

제4화 새로운 가신들과 카타리나

"카타리나, 지명 의뢰가 들어왔는데."

"부자연스러워요, 벤델린 씨! 당신이 그 의뢰인이잖아요!"

"그게 말이지. 내 이름으로 지명을 받았지만 나는 전혀 관여하지 않았어. 정말 이상한 일이야."

"그런 무책임한 얘기가 어디 있어요!"

"로델리히는 의외로 사람을 막 혹사시키거든……아, 의외는 아닌가."

몰락 귀족의 딸인 카타리나는 처음 만났을 때부터 이나 일행과 티격태격 했고 그게 원인이 되어 사냥 승부를 벌이기도 했지만 그 뒤에는 같이 도사가 발견한 지하유적을 탐색하기도 하며 어느새 함께 움직이게 됐다.

그녀는 귀족이란 이래야 한다는 신조 같은 것을 갖고 있어서 행색이나 언행으로 드러내었지만 어딘가 살짝 어긋나 있는 모습을 보면 진짜 귀족이 아닐지도 모르겠다.

그녀는 자신의 마법을 이용해 가문을 부흥시키길 바라는 모양이라, 그 행동 지침은 얼마나 눈에 띄면서 모험자로서 이름을 날리느냐가 최우선이었다.

내 앞에서 이나 일행을 매도하고 승부를 걸어온 이유도 그 때문이었던 것 같다.

하지만 카타리나에게는 이미 승부의 결과는 아무래도 상관없었다.

도사가 멋대로 끼어들어 나도 카타리나도 그에게 이기지 못했기 때문이다.

"실은 일부러 승부를 방해해 중재한 게 아닐까?"

"겉모습만 봐서는 도저히 그런 생각이 안 들지만요."

"사람을 겉모습으로 판단해서는 안 되지."

"그럼 정말로 도사님이 우리 사이를 중재하기 위해 끼어들었다는 건가요?"

"그럴 리가 없잖아? 카타리나도 재미있는 말을 할 줄 아네."

"그 가능성을 먼저 얘기한 건 벤델린 씨잖아요!"

도사의 진의는 알 수 없었지만 솔직히 승부의 의미가 사라져버린 것도 사실이다.

그 후 말투는 평소와 똑같았지만 카타리나가 순순히 사과했기 때문에 다툼은 그걸로 끝이 났다.

가끔씩 로델리히가 내게 토목공사를 의뢰하기 때문에, 대신 카타리나가 엘 일행과 마의 숲에 들어가게 된 것이다.

"블랜타크 님도 바쁘실 테니까 제가 여러분을 호위해 드릴게요."

말투는 평소와 같았지만 왠지 겸연쩍음을 감추기 위해 그러는 것 같다.

실제로 함께 나가면 여자 다섯이 웃고 떠들고 즐기면서 사냥이나 채집을 하는 모양이다.

"있잖아, 벨. 남자 멤버도 한 명쯤 더 있었으면 좋겠는데……."

"나는 아는 사람 없으니까 직접 알아봐. 괜찮아 보이면 허락할 테니까. 아, 여자분들의 허락도 받아야 하려나."

"그런 사람을 쉽게 찾을 수 없으니까 의논하는 거잖아."

우리와 카타리나와 도사가 사냥 승부를 벌인 결과, 마의 숲 근처에 몇 군데 만들어진 모험자 길드 지부에는 많은 모험자들이 몰려들었다.

그 승부로 얻은 대량의 마물 소재나 과일류, 카카오 열매, 귀중한 약초 등이 왕도 모험자 길드 본부 주최의 경매에서 거액에 낙찰됐기 때문이다.

특히 그 백변종 개체의 사벨 타이거는 왕가가 거금을 주고 두 마리 모두 손에 넣었다고 한다.

다른 사벨 타이거도 여러 거물 귀족들에게 낙찰 되어, 현재 왕도에서는 '비룡의 머리는 기본. 귀족 주제에 집에 사벨 타이거 모피가 없다니…….' 하는 분위기가 형성된 모양이다.

그 결과 귀족들은 거액의 보수를 내걸며 모험자 길드에 의뢰했고, 거기에 응한 모험자들이 대거 마의 숲으로 모여들었다.

마도비행선의 운임은 최소 금화 한 개, 만 센트다.

그 돈을 내더라도 마의 숲은 먹음직스러운 사냥터라는 인식이 퍼진 것이다.

사벨 타이거는 무리여도 다른 마물도 단가가 높고, 과일류나 카카오 열매도 어느 정도 숫자가 모이면 수지가 맞는다.

덕분에 현재 모험자 길드 주변에는 급속히 마을이 생겨나고 있었다.

그리고 또 하나 그 지하유적의 존재도 있다.

고대 마법 문명시대에 있던 대형 아울렛 몰이라는 표현이 옳을 것이다.

그 재고를 보관하는 마장고가 딸린 대형 지하창고가 여덟 개나 발견됐고, 그 안에는 대량의 물자가 당시 모습 그대로 잠들어 있었다.

생활 잡화도 많았지만, 가령 옷이나 속옷도 지금 것보다 훨씬 품질이 좋고 수량도 많기 때문에 상당한 액수가 될 것이다.

실제로 지금 내가 입고 있는 셔츠나 바지도 상급 귀족이 평상복으로 입어도 전혀 손색이 없을 정도다.

그밖에도 지금 것과는 형식이 다르지만 수트나 예복 등도 다수 발견되었다.

캐주얼한 복장도 있는데 이것들은 오히려 지구의 것과 많이 닮았다.

넥타이에 수트를 시험 삼아 입어보니 마치 전세의 샐러리맨 시절로 돌아간 것 같았다.

구두를 신고 가방을 들자 서둘러 출근해야 한다는 생각이 밀려들 정도였다.

의복이나 장식품은 여성용도 대량으로 있으며 그밖에 원예용품도 있었다.

꽃이나 채소나 곡물 등의 씨앗도 숫자가 엄청나서, 이것은 현재 왕국 내에서 재배되고 있는 품종보다 뛰어난지 어떤지를 바우마이스터 백작가 전용의 실험농장에서 재배해 확인하기로 한다.

전에 마의 숲에서 딴 카카오나 과일류의 실험 재배를 부탁한 곳이다.

다만 실험농장도 확장이 필요한 모양이라 또 다시 토목공사에 동원될 예정이었다.

그밖에도 다양한 생활 잡화에, 완구, 술, 식료품, 가구, 서류, 공구 등.

너무도 양이 많아서 로델리히 일행이 길드 직원들과 지금도 여전히 열심히 수량을 세고 있는 중이었다.

원래는 길드 측에서 전부 매입한 후 우리가 상납금을 내야 하지만 숫자가 너무도 많아 길드 측도 전부 매입하는 것이 불가능하다고 판단했다.

또한 이 땅의 영주로서 현물을 연구하면 많은 신제품을 만들어 낼 수 있을 만한 물자를 길드 측에 몽땅 넘기는 것은 언어도단이기도 하다.

특히 로델리히가 까다롭게 굴어서 길드 측에는 평가액 산정만 의뢰하고 내가 현금으로 상납금을 납부하게 되었다.

참고로 마의 숲의 상납금은 평가액의 10%.

매우 낮지만 이 역시 로델리히가 길드 쪽의 약점을 잘 파악해 협상한 결과다.

또한 길드 쪽도 수입에 따라 이쪽에 납세할 의무가 있으므로 그것을 제한 액수를 계산하면 나도 생각만큼 부담이 크지 않았다.

그렇다 해도 다른 평범한 귀족이라면 머리를 싸맬 만한 액수지만.

정식 평가액의 결정은 이제부터 시작이었는데, 그 이유는 수많은 마도구에 대한 조사가 아직 끝나지 않았기 때문이다.

다양한 상품을 취급하는 아웃렛 몰의 창고이므로 당연히 마도 구도 대량으로 들어 있었다.

냉장고, 에어컨, 세탁기, 난로, 오븐, 세면대 등.

그밖에 블랜타크 씨가 블라이히뢰더 변경백작에게 받아온 것 과 비슷한 마도 휴대통신기도 다수 발견되었는데, 현재 왕국 내 에서 출하되고 있는 물건보다도 성능이나 마력 소비 효율이 압도 적으로 좋았다.

창고에 함께 있던 전단지에는 '당일계약 안심 마도 휴대통신 기', '신규 계약자 무료'라고 적혀 있었다.

어째서인지 전세인 일본을 떠올리게 하는 문구였다.

거기에 자동차, 트럭, 바이크, 소형 경운기 등으로 분류된 마도 구도 수백 대가 발견되었다.

신품에 중고, 도산품을 매입한 떨이상품까지 있다고 함께 발견 한 장부에 적혀 있었다. 옛날에는 마도구가 발달되어 있었지만 재고가 지나치게 많아서 만드는 업자가 매우 혹독한 경쟁에 시달 렸던 것 같다.

예를 들어 마도 휴대통신기의 경우 성능 좋고 품질도 뛰어난 '소 니아'라는 공방의 작품은 신제품만이 아니라 살짝 흠집만 났을 뿐 성능에는 전혀 차이가 없는 중고품도 있었다.

게다가 '소미아'라는, 품질이 조잡하고 마력 효율도 나쁜 물건 까지 있어서 왠지 지구를 떠올리게 되었다.

아마도 일류 공방인 '소니아'제로 착각하게 만들어 고객들에게 팔아먹는 전략이었으리라.

다만 그 '소미아'제조차 성능은 현재의 마도통신기보다 압도적으로 좋았다.

어쨌든 이 세계에서는 매우 비싸고 귀중한 물건이다.

창고가 또 발견될지 모른다면서 마찬가지로 수많은 모험자들이 마의 숲으로 쇄도하고 있었다.

활기가 생기는 것은 좋은 일이지만 동시에 치안이 악화될 우려도 있기 때문에 거기에 대응하기 위해 경비대도 급히 증설되고 있다.

그래서 신규 병사와 간부 후보들이 새롭게 가세하였다.

"오랜만이군요, 바우마이스터 백작님."

첫 번째는 그 도사의 삼남인 코르넬리우스 크리스토프 폰 암스트롱.

그는 올해 열아홉 살로 원래는 왕국군에 근무했던 인물이다.

왕도에 머물던 시절 몇 번 얼굴을 보기는 했지만 설마 그가 이곳에 올 줄은 몰랐다.

왜냐하면 왕국군에서 암스트롱가는 중진 중의 중진으로 그 혈연자도 많았기 때문이다. 당연히 연줄도 많아서 도사의 삼남쯤이면 무난히 들어갈 수 있고, 무엇보다 암스트롱가 직계의 남자는 군인으로서 뛰어난 자질을 가진 자가 많다.

코르넬리우스도 그 중 하나로 장차 군 간부로서 그 장래를 촉망받고 있었다.

"저는 아버지를 전혀 안 닮았잖아요. 그래서 딱히 왕국군이 아니어도 괜찮겠다 싶어서요."

도사의 후계자이며 마찬가지로 군에 있는 장남은 암스트롱가 남자의 전통을 물려받아 도사나 백부인 암스트롱 백작을 많이 닮았다.

하지만 차남 이하의 아들들은 모두 부인들 쪽을 닮은 모양이라 코르넬리우스도 키 180cm 정도의 멋진 훈남이었다.

답답해 보이는 도사와는 정반대에 위치한 인물이다.

"그리고 제 사촌동생이자 백부님의 삼남인 펠릭스도 데려왔기 때문에, 떠들기 좋아하는 녀석들은 군벌의 떨거지 자식들의 대처 분이라고 수군거리겠죠."

이쪽 젊은이는 솔직히 암스트롱가 남자의 전통을 물려받은 근육 거한 그 자체였다. 그밖에 빌마의 오빠이자 아쉬가한 준남작가의 삼남도 함께 왔다.

"그곳은 빌마 씨를 에드거 군무경에게 양녀로 빼앗겨 버렸으니까요. 제일 먼저 연줄로 에드거 군무경이 밀어 넣었습니다."

확실히 연줄이기는 했지만 모두 군인 가문의 자식이라 당연히 잘 단련되어 있다.

병사 중에도 모험자 출신이 많아서 거친 사내들이 즐비한 모험자를 상대하는 경비대 업무에는 가장 적합한 인재라고 할 수 있었다.

그 근육질 군무경은 연줄로 밀어 넣는다 해도 나름대로 인재를 골라 보낸 것이다.

"그런데 아버님은?"

"잠시 아르바이트를."

"또 남동생 여동생이 태어나기 때문인가요……."

도사의 큰 자식들은 부친이 매우 자유분방하기 때문에 그 여파인지 상식적인 인물이 많았다.

아마도 부인들의 교육 방침이리라.

반면교사를 삼고 있을 가능성도 있지만.

"그러고 보니 헨릭 형님은 장사를 잘 하고 있는 것 같군요."

"소형이라 해도 마도비행선을 소유하고 있기 때문이겠지."

헨릭이란 도사의 차남으로 귀족의 자식치고는 드물게 상인으로서 현재 미개척지 전체를 날아다니고 있었다.

블라이히부르크 등지에서 대량으로 물자를 사들여 미개척지의 공사 현장이나 마의 숲 근처의 마을에 갖다 팔아서 수익을 올리고 있는 것이다.

"마도비행선의 대금을 아버님한테 빌렸으니까요."

전부터 왕도 주변에서 작은 장사를 하며 경험을 쌓았다고 하는데, 미개척지 개발 러시를 기회라 여기고 아버지인 도사로부터 소형 마도비행선 대금을 빌렸다고 한다.

"이자는 없지만 떼어먹었다가는 틀림없이 맞아죽을 테니까요."

"확실히 그런 이미지가……."

그 도사에게 빌린 돈을 떼어먹는다. 역시 아들들도 그건 불가능하다고 느끼는 모양이다.

상환 기간이 정해져 있는 것도 아니며 돈도 잘 벌고 있으므로 그럴 염려는 없다고 코르넬리우스는 일단 형을 두둔했다.

"어쨌든 모험자들의 소동은 생기지 않도록."

"그런 녀석들은 이쪽을 얕보지 못하도록 확실하게 다잡을 필요가 있으니까요."

생김새는 닮지 않았어도 역시 그런 모습을 보면 도사나 암스트롱 백작의 피를 물려받은 것 같다.

확실히 모험자가 경비대가 얕보고 멋대로 날뛰는 것도 곤란하므로 코르넬리우스의 의견은 틀리지 않았다.

"그럼 당장 현지로 가겠습니다."

이상의 대화를 나눈 뒤 코르넬리우스는 경비대를 이끌고 현지로 떠난다.

일부 행실이 나쁜 인간은 어쩔 수 없다 해도 휴양을 취하는 마을은 조용한 편이 좋고 그렇게 되면 또 질 좋은 모험자가 모여 마의 숲에서 수렵이나 채집을 한다.

그 결과 점점 모험자와 돈이 모이고, 모이는 세금도 늘어나 개발이 더욱 진행되는 구조다.

내가 로델리히에게 지시받은 토목공사를 실시하여 개발 기간과 비용도 늘 절감하고 있다.

한 주의 절반은 토목공사를 하고 나머지 절반은 마의 숲에서 사냥을, 그리고 남은 하루는 휴식을 취하는 사이클을 반복하게 되었다.

물론 이렇게 결정한 것은 내가 아니라 로델리히와 새로운 가신들이지만.

내가 기초공사를 할 땐 바우마이스터 백작가의 현금이 줄어들고 내가 모험자로서 돈을 벌면 공사에 사용할 개발 자금이 늘어나는 셈이다.

뭐랄까 자금 운용에 어려움은 없지만 늘 다람쥐 쳇바퀴 돌 듯이 도는 느낌이다.

그리고 토목공사를 같이 할 마법 동료가 또 한 명 늘었다.

물론 그 가문의 부흥을 바라는 카타리나였다.

"여기에 깊은 구멍을요?"

"알잖아, 그 마장고를 옮길 거니까."

결국 도사가 발견한 지하유적은 물자의 보관고이며, 보관하는 물자가 열화되지 않도록 마장고까지 설치되어 있는 우수한 것이었다.

게다가 똑같은 구조의 것을 여덟 개나 발견했다.

일단 안에 든 물자만 마법주머니에 넣어왔지만, 양이 너무 많아서 수량을 세고 있는 로델리히 일행이 앓는 소리를 하는 실정이라 일단 창고에 보관하려고 했지만 그 창고 자체가 이미 가득 차버렸다.

그래서 유적 자체를 마의 숲에서 이곳으로 이전하기로 했다.

마장고를 완비하면 바우르부르크의 식량이나 물자 등도 경년 열화를 신경 쓰지 않고 보관할 수 있어서 다행스럽다.

비용 문제로 처음부터 마장고를 설치할 마음은 없지만 원래 있던 것을 옮기는 거라면 전혀 문제가 없다.

다만 블랜타크 씨나 도사가 각기 블라이히뢰더 변경백작과 왕국에서 갖기를 원한다고 알려와 저택 근처의 지하에 설치되는 것은 나머지 일곱 개 뿐이었다.

또한 이축을 하는 사람은 역시 그 렘브란트 남작이다.

그는 워낙 바빠서 며칠 뒤에 이축을 할 예정이었지만 그 전에 이축하기 쉽도록 큰 구멍을 파두기로 한 것이다.

나 혼자 해도 되겠지만 우연이긴 해도 뛰어난 마법사를 알게 되었다.

그렇다면 그 사람에게도 일을 맡기는 것은 자연스러운 흐름이리라.

"저도 가문을 부흥시킨 뒤에는 저택 근처의 지하에 하나 묻을까요?"

"네 몫을 현금으로 받든 지하창고의 현물로 받든 전혀 상관없지만."

지금 시점에서는 받아도 놔둘 곳이 없으리라.

어쨌든 카타리나의 가문 부흥의 비원은 이뤄지지 않았으니까.

"구멍 파는 일은 몰라도 다른 토목공사까지 제게 맡기지는 마세요!"

"뭐어—? 나 혼자 하려면 귀찮은데."

카타리나는 지금까지 토목 마법의 경험이 없었다고 했지만, 시험 삼아 가르쳐 줬더니 제일 뛰어난 바람 계통 마법 다음으로 능숙하게 쓰게 되었다.

모처럼 다른 뛰어난 마법사를 만났기 때문에 옳거니 하고 서로 마법을 주고받으며 함께 단련하는 일이 늘어났다.

마의 숲의 탐색에도 꼬박꼬박 따라왔기 때문에 어차피 같이 보내는 시간이 많다는 이유로 얼마 전부터 건설 중인 바우마이스터 백작가 저택의 중앙 뜰 건설 예정지로 이축한 스승님의 집에서 지내게 했다.

"어째 이 집은 여자만 계속 늘어나네……."

"엘빈 씨, 제게 무슨 불만이라도?"

"아니……."

카타리나는 내 집에서 지내는 이유가 아직 지하유적 탐색에서 얻은 물자의 배분이 정식으로 끝나지 않았기 때문에 속이지 못하게 하기 위해서라고, 그 심하게 큰 가슴을 당당히 내밀며 대답했다.

"네에, 네에, 그런 걸로 해둘게."

만나서 제일 먼저 격돌한 이나였지만, 그녀는 이제 카타리나의 말투에 익숙해져 있었다. 평소의 말투는 그렇지만 실은 의외로 상식적이라는 걸 알아차렸다.

어쨌든 집에 머무는데도 고지식하게 숙박비를 치를 정도니까.

"몰락했어도 어쨌든 저는 귀족! 남에게 손가락질 받을 만한 비상식적인 행동은 하지 않아요! 잠을 자면 숙박비를 내는 것은 당연한 일! 날마다 목욕을 할 수 있고, 벤델린 씨와 마법 훈련을 할 수 있다는 것은 매우 사소한 이유니까요!"

"네에, 네에. 그렇겠지. 카타리나, 그 채소 껍질 좀 까."

"어째서 고귀한 태생인 제가 요리 따위를……."

"엘리제도 요리 잘하는데."

"그렇군요……."

카타리나는 역시 요리를 잘했다.

겉모습이 돋보이도록 장비에는 돈을 들였지만 나머지 면에서는 그야말로 구두쇠라 자취를 하며 도시락을 싼 모양이다.

귀족의 영애는 요리를 하지 않는다는 게 그녀의 귀족관이라 남들 앞에서 요리하는 것이 싫었던 모양이다. 그래서 요리사가 만들었다고 거짓말을 한 것이다.

"하늘하늘은 백조 같아."

과연, 빌마의 표현이 정확했다.

백조는 수면에 우아하게 떠있는 것처럼 보여도 물 밑에서는 발을 열심히 움직이고 있는데, 그 모습이 카타리나와 많이 닮았기 때문이다.

"귀족 여성은 평소에는 별로 요리를 하지 않지만, 가끔씩 가신이나 영주민 분들에게 대접하는 경우도 있으니까요."

영지가 작은 재지 귀족가에서는 수확철에 부인과 딸이 그런 대접을 하는 경우도 있다고 한다. 우리 본가는 그저 단순히 인원이 부족하다는 이유로 엄마나 아말리에 형수님 모두 예사롭게 요리를 했지만.

"장래를 위해서예요."

"하늘하늘은 식칼을 잘 다루네."

"빌마 씨, 제 별명 좀 어떻게 안 될까요?"

티격태격하면서도 여성진은 잘 지내고 있는 것 같다.

현재 바우르부르크의 저택은 아직 건설 중이었지만 이미 스승님의 집은 그 중앙 뜰로 옮겨 우리 모두 거기서 생활하고 있었다.

나는 마의 숲의 탐색과 개간, 토목공사를 번갈아 했고, 엘은 일주일에 몇 번은 경비대에 섞여 군대 일을 배우기 시작했으며 이나와 루이제는 제각기 창술과 마투류 도장 개설을 준비하고 있다.

하지만 마을을 건설할 때 도장은 우선순위가 매우 낮다.

굳이 없어도 마음만 먹으면 근처의 초원에서도 가르칠 수 있기 때문이다.

두 사람은 도장주로서 등록만 하고, 나머지 일은 블라이히부르크에서 불러온 대리 도장주와 몇 명의 사범들에게 모두 맡기고 있는 것 같다.

"당신들은 당분간 그저 명의만 빌려줄 뿐이에요."

블라이히뢰더 변경백작도 이렇게 못을 박았다.

어쨌든 내 곁에서 떨어지지 마라, 자식이 태어나지 않으면 그 도장은 망하는 거라고.

그런 사정으로 대리 도장주와 사범들은 경비대 일도 겸임하며 남는 시간에 희망자에게 조금씩 창술과 마투류를 가르치고 있다.

대우만 놓고 보면 군무를 수행하며 무예를 가르치는 바우마이스터 백작가의 가신이 된 셈이다.

그리고 그 대리 도장주는 두 사람의 오빠들이었다.

"살았다! 이걸로 창술로 밥 먹고 살 수 있어."

"살았다! 이걸로 마투류로 밥 먹고 살 수 있어."

거물 귀족인 블라이히뢰더 변경백작가라도 도장은 제각기 하나밖에 없다.

여자인 이나와 루이제는 애당초 후계자 후보에서 제외되어 있었지만, 마찬가지로 작은 오빠들도 방해꾼 취급을 받았다.

외부에서 온 제자도 있기 때문에 사범을 쉽게 늘릴 수도 없고 딸만 있는 다른 지역의 같은 유파 도장이 그리 흔한 것도 아니라서, 우리와 마찬가지로 모험자 예비학교를 나온 뒤 사냥을 하며 가끔씩 도장에서 임시 사범으로 아르바이트를 했다고 한다.

이 부분은 옛날의 내 모습과 별반 차이가 없는 것 같다.

"벨, 미안해."

"뭐, 상관없잖아."

성실한 이나는 오빠를 연줄로 밀어 넣은 것에 죄책감을 느끼는 모양이다.

"이나가 낳은 아이를 내 후계자로 밀어 넣으려고 획책하지만 않는다면."

"그런 일은 없을 거야. 블라이히뢰더 변경백작님이 격노하실 테니까."

내 입장에서는 딱히 누가 집안을 이어도 상관없지만, 부인의 혈통에 대한 집착도 그렇고 귀족이란 참 귀찮은 생물이다.

폐하 역시 꼼꼼하게도 엘리제가 낳은 첫 아들을 후계자로 삼으라고 신신당부를 했다.

그러니까 만일 자신의 자식을 후계자로 삼으려고 획책했다간 제거될 게 뻔하니 관두는 편이 낫다고 이나에게 충고한 것이다.

"오빠는 일자리를 얻었기 때문에 기쁜 마음으로 새 제자들에게 연습을 시키고 있어."

창은 칼에 버금가는 전장의 꽃으로 평민 출신의 병사 입장에서는 칼을 이길 수도 있는 주무기이다.

따라서 의외로 많은 병사들이 남는 시간에 연습을 받고 있다.

이곳에 전쟁은 없지만 조금이라도 바우르부르크에서 벗어나면 사나운 야생동물이 있기 때문이다.

"나는 남을 가르치는 일이 서툴거든."

도사에게도 천재 취급을 받은 루이제였지만 그녀에게는 천재만이 갖는 결점이 있었다.

남을 가르치는 일이 엄청 서툰 것이다.

"거기서 마력을 적당히 팔에 모아서 주먹을 파—앙! 하고!"

도사를 가르칠 때도 전혀 알아듣지 못할 소리를 태연히 내뱉었으니까!

"흐음, 과연!"

다만 도사도 비슷한 종류의 사람이라 그의 입장에선 오히려 루이제의 지도가 알아듣기 쉬웠던 모양이다.

비약적으로 격투전 능력이 향상된걸 보면 정말로 이해를 한 것이겠지만 나는 의미를 모른 채 처음으로 괴리감을 경험했다.

"역시 암스트롱 도사님과 차기 왕궁 수석 마도사 자리를 다투었던 알프레드 님의 집이군요."

그리고 어느새 우리 집에서 함께 살게 된 폭풍 마법사 카타리나였지만, 그녀는 스승님을 알고 있었는지 처음 그 집을 봤을 때 감탄의 목소리를 높였다.

"스승님을 알고 있어?"

"벤델린 씨는 여전히 다른 마법사에 대한 지식이 부족하군요. 암스트롱 도사님과 함께 유이무쌍이라 일컬어졌던 존재입니다만……."

왕궁 수석 마도사 자리를 둘러싸고 경쟁했다는 것이 당시의 소문이었다고 한다.

스승님 말에 따르면 왕궁 근무까지 하게 되면 너무 답답해서 싫었다고 하지만.

"태어나기 전의 일인데도 잘 아네."

"모험자 예비학교에서는 과거의 위대한 마법사로부터 배워 마법 종류를 늘린다는 강의가 있잖아요."

"어쩐지 들어본 것 같기는 한데……."

변변한 강사가 거의 없는 모험자 예비학교에서 반쯤은 떠넘기듯 만든 독자적인 강의였을 것이다.

나는 곧바로 왕도에서 머물게 되어 블라이히부르크에 있는 모험자 예비학교는 이름만 걸려 있는 상태였기 때문에 그 강의는 받지 않았으며 마법도 블랜타크 씨나 도사에게 지도를 받았으므로 모험자 예비학교에서는 거의 배우지 않았다.

"부러운 환경이군요."

"지금은 카타리나도 수련을 받고 있잖아."

현재 그녀는 블랜타크 씨와 도사로부터 또 지도를 받고 있다.

블랜타크 씨 말에 따르면 '꼬마보다는 조금 못하지만 수십 년에 한 명 나올까 말까한 천재'라고 극찬했을 정도였다.

블라이히뢰더 변경백작가의 가신인 그의 입장에서는 카타리나 역시 보호가 필요한 인재이리라.

매우 정성껏 마법을 가르치고 있는 것 같다.

"거기에 평소에도 옷차림이 정말 대단하군."

"벤델린 씨, 귀족이란 늘 주위의 주목을 받는 존재예요."

"그럴지도 모르지만……."

카타리나는 남들이 거의 불가능하다고 말하는 상황에서 가문의 부흥을 꿈꾸고 있는 탓도 있어서 자기주장과 자존심이 센 여자다.

당연히 마법의 단련을 게을리 하지도 않고, 그 드레스풍의 장비나 망토도 귀족 출신임을 주위에 어필하기 위한 것이었으므로 집 안에서도 늘 같은 모습이었다.

그 드레스풍의 장비는 예비로 몇 벌이 더 있는 모양인데, 사용하는 소재를 늘리고 제작비용을 더 들여서라도 드레스풍의 우아한 장비를 고집하고 있다.

이걸 보고 우스꽝스럽다는 사람도 있지만 사실 왕도에서는 흥미롭게 생각하는 귀족도 있는 모양이다.

어쨌든 지명도를 높이는 데는 도움이 되는 셈이다.

그러면서도 평소의 생활은 의외로 검소하다.

필요한 장비에는 돈을 아끼지 않지만, 평소 생활할 때는 돈을 거의 쓰지 않고 목적을 위해 열심히 모으고 있는 모양이다.

결국 식사를 준비하는 모습에서 평소에 요리를 한다는 사실이 들통 나 엘리제가 카타리나 몫까지 도시락을 싼다고 할 때까지 그 화려한 모습으로 부엌에서 매일 도시락을 쌌으니까.

"웬 안 어울리는 짓?"

또한 엘은 카타리나가 요리하는 광경을 처음 목격했을 때 쓸데

없는 말을 내뱉은 탓에 바람 마법을 맞고 정원까지 날려갔다.

이런 점만 봐도 엘과 카타리나가 부부가 되기는 어려워 보인다.

"벤델린 씨와 함께 있는 것은 제 본가의 작위를 박탈한 가증스러운 루크너 후작가에 대한 압력이에요."

왕도에 머물 때부터 귀족들은 내가 루크너 후작가와 친하다고 생각했다.

하지만 동생의 불상사로 그 관계가 옅어질 가능성이 있다는 소문이 퍼져 루크너 재무경은 '머리가 벗겨질 것 같다'고 주위에 고충을 토로했다고 한다.

또한 과거에 자신의 부친이 무고하게 작위를 박탈한 가문의 손녀가 내 집에서 지내고 있는 것이다.

그의 입장에서는 스트레스의 원인이 또 늘어난 것이리라.

"잔인하네!"

"대귀족 쪽이 훨씬 잔인하죠!"

대귀족이 마음만 먹으면 카타리나의 본가 같은 소귀족가는 쉽사리 없앨 수 있다.

그런 점을 생각하면 그녀는 피해자인 것이다.

가문을 부흥시키기 위해 혼자 얕보이지 않으려고 필사적으로 애쓰다보니 말과 행동이 드세어진 것 같다.

"그 산더미 같은 마도구의 평가와 분배도 있군."

마도구를 대량으로 얻었지만 아직 평가와 분배의 비율이 정해지지 않았다.

그만한 성과를 올렸으니 카타리나에게 작위라도 내려주면 좋겠다 싶지만 왕국은 아직 그 정도까지 유연한 대응은 하지 못하는 듯하다.

"가문의 부흥까지는 아직 긴 여정이 남아 있어요."

"힘들겠군."

이런저런 일이 있었지만, 일단 지금의 카타리나는 우리 집에서의 생활에 적응하고 있는 것 같았다.

막간1 기분 나쁜 존재

내 이름은 헤르만 폰 벤노 바우마이스터.

한 벽지의 영지를 이어받은 신참 귀족이다.

하지만 운 좋게도 그 영지는 벽지라 해도 인접한 미개척지 개발이 대대적으로 시작되고 있다.

얼마 후에는 그 미개척지였던 바우마이스터 백작령과도 도로가 연결될 예정이며, 그렇게 되면 외부와의 접촉도 늘어나 얼마 전까지 완전히 고립되어 있던 우리 영지도 활기를 띨 것이다.

하지만 그렇게 되기까지의 여정은 결코 순탄하지 않았다.

나는 원래 차남이었다.

귀족가에 태어난 차남의 값어치란 기껏해야 장남의 예비품일 뿐이다.

눈치 보는 더부살이 신세에 결혼도 장남보다 늦게 하거나 못하는 녀석도 많다.

후계자 장남에게 아들이 태어날 때까지 주어진 집의 방 한 칸에서 인생이 멈춰 있는 것이다.

어릴 때는 아직 몰랐다.

후계자였던 장남 쿠르트는 평범하기는 했지만 결코 악인은 아니었다.

하지만 커가며 차츰 영지나 가문의 상황을 알게 된다.

쿠르트는 후계자이므로 귀한 대접을 받고, 나는 그야말로 홀대였다 ?

아버지에게는 첩도 있어서 남동생과 여동생이 점점 늘어나지만, 받는 대우는 차라리 그들 쪽이 더 나을지도 모른다.

본처인 엄마에게서 태어난 남동생들은 어차피 가문을 잇지 못하니까 바깥세상으로 떠날 준비를 했고, 첩인 레일라 씨에게서 태어난 동생들은 애초부터 귀족 대접을 받지 못한다.

귀족의 '파란 피'가 아니라 서민의 '붉은 피'로서 명주가 되거나 아니면 그 명주를 보좌하거나, 여동생들은 호농에게 시집을 가면 되니까.

하지만 나는 쿠르트의 예비품으로 더부살이를 하는 신세다.

내 방이 있긴 하지만 내게는 창살 없는 감옥으로밖에 안 보였다.

딱히 아버지나 어머니가 싫다기보다 귀족의 법도라는 것이 싫었을 뿐이다.

그 울분을 나는 검술 연습으로 풀었으며, 그리고 같은 농가의 차남, 삼남으로 결성된 경비대 훈련에 집중하며 잊으려고 했다.

이 경비대는 평소에는 치안 유지를 위해, 유사시에는 당연히 제후군의 중추가 된다.

그렇다 해도 이곳은 다른 지역과 동떨어져 있는 시골 영지이므로 범죄자는 거의 없다.

제후군 역시 나는 가지 않았지만 예전에 큰 손실을 입은 마의 숲에 대한 원정 같은 경우가 아니면 거의 참여할 일이 없는 것이다.

게다가 경비대의 치안 활동이라고 해봤자 가끔씩 술을 마신 영주민끼리의 다툼을 말리거나 심한 부부싸움을 중재하거나, 이 영지에서는 그 정도 일로도 경비대가 출동하는 것이다.

몇 명이 달려들어 당사자를 갈라놓고 얘기를 들어주면 그걸로 끝나는 일이다.

그리고 길을 잃고 밭에 들어온 멧돼지나 곰을 잡는 일 정도일까.

사냥꾼들과 협력을 하지만, 보통은 경비대가 달려가기 전에 사냥꾼들이 이미 잡거나 쫓아버리는 경우가 많아서 경비대 일은 그다지 많지 않다.

나머지는 정기적으로 대원을 모아 훈련하는 정도다. 일단 초대 영주의 훈시로 정해진 훈련 시간이 존재하지만, 대원들에게는 평상시에 할 일이 있기 때문에 그것이 지켜진 적은 한 번도 없었다. 규정대로 훈련하느라 밭일을 팽개친다면 의미가 없으니까.

영주인 아버지는 세수를 늘리기 위해서라는 이유로 대규모 개간을 우선했다.

훈련보다 개간이 중요했으며 나도 그쪽 일을 주로 도왔을 정도다.

"헤르만, 오늘 담당은 거기다."

아버지가 지정해준 곳의 땅을 일구고 걸리적거리는 나무를 베어낸 후 몇 명이 들러붙어 그루터기를 땅에서 뽑아낸다.

커다란 돌이나 나뭇조각을 제거하는 일도 꽤 힘이 들었다.

하지만 오늘 맡은 곳은 경비대에서 열심히 일을 하는 헤르게가 받게 될 밭이다.

그는 삼남이라 본가의 밭을 물려받을 수 없기 때문에 이 개간을 꼭 성공해야 하는 것이다.

"죄송합니다, 헤르만 님."

"그런 소리 마. 네가 이 영지에 남지 않으면 지금도 별 볼일 없는 경비대가 더 별 볼일 없어질 거야."

"헤르만 님, 그런 말씀 하시면 안 됩니다."

우리는 개간을 돕는 다른 경비대원들과 크게 한바탕 웃었다.

모두 차남 이하로 비슷한 처지라서 단순히 한탄하기보다는 자학적이라도 웃는 편이 정신적으로 편하기 때문이다.

"너는 큰돈을 세금으로 냈으니까 부담 갖지 마."

올해로 스무 살이 되는 헤르게는 보기와 달리 그 마의 숲 원정의 생존자다.

당시에는 갓 성인이 된 열다섯이었지만, 삼남이니 죽어도 문제가 없다는 판단에 본가로부터 추천을 받은 것이다.

아니, 액막이라고 하는 편이 옳을 것이다.

이런 종류의 문제 앞에서는 귀족이나 농민이나 차이는 크게 다르지 않다.

솔직히 당시 열여덟이었던 내가 용케 출병을 하지 않았다고 생각할 정도니까.

그 대신 종조부인 종사장과 그 세 아들은 모두 전사했으며 현재는 분가와의 사이에 감정의 골이 깊어진 상태였다.

분가를 섬기는 종사들이나 남자의 일손이 부족한 탓에 개간을 돕는 여자들의 눈을 보면 대번에 알 수 있다.

아버지의 지시를 따르고는 있지만 가끔씩 쏘아죽일 듯한 시선으로 아버지나 쿠르트를 노려보고 있으니까.

물론 나도 그 대상 중에 한 명이지만 이 일은 어쩔 수 없을지도 모른다.

종조부님 가족의 희생 덕분에 지금까지 내 목숨이 붙어 있는 것이니까.

"그 돈을 갖고 이곳을 떠날 수도 있었어. 하지만 그걸 빼앗긴 이상 헤르게는 당연히 밭을 받아야 해."

헤르게는 특별히 검술이 뛰어난 것도 아니고 몸도 작고 마른 편이다.

대신 활을 잘 쐈고 그 이상으로 몸이 튼튼하고 지구력이 좋았으며 그리고 그 이상으로 정신력이 강했다.

나이 때문에 말단 취급을 받은 그는 원정군에서는 전령을 맡았다.

표면적으로는 바우마이스터가 제후군과 블라이히뢰더 변경백작 제후군은 대등한 입장이었지만 당연히 그럴 리가 없다.

선대 블라이히뢰더 변경백작은 종조부님 일행을 자신의 가신의 가신인 배신(陪臣)으로 취급했고 그 때문에 양쪽 진영에 차츰 커다란 고랑이 생겨간다.

종조부님은 바우마이스터가 제후군을 블라이히뢰더 변경백작가 제후군으로부터 조금 떨어뜨렸다.

대우 문제도 있었지만 어쩌면 본인들의 말로를 어느 정도 예상했을지도 모른다.

그 소수 중에 스무 명 넘게 살아남았으니까 틀림없이 파탄에 대비를 했던 것이리라.

하지만 희생을 줄이기 위해 달아날 수는 없었다.

블라이히뢰더 변경백작가 제후군이 괴멸했는데 바우마이스터가 제후군에는 그다지 희생자가 나오지 않았다면 훗날 문제가 될 소지가 있었기 때문이다.

특히 우리에게 오는 소금 같은 물자의 공급 루트를 블라이히뢰더 변경백작가에서 틀어쥐고 있는 이상 자신들만 달아날 수는 없다.

하지만 젊은이는 되도록 그렇게 해주고 싶다.

스무 명에 달하는 생존자 모두가 열다섯에서 스무 살 사이의 젊은이라는 사실을 보면 종조부님은 본인이 할 수 있는 범위 안에서 최선의 결과를 남긴 것이다.

자신과 아들들의 목숨을 걸고.

하지만 아버지의 평가는 신랄했다.

'귀중한 영주민을 쉽사리 잃고'라고.

다만 아버지에게는 영주로서의 입장이 있다.

전력의 80%를 잃은 종조부님을 표면적으로나마 질책하지 않을 수 없는 것이다.

"확실히 아버님 말씀대로야. 좀 더 잘할 수는 없었나?"

아버지에 이어 형 쿠르트도 종조부님을 비판한다.

쿠르트는 평범한 남자였지만, 아버지가 하는 말은 잘 듣기 때문에 당연히 이런 발언을 하게 된다.

하지만 그 한 마디에 나는 쿠르트에게 군사적인 재능이 없음을 깨달았다.

동시에 나는 아버지가 한순간 안타까운 표정을 짓는 것을 놓치지 않았다.

아버지는 틀림없이 쿠르트에게 종조부님의 칭찬을 바란 것이리라.

자신은 영주이므로 전력의 대부분을 잃은 종조부님을 칭찬할 수 없다.

하지만 후계자 아들이 최대한 많은 젊은이들을 살려 돌려보낸 종조부님을 칭찬해 주면 조금은 분가 사람들의 분노를 누그러뜨릴 수 있다.

나는 총명하지는 않았지만 그 정도는 눈치는 있다.

그런데 쿠르트는 그걸 전혀 알아차리지 못했다.

아버지는 내심 실망했으리라.

나는 그런 것은 사전에 조율해둬야 한다고 생각했다.

"그보다도 돌아온 자들의 노고를 치하해 주셔야."

참견인 줄 알았지만 나는 돌아온 자들에게 아버지가 직접 말을 건네야 한다고 진언했다.

어쨌든 쿠르트에게는 그런 배려를 기대할 수 없으니까.

원정군 때문에 인원이 부족해 몇몇 영주민을 데리고 영내를 정기적으로 순찰할 뿐이었지만, 내가 통솔하는 자들이 실수를 하면 올바르게 질책하고, 공을 세우면 칭찬을 해줘야 한다는 것쯤은 안다.

그들은 군사의 80%가 괴멸될 정도의 지옥에서 살아남아 온 것이다.

아버지가 그 노고를 치하하고 마음만이라도 상과 휴가를 줄 필요가 있었다.

"확실히 그건 필요하겠군."

아버지는 내 의견에 찬성했다.

그리고 실제로 그렇게 했지만 어쩌면 그 무렵부터 나를 종조부님의 분가로 보낼 구상을 했을지도 모르겠다.

"휴가는 무슨 휴가. 오히려 그 지옥을 잊게 만들려면 개간에 동원하여 일을 시키는 편이 낫지."

쿠르트는 이런 느낌이었지만, 그의 입장을 생각하면 그 의견도 틀린 것은 아니다.

살아남은 자들 모두가 차남 이하라 본가를 물려받을 처지가 아니다 .

죽어도 곤란하지 않은 자들이 운 좋게 돌아왔으니까 그 노동력을 곧바로 활용해야 한다고 생각했으리라.

영지의 발전을 위해서는 필요한 결단이겠지만 그 발상은 자신이 장남이라는 입장에서 나온 것이다.

이해는 하지만 나는 심정적으로 마음에 들지 않았다.

그리고 돌아온 젊은이들은 대부분 정신적으로 피폐해져 있었다.

종조부님이 없는 동안 몇 명이서 비록 순찰 정도의 활동을 했지만, 군을 통솔하는 공부가 필요할 것 같아서 아버님 서재에서 책을 읽었다.

그랬더니 그 중에 전쟁 정신병에 대한 기술이 있었다.

전쟁터에서 너무 참혹한 일을 겪으면 정신이 병들어 군인으로서 쓸모가 없게 된다는 정신의 병이다.

살아남은 자들의 말에 따르면 마물은 무리를 지어 밤에 습격을 해온 모양이다.

덕분에 그들은 밤의 어둠이나 거기서 발생하는 소리에 이상하리만치 겁을 집어먹었다.

종조부님 일가의 남자들의 전멸했기 때문에 한동안은 내가 소수의 경비대를 이끌고 순찰 흉내를 내야만 한다.

실전 경험이 있는 그들에게 기대를 했지만, 상황이 그렇다면 그들을 데려갈 수는 없으리라.

"저는 괜찮습니다."

하지만 운 좋게 튼튼한 정신력을 가진 몇몇 젊은이들이 경비대에 참여하게 되었다.

그 중에서도 유독 정신력이 센 사람이 아까 소개한 헤르게이다.

종조부님은 블라이히뢰더 변경백작가 제후군에 보내는 전령으로 헤르게를 지명했다.

양군의 험악한 분위기를 조금이라고 불식시키기 위해 제일 나이가 어린 자를 보낸 셈이다.

그리고 그 시도는 조금은 먹혀들었다.

여전히 블라히이뢰더 변경백작가 제후군의 간부들은 고압적이었지만, 헤르게의 부모와 비슷한 나이대의 병사들이 정기적으로 전령으로 오는 헤르게를 예뻐했다고 한다.

"서로 제고집만 부리는 윗사람들 사이에 끼어서 너도 참 고생이 많구나."

"전령을 하면 말 타는 훈련을 할 수 있으니까 신경 안 써요."

"너는 성격도 참 수더분하구나. 사냥한 마물의 고기를 구웠으니까 먹고 가거라."

"고맙습니다."

"사양 말고 많이 먹어, 젊을 때는 잘 먹어야 해."

이런 식으로 말단 병사들에게 예쁨을 받았다고 한다.

그리고 그 운명의 날.

헤르게가 전령으로 블라이히뢰더 변경백작가 제후군 진지에 가자, 그들은 헤르게에게 어떤 것을 건넸다.

"우리는 아마 살아 돌아가지 못할 거다. 꼬마 너는 오기로라도 살아남거라. 이걸 줄 테니까."

뭔지는 잘 몰랐지만 마물의 이빨을 몇 개 받았다고 한다.

그리고 전령을 한 덕분에 말을 잘 몰아 마의 숲 밖으로 달아나는 데 성공했다.

다른 생존자들과 함께 구사일생으로 바우마이스터 기사작령까지 돌아왔지만, 그때부터 그의 속을 뒤집는 일이 벌어진다.

어렵사리 살아남은 헤르게를 포함한 그들에게 아버지가 세금을 징수한 것이다.

마의 숲에 들어갔을 때 사냥을 했고, 또한 블라이히뢰더 변경백작이 보수를 주었기 때문에 그들은 몇 푼이나마 돈을 갖고 있었기 때문이다.

"아버님, 아무리 그대로 그건 좀 지나친 처사가 아닐까요?"

"네 말이 맞을지도 모르지만 그래도 법은 법이다."

다만 하사할 상도 있으므로 서로 상계하여 실질적으로는 내지 않았다.

"게다가 다들 이미 돈을 갖고 있지 않겠지……."

확실히 아버지의 말대로다.

아버지도 그 사실을 알고 있기 때문에 규칙대로 세금을 매겼는지도 모른다.

생존자들은 모두 차남 이하, 본가에서 받은 대접은 짐작한 대로 목숨을 걸고 벌어온 돈 대부분을 가족에게 빼앗기고 만다.

특히 헤르게는 받아온 마물 이빨이 비싼 약의 재료가 된다고 해서, 직후에 온 상인들이 금판 두 개, 20만 센트에 사갔다.

하지만 헤르게가 부모에게서 받은 금액은 불과 천 센트.

그가 목숨을 걸고 번 돈을 본가는 철저히 착취한 것이다.

"(정말 속이 뒤집히는 얘기로군.)"

그렇다 해도 이것이 지방 농촌의 현실이다.

집안의 존속이 중요하다는 이유로 차남 이하는 주스를 짜는 산포도처럼 여기니까.

최근 상단을 따라 바우마이스터 기사작령을 떠나는 젊은이들이 드문드문 늘어나고 있지만 그 심정은 나도 충분히 헤아릴 수 있다.

아버지도 그런 상황이 바람직하지 않다는 생각은 갖고 있다.

이렇게 고립된 영지에서 내란이 발생하면 바우마이스터 기사작령은 치명적인 손해를 입을 테니, 개간의 장려는 최대한 차남이하의 독립을 추진하기 위해서 하는 것이리라.

그런 아버지의 배려를 장남인 쿠르트는 알아차리지 못했겠지만.

그는 그저 경작지가 늘면 세수가 늘어난다는 정도로만 인식하고 있으리라.

"헤르만, 너는 분가에 데릴사위로 들어갈 거다."

아버지에게 그 말을 들은 순간 나는 '차라리 지금보다는 낫겠다' 싶은 인식밖에 없었다.

대규모 개간이 일단락되고 마침내 쿠르트의 신부가 결정됐을 무렵.

나는 아버지에게 분가에 데릴사위로 들어가 종사장 자리를 물려받게 될 거라는 말을 들었다.

원정의 실패로 바우바이스터가 제후군의 병력은 아직 회복되지 않았다.

유사시에는 남자들 모두 의무적으로 싸워야 했지만 어느 정도는 훈련을 계속하는 겸업 병사도 필요하다.

그런데 그게 가능한 것은 내가 서재의 책을 읽어가면서 고생해 훈련시킨 차남 이하의 스무 명뿐.

헤르게가 경험을 쌓아 내 한쪽 팔이 되어준 것이 그나마 수확이라면 수확이다.

이제 막 개간된 밭일과 더불어 고생시키는 것이 마음 아프긴 하지만, 지금의 내게는 딱히 그를 배려해줄 방법이 없다.

같은 또래의 장인이나 호농 후계자들을 거느리고 안정된 지위를 쌓아가고 있는 쿠르트는 전혀 할 필요가 없는 고생이리라.

게다가 쿠르트는 내 군사적인 재능을 질투하고 있다고 한다.

그 얘기를 들었을 때 나는 너무나 어이가 없어서 웃음이 터져 나왔을 정도다.

확실히 나는 영지 내에서 가장 뛰어난 검사였고, 활도 사냥꾼들에게 뒤진다는 생각은 하지 않는다.

어느 정도 규모의 경비대나 자경단이라면 아버지나 쿠르트보다도 잘 지휘할 수 있을 것이다.

하지만 그것이 어쨌다는 거지?

이렇게 고립된 시골 벽촌의 영지에서 으뜸이라고 해봤자, 밖에 나가면 나보다 재능이 뛰어난 녀석은 하늘의 별처럼 많을 것이다.

내가 보기에 쿠르트의 질투는 그저 구실일 뿐이었다.

그 후 나에 대한 질투는 내가 분가로 감과 동시에 사라졌다.

경쟁 상대가 분가의 당주가 되었기 때문에 안심한 것이리라.

정말로 속편한 차기 당주님이다.

나는 분가에서 바늘방석 위에 앉아있는데.

분가에 데릴사위로 가는 것은 종조부님의 직계 손녀인 마를레느가 성인이 될 때까지 기다렸기 때문에 늦어져 버렸다는 사정이 있었다.

실제로 혼례를 치른 뒤 아내인 마를레느의 태도도 당혹스러웠다.

분가 사람들은 종조부님 일행이 본가가 분가를 가로채기 위한 계략에 따라 살해됐다는 인식을 갖고 있는 것 같다.

아버지가 무슨 생각을 하는지는 모르겠지만 적어도 나 하나쯤은 출병을 시켰어야 했다.

마를레느는 외모도 아름다웠고, 결혼도 할 수 있었기 때문에 딱히 불만은 없다고 말하고 싶었지만,

첫날밤에 '아이를 만들기 위해서 어쩔 수 없이'라는 태도로 나

오자 역시 당혹스럽기 그지없다.

식사를 할 때도 나는 명백히 불청객 대접을 받았다.

역시 정신적으로 맛이 갈 것 같았지만 그런 나를 구원한 것은 나이가 훨씬 어린 내 동생이었다.

내게는 형제가 많다.

본처인 엄마가 낳은 자식만 해도 삼남 파울, 사남 헬무트, 오남 에리히. 그리고 가장 어린 팔남 벤델린이 있다.

그들은 어차피 집안을 이을 수 없다며 왕도로 떠날 준비를 하느라 매일 같이 분주했다.

만일에 대비해 쿠르트의 예비품으로서 10대를 보낸 내 처지에서 보면 부러울 따름이다.

"그 대신 내 인생은 내가 책임져야 하니까."

파울은 그렇게 말했지만 그래도 떠날 수 있다는 것이 부러웠다.

귀족에게 미련도 없고 어차피 분가의 당주가 된 시점에 이미 귀족도 아니다.

가능하다면 파울 일행처럼 바깥 세상에 나가 모험자를 해보고 싶다는 꿈을 지금도 꾸고 있다.

"나는 떠날 수밖에 없어요. 솔직히 이 고향에 미련은 없지만."

후계자가 될 수 있는데도 쿠르트는 새로운 질투의 대상을 찾아 냈다.

오남인 에리히였다.

이 녀석은 바우마이스터가에 태어난 것 자체가 잘못이라고 느껴질 만한 녀석이었다.

수려한 용모에 나도 상대가 안 되는 활솜씨에 발군으로 뛰어난 머리까지.

당연히 영주민들 사이에 인기도 높았다.

자연스레 차기 당주에 걸맞는다는 인식이 퍼졌다.

이 영지가 다른 영주와 교섭할 일은 거의 없겠지만, 영주는 그 영지의 얼굴이므로 용모가 빼어나다면 그 또한 좋은 일이니까.

능력을 따져도 에리히는 쿠르트가 몇 명이 있어도 상대가 안 되리라.

쿠르트가 당연히 질투할 만 했지만 그 질투는 에리히가 장차 영지를 떠날 거라고 공언한 뒤에 사라진다.

그리고 마지막으로 더 엄청난 동생이 나타났으니 바로 팔남 벤델린이다.

처음에는 이 아이도 세 살 무렵부터 서재에서 책을 읽곤 하기에 에리히와 비슷한 타입인 줄 알았다.

그런데 차츰 마법 재능을 보이게 된다.

이런 벽지의 영지에서 마법 재능을 가진 아이가 태어나다니 기적에 가까운 일이다.

아버지는 곧바로 대책을 세웠다. 완전히 방임해버린 것이다.

되도록 영지 일에 공헌하지 않도록 했지만, 고기의 공급이라는 측면에서는 압도적으로 공헌을 해주었으며 나도 그 은혜를 입었다.

본가에 있던 시절에는 호로호로새 고기를 자주 먹었으니까.

아버지가 벤델린에게 행동의 자유를 주자 그는 마법 특훈을 했으리라. 아침부터 해가 저물 때까지, 가끔씩은 어디선가 외박을 하면서까지 마법 단련에 집중하게 됐다.

당연히 쿠르트는 또 다시 질투의 불길을 활활 태웠지만 그럴 시간 있으면 공부나 하라고 말해주고 싶다.

그리고 당사자인 벤델린을 보자면 이 녀석은 정말 성격이 괜찮은 것 같다.

쿠르트 따위는 안중에도 없고 자립을 위해 당당하게 행동했으니까.

"(벤델린을 보고 있노라면 나 자신이 참 한심스러웠지.)"

아버지나 쿠르트의 의향에 따라 데릴사위로 들어갔더니 아내까지 거리감을 느끼게 만든다.

그런 생활이 싫어진 것이다.

물론 나는 본가의 차남이지만 이제 과거의 일이다.

지금은 분가의 당주이자 가신으로서 아버지나 쿠르트를 위해 일을 해야겠지만 다른 일로 따를 필요는 없다고.

그렇게 결심한 날로부터 며칠 후 나는 어떤 회합에 출석했다.

이 회합은 초기 이민자가 모여 사는 본 마을 사람들의 의견을 듣는 회합이었다.

중요한 지지 기반이므로 그들에게 신경을 쓰고 있는 셈이다.

다만 이런 일이 늘 있으면 당연히 다른 마을 사람들은 탐탁지 않게 여긴다.

장차 해결할 필요가 있었지만 지금 나는 분가의 당주로서 그 이익을 대변하는 입장이다.

"어느 정도 노역의 경감을 부탁드리고 싶습니다만."

안 그래도 분가는 남자가 적으며, 그 때문에 분가의 여자들은 개간 작업까지 돕고 있었다.

분가에도 종사가 여러 명 있지만 그들 또한 평소에는 농민으로서 바쁜 나날을 보내고 있다.

이쪽 일을 돕게 하는 데는 한계가 있었다.

"그 때문에 헤르만이라는 남자를 보냈는데."

"나 혼자로는 한계가 있잖아."

역시 쿠르트는 나를 아랫사람의 하나로밖에 여기고 있지 않으리라.

그 아랫사람을 분가로 보냈으니까 그저 이용해먹을 생각만 하는 것이다.

과연, 냉정히 분석하니 바우마이스터 기사작령에서 본 마을을 우선하는 안정 통치는 사상누각일 뿐이다.

아버지나 명주인 클라우스는 위기감을 느끼고 있지만 달리 혁신적인 해결책을 찾아내지 못했으며 쿠르트는 그 위기감조차 느끼지 못하고 있다.

"(어떤 의미에서는 부럽군…….) 노역 때문에 벌꿀술 제조량이 줄고 있어."

분가의 생업 중에 전통적인 양봉 기술과 그것을 이용한 벌꿀술 제조가 있다.

그런데 극단적인 인원 부족에 노역의 증가가 더해져 그 생산량이 크게 떨어졌다.

"그리고 이제 벌꿀술 대금을 지불해주면 좋겠는데."

이 영지에서 술은 귀중품이다.

보리 생산이 늘고 있었지만 그것으로 술로 빚었다가는 아버지가 못마땅한 표정을 지을 테니 기껏해야 집에서 약간의 에일 맥주를 만드는 정도다.

그러므로 분가가 만드는 벌꿀술을 징수하여 영주민에게 나눠주었지만, 그 대금을 아직까지 지불하지 않았으니 이보다 고약한 일이 또 있을까.

그 덕에 내 입장만 바늘방석인 것이다.

"조만간 줄게."

"좋아. 그럼 지불이 끝날 때까지 벌꿀술 공급을 중단할게. 마침 일손도 부족하니까. 그리고 지금까지 밀린 외상값도 모두 청산해 줘." "헤르만!"

어째선지 쿠르트가 격노했다.

분가 따위가 본가에 요구를 하는 것이 발칙하고 오만하다고 생각하고 있으리라.

나를 뭘로 보는 거야?

아버지나 쿠르트에게는 이 영지를 안정적으로 다스릴 의무가 있지만 그렇다고 해서 무슨 짓이든 다 해도 되는 건 아니다.

아무리 남자가 부족하다 해도 분가에 자꾸 무리를 강요하면 본가에 반기를 들라는 말이나 마찬가지다.

"(나를 희생시키기로 작정을 한 거야!)"

차츰 내 마음 속에서 분노가 솟구친다.

바우마이스터가의 형제 중에서 왜 나만 이런 꼴을 당해야 하냐고.

비록 귀족이 되지 못할지는 모르지만, 나는 파울이나 헬무트나 에리히가 부러웠다.

바깥세상에 나가 이런 엿 같은 시골 영지의 울타리에 갇히지 않고 살 수 있으니까.

그 다음으로 떠오른 것이 상속 다툼을 막기 위해 자율 행동을 허락받고도, 영주민들에게는 게으름뱅이 팔남이라고 소문이 퍼진 벤델린의 모습이었다.

아직 어린데도 벤델린은 당당히 자기 뜻대로 행동하고 있다.

물론 마법 재능이 있기 때문이지만, 주위가 어떻게 생각하고 뭐라고 수군거리든 정말로 자유롭게 살아가고 있는 것이다.

매일 아침에 나가서 저녁에 돌아오는 벤델린의 얼굴에는 근심이나 방황은 전혀 찾아볼 수 없다.

나는 그 녀석과 별로 얘기를 나눈 적이 없다.

애당초 나이 차가 많기도 하고 지금의 내 신분은 분가의 당주이므로 얘기만 나눠도 쿠르트의 신경이 곤두서게 만들 테니까.

벤델린과 내가 손을 잡고 쿠르트의 자리를 빼앗는다.

망상이기는 하지만 쿠르트의 시기와 의심이 크다면 믿어버릴 가능성도 있었다.

"어쨌든 아까 말한 조건을 지켜줘."

나도 벤델린 만큼은 아니라도 자신의 길을 걸어가야 하리라.

이제 아버지나 쿠르트는 다른 가문 사람이며 나는 분가의 당주라고.

그렇다면 분가의 이익을 가장 우선적으로 생각해야 하는 것이다.

"개간은 일단락됐으니 그리 하마. 밀렸던 외상값도 지불하지."

"아버지!"

"이쪽이 개간 사업 문제로 피해를 줬으니 지불하는 게 당연하지 않느냐."

결국 아버지는 그런 이유로 지불을 외상으로 한 모양이다.

지금의 분가 사람들 입장에서는 이제 아버지조차 신뢰할 수 없겠지만.

그리고 쿠르트는 지불하지 않아도 된다고 생각한 모양이다.

예상하건대, 쿠르트는 귀족이란 돈만 많으면 어떻게든 될 거라고 믿는 것이리라.

하지만 그런 식으로 분가를 적으로 삼아 어쩌려는 걸까?

"(지금은 아버지와 쿠르트 둘이 어떻게든 본 마을의 보수파를 억누르며 다스리고 있지만⋯⋯.)"

마의 숲 원정으로 비롯된 분가와의 갈등에, 본 마을에서도 젊은 층의 보수층 노인에 대한 반발.

나머지 두 마을은 아버지나 쿠르트가 영주이므로 어쩔 수 없이 따르는 수준이었다.

생긴 지 백년 남짓한 세월 만에 이 영지는 크게 덜컥거리게 된 것이다.

"(이 영지는 이제 바늘 하나만 꽂아도 터져버릴지도 몰라.)"

그리고 그것은 아버지와 쿠르트가 이 영지의 지배자 자리에서 굴러 떨어진다는 의미다.

"(내 망상일지도 모르지만…….)"

이번 회합 이후에 마침내 나는 분가 사람으로 인정을 받은 모양이다.

아내가 아내다워졌기 때문에 이것도 뜻밖의 수확이리라.

쿠르트의 얼굴이 떨떠름해졌지만 어차피 그 녀석은 완력으로 나를 이기지 못하니까.

그리고 몇 년의 세월이 흘렀지만 그 이후의 흐름은 이미 몇 번이나 설명된 대로다.

아버지가 은퇴하고 내가 이 바우마이스터 기사작령의 당주가 되었으며 파울도 영지를 분할 받았다. 그리고 마지막으로 벤델린이 미개척지 대부분을 분할 받아 백작이 되었다.

쿠르트 얘기는 더 이상 입에 올리지 않는 편이 좋으리라.

그 녀석은 외부와의 관계가 열린 바우마이스터 기사작령의 미래를 따라가지 못하고 자폭했다.

"저기……헤르만 님."

"유르겐, 지금 시점에서는 아무것도 할 수가 없어."

내가 새 영주가 된 뒤로 제일 달라진 점은 본 마을의 명주인 클라우스를 뺀 나머지와 대화나 교섭하는 일이 늘어난 점이겠지.

이런 저런 사정 때문에 현재 바우마이스터 기사작령의 마을은 다섯 개로 늘어났다.

새롭게 생긴 마을의 명주는 그 마을의 주민들끼리 결정한 인물이다.

나를 영주로서 인정해주기는 하지만, 역시 지금까지 해온 대로 되지는 않는다.

본 마을 우선 폐지, 클라우스가 독점해온 징세업무 폐지, 모든 마을의 유력자를 모은 회합 개최 등, 여러 저항에 부딪칠 법한 새 규정을 실행해야 하는 것이다.

클라우스를 싫어하기로 유명한 유르겐은 그 의견들에 찬성이라 최근에는 매일 같이 집을 찾아오고 있다.

클라우스가 하루라도 빨리 다섯 명주 중 하나로 전락하기를 손꼽아 기다리고 있으리라.

다른 명주들도 같은 의견이었지만 그래도 완전히 평등하게 할 수는 없다.

클라우스의 딸 레일라 씨는 아버지의 첩이며 그 자식은 내 이복동생들이니까.

아직 영주로서의 입지가 약한 내 입장에서는 아직 적으로 돌릴 수는 없는 것이다.

그런데 최근 클라우스의 모습은 왠지 기분이 나쁘다.

아버지와 모든 속내를 털어놓고 얘기를 나눈 뒤에는 무척 얌전하다.

명주로서의 책무에 소홀한 것은 아니지만 어딘가 의욕이 없다고 할까.

레일라 씨도 이곳에 남아 있는데.

아버지가 파울에게 신경을 쓴 것인지는 모르겠지만 레일라 씨를 데리고 가지 않았다.

역시 레일라 씨 입장에서도 단순한 정략결혼이었을 뿐 아버지보다는 자식들이 우선인가?

그 이복동생들도 클라우스의 보좌와 벤델린이 남긴 상점의 경영을 묵묵히 성실하게 수행하고 있다.

딱히 자신들만 이익을 얻으려고 크게 바가지를 씌우는 것도 아니다.

뭐, 반이라도 피를 나눈 형제니까 이 정도는 대우를 해줘야겠지.

어쨌거나 그들을 귀족으로 만들 수는 없으니까.

그런 분위기 속에 통치는 순조로웠지만, 어째선지 유르겐 일파는 얌전한 클라우스가 의심스러운 모양이다.

"뭔가 일을 꾸미고 있는 게 아닐까요?"

"그런 억측만으로 클라우스를 불러서 추궁하라고?"

클라우스가 미심쩍은 것은 옛날부터 그랬으며 유르겐이 그를 싫어하는 마음도 알지만, 그것만으로 그의 행동을 제약할 수는 없다.

"징세 장부도 상점 결산서도 봤잖아?"

"예."

아버지의 은퇴와 이사로 클라우스의 지위가 약해졌다고 느낀 유르겐 일파는, 제일 먼저 클라우스가 세금을 착복하지 않는지 꼼꼼히 장부를 점검했다. 결과는 전혀 문제가 없었지만.

나도 클라우스를 미심쩍게 여기지만 그 자가 고작 그런 사소한 부정을 저지르지는 않을 거라고 나는 생각한다.

"하지만 클라우스 녀석은!"

"그 심정을 모르는 바는 아니지만……."

유르겐 일파의 얘기를 전부 듣고 곧바로 클라우스와 가족들의 모습을 살피러 가기로 한다.

그렇다 해도 딱히 그들에게 적의가 있는 것은 아니다.

클라우스를 비롯해 모두들 일을 하고 있으며 그 모습을 내가 보러갈 뿐이다.

영주가 자주 하는 시찰인 셈이다.

"어이쿠, 헤르만 님."

집을 나와 본 마을을 둘러봤지만 짧은 시간에 용케 이렇게까지 정비가 되었다.

밭이 사각으로 정비되어 농사일이 훨씬 수월해졌으며, 거추장스러운 거석이나 거목, 작은 산과 언덕이 평평해져 경작 면적이 늘었다.

집도 근처로 옮겨져 많은 영주민들이 밭으로 가기 위해 낭비하던 시간이 줄었다.

그 대신 인구는 조금 줄어서 미개척지 쪽의 새로운 마을로 이사를 가는 자도 많다.

지금까지 경작 면적의 넓이나 밭으로의 접근성에서 유리했던 본 마을이 벨의 마법 때문에 다른 마을과 똑같은 조건이 되어 버렸다.

그것을 한탄하는 노인도 많아서 그들은 클라우스에게 이것저

것 불평을 늘어놓은 모양이다.

하긴 클라우스는 그것을 시대의 흐름이라고 딱 잘라버렸다고 하지만.

클라우스가 뒤에서 뭔가를 꾸미고 있다고 의심하는 자도 많지만 나는 너무 나갔다고 생각한다.

본 마을의 밭에서 내 이복동생인 발터가 젊은 영주민과 뭔가를 의논하고 있었다.

큰 볼일은 아닌지 곧바로 나를 발견하고 말을 걸어온다.

"나리, 저택도 곧 이전을 하겠군요."

"그래."

영지가 넓어진 덕분에 저택 위치가 영지의 중심을 벗어나기도 했고, 벨과 블랜타크 씨의 권유로 벌꿀술을 특산품으로 만들어 증산을 하고 싶지만 이곳은 자리가 부족하다.

이제 곧 이사할 예정이라는 것을 발터도 물론 알고 있으리라.

"이것도 시대의 흐름이군."

"그렇죠."

클라우스의 손자라도 발터에게 수상한 점은 없다. 클라우스 대신 성실하게 명주의 보좌 업무를 수행하고 있으니까.

"발터, 칼은 상점 쪽에 있나?"

"아뇨. 새로운 마을 건설 예정지로 측량을 하러 갔습니다. 할아버님도 같이요."

"그렇군. 위험하지는 않을까?"

지금은 벤델린이 없으니까 성채가 없으면 야생동물에게 공격

받을 수도 있을 텐데.

"도와주는 자들이 있습니다."

"그 모험자들 말인가?"

벌꿀술 말고는 별다른 특산품이 없어 보이는 바우마이스터 기사작령이었지만, 최근 모험자들이 모습을 살피러 와있다.

이 또한 외부와의 교류가 시작된 증거다. 그들은 리그 대산맥에서 와이번이나 비룡을 효과적으로 잡을 수 없을까 시찰을 하러 온 모양이다.

그 응대를 맡기기는 했지만, 클라우스 녀석 잘도 써먹는군.

용을 잡는 모험자라면 미개척지의 야생동물쯤은 문제없을 것이다.

"방해해서 미안했다. 상점을 들린 후에 가보지."

"어이쿠, 영주님."

미개척지와의 경계에 있는 상점에 들어가니 안에서는 여자 셋과 남자 둘이 뭔가 작업을 하고 있었다.

여자는 이 영지에 남은 레일라 씨와 내 이복여동생인 아그네스와 콜로나, 남자 둘은 그 남편인 노르베르트와 라이나였다.

"영주님, 지금 재고조사를 하는 중입니다.

레일라 씨도 함께 거들면서 다섯 명이 재고조사를 하고 있다고 한다.

그나저나 레일라 씨는 정말 예쁘다. 아버지도 아무리 정략결혼이라고 해도 부수입도 짭짤했군.

레일라 씨는 약혼자의 죽음 등으로 농락당한 인생이라고 생각하지만 지금은 아들딸과 함께 지내니 그나마 행복할까?

아버지는 보기 좋게 버림받았다고 할까, 레일라 씨로서는 첩이 된 것 자체가 의무라고 여겼을 것이다.

만약 따라 가겠다고 했어도 어머니가 못마땅한 얼굴을 했을 테니까 솔직히 다행이지만.

"아버님이라면 새로운 마을 건설 예정지에 계실 겁니다."

"역시 그렇군. 발터에게 들은 대로야."

상점을 나와 미개척지 쪽에 만들어진 새 마을에서 더 남쪽으로 내려가 새로운 마을 건설 예정지로 향한다.

야생 동물에게 공격을 받을 우려가 있으므로 호위를 위해 헤르게 일행이 따라왔다.

나도 이제는 혼자 마음 편히 걸어 다닐 수 없는 신분이 된 건가.

현장에 도착하자 클라우스는 칼과 함께 땅에 말뚝을 박아 거기에 끈을 묶고 있었다.

집이나 논과 밭으로 구분하여 벨이 작업하기 쉽도록 준비하는 것이다.

"영주님, 시찰 나오셨습니까?"

"아아, 시간이 남아서."

내가 영주가 된 이후의 클라우스는 매우 얌전하다. 뭔가 이상한 일을 꾸미고 있지는 않는 것 같다.

확인할 방법도 없지만, 본 마을 명주로서의 업무도 수행하며 새로운 마을의 명주들에게도 꼼꼼히 일을 가르쳐 주고 있었다.

새 명주들은 예전의 클라우스를 모르므로 그가 다정한 사람인 줄 알지만, 전부터 이곳에 있던 오래된 명주들은 클라우스가 뭔가 일을 꾸미고 있지 않은지 여전히 의심하고 있다.

"이대로 바우마이스터령이 발전하는 모습을 보면서 늙어 죽어가겠지요."

이 발언을 반은 믿고 반은 믿지 않았다.

"호위인가?"

"용 전문 모험자 분들입니다. 바우마이스터 기사작령을 거점으로 활동할 수 있는지 이것저것 둘러보고 계신다는군요. 제게 할 말씀이 있다는데 오늘은 측량 때문에 바쁘다고 했더니 호위를 맡아주시겠다고."

내가 주위에 있는 모험자들을 둘러보자 그들은 가볍게 인사를 한다.

"예의가 바르군."

"용 토벌 전문 모험자는 다른 모험자와 조금 사정이 다르다고 합니다."

혼자서 용을 쓰러뜨릴 수 있는 사람은 그리 많지 않다. 벨이나 블랜타크 씨 그리고 도사님 정도겠지.

다른 모험자들은 파티를 짜서 면밀한 전술 아래 팀워크를 활용하여 용을 잡는다고 한다.

자아가 너무 강한 사람에게는 맞지 않는 셈이다.

"잘 권유한다면 바우마이스터 기사작령의 발전으로 이어지려나?"

"예. 벤델린 님께 의지만 할 것이 아니라 독자적인 개발안을 세울 필요도 있겠죠."

"그렇지."

클라우스의 말이 옳다고 여긴 나는 이 일에도 착수해야겠다고 생각하면서 집으로 돌아온다.

분가에 데릴사위로 가기 위해 본가를 떠낸 내가 다시 이 저택으로 돌아올 줄이야……인생이란 정말로 어떤 일이 일어날지 모르는 법이군.

그런 생각을 하면서 서재에 들어가자 그곳에는 보기 드물게 아내인 마를레느의 모습이 있었다.

"독서인가?"

"오늘은 아니에요."

오늘은이라니? 마를레느는 그리 독서를 좋아하지 않는데. 나 역시 그러니까 부부가 똑같을지도 모르지만.

"그나저나, 클라우스는 괜찮을까요?"

"당신도 걱정인가?"

클라우스를 의심하는 기존 영주민들은 많다. 그는 모략가니까 지금은 얌전해 보여도 뭔가 안 좋은 일을 벌이려고 하고 있다고. 나도 전혀 의심을 하지 않는 것은 아니니까 딱히 나무랄 처지는 못 되지만.

"벨과 손잡고 바우마이스터 기사작령을 가로채려고 한다던가?"

"그럴 리가 없잖아요."

그렇게 드넓은 영지의 개발과 통치에 책임이 있으니까 비교하자면 새 발의 피인 바우마이스터 기사작령에 야심을 드러낼 이유가 없나.

만약 그럴 생각이었다면 이 영지는 이미 벨의 것이 되어 있겠지.

"그 녀석은 그럴 성격으로는 보이지 않는데."

벨은 워낙 태평스러운 데다가 어수룩한 부분도 있으니까.

"바우마이스터 백작님은 상관이 없겠지만 그래도 클라우스는 수상해요."

막연히 수상쩍다고는 생각해도 딱히 증거는 없다. 마를레느도 나와 똑같잖아.

"외부인과 어울리는 것도 그렇고."

"그 자들은 일 때문에 이곳에 왔어. 그리고 집 밖에서는 그런 소리 하지 마."

쿠르트도 아니고 외부인이 어쩌고저쩌고 하며 떠들어봤자 새 영주민들과 언쟁이 생길 뿐이다.

마를레느는 영주의 아내이므로 그런 발언에는 주의를 해야 한다.

모험자들도 오늘은 실무 협의 책임자인 클라우스와 함께 일을 했지만, 남은 사람들은 분명히 리그 대산맥에서 조사를 하고 있다고 했다.

아직까지 딱히 수상한 부분은 없겠지.

"너무 신경 쓰는 게 아닐까."

나는 그렇게 마를레느를 나무랐지만 다음 날 이후에도 특별히 수상한 점은 없다.

클라우스는 아들들을 데리고 일을 했으며 모험자들도 조사를 계속하고 있다.

"아참, 영주님."

다만 그 날 저녁에 갑자기 클라우스가 말을 걸어왔다.

"새로운 마을 건설 예정지의 측량과 구획 나누기는 끝났습니다. 벤델린 님은 언제 오실까요?"

여전히 클라우스의 일처리는 빠르다. 이번에 측량도 할 수 있다는 사실이 밝혀졌지만 지금까지는 그럴 기회가 없었을 것이다.

"만약 오시는 날을 알게 되시면 되도록 일찍 알려주셨으면 합니다."

"알겠소, 그렇게 하리다."

어느 정도는 협의도 해야 할 테니까. 하긴, 벨은 클라우스가 불편해서 되도록 만나지 않으려 하는 것 같지만.

"바쁘신 와중에 찾아주시는 것이니 소홀함이 있어서는 안 되겠죠."

나는 속으로 클라우스 당신만 이상한 짓을 하지 않으면 아무 문제없다고 생각했지만 그것을 표정과 입 밖으로 꺼내지 않도록 조심했다.

"또 새로운 마을이 개발되는군요."

클라우스가 기쁘게 웃지만 나는 어째선지 마음속에 뭔가 걸린 듯한 기분을 느꼈다.

하지만 벨이 바우마이스터 기사작령에 오는 날까지 나는 그 원인을 찾아내지 못했다.

제5화 바이겔가 부흥

"작위와 영지를 몰수당한 귀족가를 부활시키는 방법 말입니까?"

"그래."

"카타리나 님 말씀이군요."

"로델리히는 정말 눈치가 빨라."

처음 만났을 때는 그 언행 때문에 나쁜 인상이 강했던 카타리나였지만, 그녀는 매우 뛰어난 마법사였고 같이 지내보니 그렇게 나쁜 사람은 아니었다.

그렇다면 그녀를 데리고 있으며 써먹는 것이 당연하리라.

어쨌든 나는 광대한 영지를 책임져야 하는 귀족이지만 평범한 사람과 마찬가지로 가능하면 편하게 살고 싶으니까. 더 나은 인생을 보내기 위해 같은 편은 많을수록 좋다.

그리고 그런 그녀에게 은혜를 베풀 방법은 하나밖에 없으니 바로 바이겔가의 영지와 작위를 부활시켜 주는 것이다.

여성이 귀족이 되는 일은 거의 불가능하므로 그녀가 납득할 만한 방법을 찾아야만 한다.

제일 좋은 것은 그녀가 낳은 아들이 작위와 영지를 계승할 수 있도록 하는 것이리라.

"하지만 그걸 소인에게 물으시는 겁니까?"

바우마이스터 백작가의 우호 귀족이 늘어나느냐 마느냐 하는 갈림길이므로 수석 가신인 로델리히에게 묻고 있는 것이지만 그의 표정은 무척이나 어둡다.

왜냐하면 다음 주에 맞선 모임이 열릴 예정이기 때문이다.

게다가 이번 맞선 모임은 상당히 대규모가 될 게 뻔하다.

엘도 참가하며 우리 집에서 일하는 젊은 남자들 중 아내가 없는 자는 모조리 강제 참가였다.

귀족들도 나름 의욕적으로 로델리히에게 천 장이 넘는 맞선 사진을 보냈는데 그 대부분이 버려지는 게 아깝기도 해서 그들에게 '이쪽의 다른 젊은이라도 상관없는 사람은?' 이라고 묻자 거의 대부분이 허락을 한 것이다.

어느덧 바우마이스터 백작가의 가신단이 형성되었지만, 각료의 자제들이 간부급 자리를 맡아 본가의 특기 분야를 활용한 일을 하고 있었다.

그 도사의 자식인 코르넬리우스도 경비대 간부를 맡고 있다.

일솜씨는 훌륭했지만 그들은 삼남 이하의 잉여 인간이 많았기 때문에 아직 대부분 독신이었으며 앞으로 바빠질 것을 감안하여 커다란 맞선 모임이 열리게 된 것이다.

내가 생각해도 좋은 아이디어 같지만 자신의 맞선 모임 준비를 진행하는 로델리히에게는 어딘가 납득이 되지 않는 부분이 있으리라.

"로델리히가 아내로 맞아들여 둘 사이에 낳은 자식을 귀족으로 만드는 건 어때?"

"어째서 소인입니까? 엘빈이라도 상관없지 않나요?"

결국 로델리히는 우여곡절 끝에 차기 루크너 남작가 당주의 아버지가 되기로 확정됐기 때문에, 카타리나와 아이를 낳아 그 아이를 귀족으로 세워도 전혀 문제가 없는 것이다.

하지만 로델리히는 더 이상 성가신 일을 떠맡고 싶지 않은 모양이다.

엘에게 떠넘기려고 했다.

"엘은 말이지……."

물론 괜찮은 녀석이지만 블랜타크 씨 때문에 문란한 생활에 빠진 것이 좋지 않았다.

카타리나가 그런 부분에 민감해서 엘과 거리를 두고 있는 것이다.

파티를 이루는 동료로 지낼 순 있지만 남편감으로는 싫은 모양이다.

"그 말괄량이 아가씨도 의외로 순수한 면이 있군요."

확실히 거친 사람들이 많은 모험자 중에서 정상급 실적을 올리며 그 몫을 빼앗으려는 기생충이나 깡패 같은 녀석을 혼자 힘으로 물리쳐온 것에 비하면 남자에 대한 면역력이 조금 떨어지는 것 같다.

"지난번에도 말이지……."

이른 아침에 엘과 활 연습을 한 뒤 날이 더워 웃통을 벗고 중앙 뜰에서 바람을 쐬고 있었는데 마찬가지로 마법 단련을 하고 있던 카타리나로부터 불평을 듣고 말았다.

"벤델린 씨! 귀족이라는 분이 밖에서 옷을 벗다니요!"

"웃통만 벗었으니 문제없잖아!"

"웃통만이라도 당연히 안 되죠!"

말투는 평소와 같았지만 카타리나는 엘과 나의 상반신을 보면서 얼굴을 새빨갛게 물들였다.

한 마디로 그런 면역이 전혀 없는 것이리라.

나는 딱히 알몸도 아닌데 호들갑 떤다고 생각했다.

"엘은 어려울 거야."

"그렇다면 나리도 괜찮지 않을까요?"

"나?"

"예. 마침 조건에도 딱 들어맞고 말이죠."

애당초 초일류 모험자이므로 내 사냥에 따라올 수 있다.

카타리나 입장에서도 나와의 사이에 아이를 낳아 바이겔가 당주로 삼는 편이 왕궁에서 공작을 펴기에도 훨씬 수월할 것이다.

서로 이익이 된다고 로델리히는 말한다.

조금 무미건조한 느낌도 들지만 이 세계에서는 그리 잘못된 판단기준이라고 할 수도 없었다.

결혼이란 집안 간의 결합이며 본인들의 궁합은 그 다음 문제였기 때문이다.

연애지상주의도 나쁘지 않지만 그런 이유 때문에 전세인 일본도 낮은 혼인율이나 저출산이 심각한 문제가 되고 있는지도 모르니까.

어쨌든 이 세계에서 경제적인 이유가 아니고서는 독신을 고집하기가 어렵다.

카타리나도 각오를 해야 한다고 로델리히는 말했다.

"바이겔가를 일족에 버금가게 대우하여 바우마이스터 백작가의 진용을 두텁게 할 필요가 있겠죠."

로델리히는 수석 가신이므로 급속히 규모가 커진 바우마이스터 백작가의 안정화에 서둘러 매달리고 싶은 모양이다.

내가 죽은 뒤 차세대 이후에도 바우마이스터 백작가는 계속된다……계속되어야 하니까.

"하지만 그건 본인 의지도 중요할 텐데."

"그렇다 해도 한 번 속을 터놓고 얘기해볼 필요가 있겠죠. 그런데 그 뺨에 남은 흔적은 없앨 수 없으신가요?"

"으으음, 어째선지 엘리제에게 거절당했거든. 내가 직접 치료하는 것도 안 된대."

사실은 오늘 아침에 날마다 하던 마법 훈련을 마친 뒤 땀이나 씻으려고 욕실에 들어가니 거기에 먼저 훈련을 마치고 들어온 카타리나의 모습이 보였다.

그것도 그녀는 세면대 거울 앞에서 알몸으로 뭔가 포즈를 취하고 있었던 것이다.

"요즘 벤델린 씨 집에서 나오는 식사가 맛있는 탓에 살이 찐 것 같아……."

"그래? 내가 보기에는 안 그런데."

"네?"

여기서 곧바로 대꾸를 한 내가 바보였던 것이다.

혼자인 줄 알았던 욕실의 세면실에서 나와 얼굴을 마주친 카타리나는 조심성 없이 들어온 나와 몇 초간 서로를 바라보며 둘 사이에 묘한 분위기가 흐른다.

"벤델린 씨?"

"남자는 여자 몸무게 같은 거 잘 신경 안 쓰니까."

"…………."

"남녀 간의 이상적인 체형에 대한 차이도 있지. 너무 마르면 남자는 오히려 매력을 못 느끼거든."

삐삐 마른 여자는 남자 입장에서 오히려 매력이 반감되는 법이다.

오히려 적당히 살찐 쪽을 좋아하는 남성도 일정 수 있으니까.

"벤델린 씨?"

"그럼 나는 이만. 내 말 참고해."

아무래도 나는 목욕탕 입구에 걸린 '입욕 중'이라는 팻말을 못 본 모양이다.

사실은 가끔 그러지만 엘은 남자니까 아무런 문제도 없고, 다른 여성진 때도 마찬가지였다.

"벨, 사실은 일부러 그런 거 아냐? 딱히 나는 상관없지만……."

"큰일이네. 내 알몸에 욕정을 느낀 벨이 나를 덮친다―. 아, 분위기 깨네."

"벤델린 님, 이런 일은 정식으로 식을 올린 뒤에 하는 편이……."

"벨 님, 같이 들어와."

네 사람은 약혼자이므로 전혀 상관없었지만 역시 카타리나에게는 통하지 않은 것 같았다.

"벤델린 씨…….."

"미안. 내가 실수했어."

"결혼도 하지 않은 처녀의 알몸을 봐놓고 그런 말로 끝낼 작정 인가요!"

카타리나도 분위기를 파악해 마법을 날리지는 않았지만 대신 그녀에게 힘껏 따귀를 얻어맞았다. 마음만 먹었다면 피할 수도 있었겠지만, 그래서는 안 될 것 같아 회피 행동을 포기해 버린 것 이다.

"뭐라고 할까……나리도 운이 좋은 건지 나쁜 건지……."

같은 남자인 로델리히의 감상은 그러했다.

따귀를 맞은 건 불행이지만 좋은 감상을 했으니까, 라는 뜻이 리라.

귀족의 뺨을 때리는 일은 불경죄이므로 처벌하는 것도 불가능 하지 않지만, 그랬다가는 훔쳐본 내 행위가 들통 나고 만다.

이 사실이 알려지면 틀림없이 세간에서 개망신 당하는 것은 나 이리라.

"게다가 카타리나가 또 의외로……."

화끈하게 내 뺨을 날린 뒤에 격에 안 맞게 엘리제에게 기대어 눈물을 흘렸으니까.

"저는 이제 시집 다 갔어요!"

"그런 캐릭터가 아닌 것 같……. 미안해요……아무것도 아니 에요."

남에게 알몸을 보여줬다고 시집을 못 간다면 일본에서 결혼할

수 있는 여자는 거의 없을 것이다.

그보다도 나는 이런 여자가 창작물 외에도 실제로 존재한다는 사실이 놀라웠지만 엘리제는 카타리나의 편이었다.

이 세계의 여성은 신분이 높을수록 정조관념이 강하다.

그러므로 연인이나 아내도 아닌 카타리나의 알몸을 본 나는 못된 인간이라는 것이다.

"벤델린 님, 오늘 하루는 얼굴을 그대로 그냥 놔두세요."

"그래도 이렇게 놔두기는……."

가신들 앞에서 체면도 있고 되도록 빨리 없애고 싶은데…….

"벤델린 님은 반성을 하셔야 해요. 아시겠죠?"

"네에……."

드물게 엘리제가 강경한 말투로 얘기하자 나는 뺨에 난 손자국을 오늘은 치료하지 않겠다고 약속했다.

이런 부분도 엘리제가 내 본처로 뽑힌 이유일지도 몰랐다.

"안 돼, 벨. 엘리제가 강경하게 말할 때는 다 그럴만한 이유가 있으니까."

이나도 내 편이 되어주지 않았다.

평소에는 고풍스러운 여자의 모습이지만 지금은 울며 매달리는 카타리나를 달래면서 냉정하게 나를 혼내고 있다.

"우리라면 문제없지만 카타리나는 안 되지."

"입욕 중 팻말에 이름 칸이라도 만들까."

"그래서 카타리나만 아니면 들어가려고?"

"노코멘트입니다."

이 나라의 귀족은 교회가 워낙 까다롭게 구는 탓에 혼전 관계를 갖기가 어렵다.

그러므로 가끔씩 실수한 척하며 알몸을 슬쩍 엿보는 정도는 애교스러운 장난이라고 나는 생각한다.

어차피 상대는 약혼자들이니까.

"벨, 역시 고의로 그랬지⋯⋯."

"글쎄, 잘 모르겠네."

"사실은 이거 큰 문제야."

역시 상황이 이쯤 되면 진지한 엘리제와 이나에게 설교를 듣는 구도로 흐르는 경우가 많다.

"있지, 있지, 카타리나의 몸매 어땠어?"

루이제는 대략 이런 느낌이다.

가끔씩 같이 목욕을 한 다른 여자들의 몸매를 내게 말해주는 걸 보면 정신세계에 호색한 아저씨 성분이 얼마쯤 포함되어 있는 것 같다.

"이렇게 출렁출렁한 느낌이 엘리제와 좋은 승부가 될 것 같아."

"역시. 도미니크도 꽤 대단하지만 카타리나에게는 못 미치니까."

"오오, 도미니크도 그렇게 볼만해?"

그 사실은 미처 몰랐다.

"진짜 끝내줘. 엘리제와 어릴 때부터 함께 자랐으니까. 설마 그 몸매는 집안 환경 덕분인가?"

자칭 여체 평론가 루이제의 말에 따르면 이 저택에서 메이드로 일하는 도미니크도 의외로 쭉쭉빵빵한 모양이다.

몸매가 진짜로 끝내준다고 내게 보고를 해주었다.

"역시, 뚫어지게 쳐다본 게 틀림없어요!"

"루이제! 벤델린 님!"

다만 이 아저씨스러운 대화 때문에 다시 카타리나가 울음을 터뜨렸고, 루이제와 나는 엘리제에게 또 야단을 맞았다.

"어쨌든 오늘은 반성하도록 하세요."

그래서 나는 오늘 하루 동안 뺨에 붉은 손자국을 붙인 채로 지내게 된다.

"벨 님."

"왜 그래? 빌마."

"벨 님 뺨에 난 손자국이 꼭 왕도에 가게가 있는 불가사리 만주 같아."

"……그렇군……."

"불가사리 만주 먹고 싶다."

"다음에 왕도에 가면 사다 줄게."

"고마워, 벨 님."

그리고 빌마는 왜 이런 소동이 벌어지고 있는지를 이해하지 못하는 것 같았다.

내 뺨의 손자국을 보고 내가 단풍 만주를 베껴 왕도에 가게를 낸 '불가사리 만주'를 닮았다고 좋아했으니까.

또한 어째서 불가사리 만주인가 하면 단풍은 헬무트 왕국 영내 북방의 극히 일부지역에서밖에 볼 수 없기 때문이다.

지명도 문제로 명칭을 바꾼 것이다.

"나리는 벌써부터 잡혀 사시는군요."

"엘리제도 평소에는 이렇게까지 강경하게 얘기하지 않아."

"그렇겠죠. 카타리나는 가문의 부흥을 목표로 하고 있으니 귀족의 영애에 준한 대우를 하고 있으니까요."

그렇기 때문에 조심성 없이 그녀의 알몸을 본 나를 나무란 것이다.

"어차피 카타리나가 아무리 노력해도 그녀는 귀족가의 당주가 될 수 없어요."

왕가나 다른 귀족들과 교섭을 해야 하므로 아무래도 데릴사위를 들여 낳은 자식이라는 조건을 제시하기 전에는 호의적인 대답을 듣기 어렵다.

하지만 뒤집어 말하면 그 조건만 받아들이면 그다지 어려운 일도 아닌 것이다.

"그러니까 그 점을 포함해 카타리나와 잘 얘기를 해봐야겠죠. 그 정도의 마법사를 거두지 못한다면 큰 손해니까요."

"어쩐지 점점 귀족의 가신다워졌는걸."

"칭찬으로 듣겠습니다."

어쨌든 나는 카타리나와 한 번 얘기를 나누기로 했다.

"사정이 그런데 말이지……."

"모두와 의논해 보고 결정할게요."

"모두?"

"예전 바이겔령의 영주민 대표와 전 가신 분들이요."

내가 카타리나에게 로델리히가 생각한 방안을 전하자 그녀는 모두와 의논해보고 결정하겠다고 대답했다.

그녀가 말하는 모두란, 전 가신과 영주민들인 모양이다.

하지만 조부 대(代)에 영지와 작위를 빼앗겼는데도 무서울 정도로 대단한 충성심이다.

"예전의 바우마이스터 기사작령이라면 1년도 안 돼서 새 영주나 대관에게 적응했을 텐데."

내가 본가에 있던 시절에는 그렇게까지 영주민들이 따른다는 느낌을 받은 적이 없는 것 같다…….

"그건 다른 영지의 일이니 딱히 뭐라 할 말이……어쨌든 그들과 의논해볼 테니까 함께 가주시겠어요?"

"알았어."

카타리나와 얘기가 끝났기 때문에 우리는 또 다시 이틀 가량 토목공사에 땀을 흘린 후, 평소의 멤버끼리 전 바이겔령으로 떠났다.

하지만 나는 전 바이겔령의 자세한 위치를 모르므로 당연히 '순간이동'으로는 날아갈 수 없다.

가장 가까운 곳까지 '순간이동'으로 날아간 뒤 마차나 도보로 이동한다.

바이겔가는 원래 우리와 같은 기사작령으로 영지가 있던 곳은 왕도에서 도보로 만 하루정도.

인구 천 명 정도의 기사작가 치고는 매우 부유한 편이었다.

광대한 농지를 경작해 왕도에 식량을 공급했고, 왕도와 서부를 잇는 가도변에 있었기 때문에 사람과 물자의 출입이 많아서 대규모 여관거리가 있으며 정기적으로 시장이 열려 북적거렸다.

왕도에서 마차로 반나절 가량이라 접근성도 좋아서 시장 손님이나 왕도에 들어가기 전에 묵어가는 여행객이 많아 세수입도 좋았다.

"같은 기사라도 우리의 본가와는 비교가 안 되네."

나도 그렇지만 엘도 시골 귀족인 자신의 본가와 비교해보고 살짝 낙담한다.

"이미 다 지난 과거예요."

아무리 부유한 영지라도 몰수당해 버리면 의미가 없다고 카타리나가 중얼거린다.

"그렇다 해도 이 정도 입지라면……."

"꼬마가 예상하는 대로야. 왕국의 직할지 정리를 할 때 방해꾼 취급을 받은 거지."

함께 따라온 블랜타크 씨는 사전에 블라이히뢰더 변경백작으로부터 바이겔가가 작위를 박탈당한 사정을 들었다.

"꽤 오래 전에 왕도 주변을 모두 직할지로 만들기 위해 여러 곳의 소영주들에게 전봉을 명했지."

그 대신 대체지는 예전 영지보다 넓은 땅을 마련해준다.

그런 조건인 모양이었지만 이 바이겔령은 입지가 너무나 좋다.

땅이 넓어 농업 생산이 늘어나는 것보다는 여관거리와 정기 시장이 압도적으로 수입도 좋고 가도변이라는 최고의 입지를 버리고 떠나기가 싫었던 것 같다.

어느 시대나 농업은 사실 돈을 벌지 못한다.

사람은 식량이 없으면 살아갈 수 없으므로 중시되기는 하지만,

알고 보면 유통 경로를 장악한 쪽이 돈을 버는 것이다.

"아무리 그렇다 해도 왕가의 명령을 거절해서는 안 되지."

"할아버님은 거절할 의도가 전혀 없으셨어요."

헬무트 황국에서는 귀족이 이런 전봉 명령을 받으면 한번은 반드시 거절한다고 한다.

"작다고 해도 귀족이니까요."

첫 번째는 물밑에서 타진하는 것이니 거절하지만, 다음번에 좀 더 좋은 조건으로 공식적인 타진을 해온다. 왜 이런 짓을 하느냐 하면 귀족가에도 아랫사람에 대한 체면이 있기 때문이다.

"한 번은 거절했지만 그쪽이 다시 생각해 달라며 더 좋은 조건을 제시해왔다."

그런 핑계를 댈 수 있기 때문에 안심하고 전봉 명령을 받아들일 수 있는 것이다.

"참으로 번거롭군……."

"귀족이란 그런 생물이니까 그렇다고밖에 할 수가 없지."

블랜타크 씨가 말하는 걸로 보아 나 또한 장차 그런 꼴을 당할지도 모른다는 생각에 얼굴을 굳혔다.

다른 사람들은 모두 그런 거라며 납득한 모양이다.

그런 부분에서 나는 아직 이 세계에 적응을 못했는지도 모르겠다.

"그런데 할아버님이 관례대로 한 차례 거절을 하셨더니……."

느닷없이 왕가의 명령을 무시한 죄로 작위를 박탈당했다고 한다.

어째서 그런 일이 벌어졌느냐 하면 그 일에 선대 루크너 후작이 얽혀 있는 모양이다.

과연, 아무리 거물 귀족이라도 관례를 깨는 건 좋지 않다고 나도 생각한다.

"카타리나 님! 돌아오셨군요!"

카타리나의 얘기를 들으면서 한동안 가도를 따라 전 바이겔령 안을 걷고 있으려니 여관거리 쪽에서 육십 전후로 보이는 초로의 남성이 달려온다.

"하인츠, 이제 나이가 있으니 무리해서 뛰면 안 돼요."

"무슨 말씀을요. 저 아직 멀쩡합니다."

클라우스와 비슷한 연배로 보이지만 그 또한 아직 건강한 것 같았다.

"당신이 모두를 규합해 줘야 하니 아직 건강을 잃어서는 안 돼요."

"앞으로 10년은 끄떡없습니다. 그런데……."

"왕도에서 소문이 자자한 '용을 물리친 영웅님'이에요."

"카타리나 님은 인맥이 정말 넓으시군요."

"물론이죠."

또 평소의 말투로 돌아왔지만, 우리의 만남은 우연이었고 첫인상은 최악이었다.

그러므로 허세를 부리는 일도 참 쉽지 않겠다는 생각이 든다.

"하지만 열두 살에 카타리나 님이 서부의 모험자 예비학교로 떠나신 후 처음 모셔오는 동행분이군요."

"저는 친구도 가려서 사귀거든요."

"(저기, 그건…….)"

"(이나! 안 돼! 더 이상은 참견하지 마!)"

첫 인상은 최악이었는데 어째선지 내가 그녀를 비난하지 않는 이유.

그것은 그녀가 나와 비슷한 어린 시절을 보냈기 때문이리라.

마법 단련으로 시간을 보내고 모험자 예비학교 시절에도 기본적으로는 외톨이였던 모양이다. 게다가 성인이 된 뒤에도 늘 혼자 행동했을 가능성이 높다.

고향에 돌아올 때 혼자인 것은 함께 가자고 할 친구가 아무도 없었기 때문이리라.

"(외톨이다! 옛날의 나와 똑같은 외톨이야!)"

외톨이는 외톨이를 알아보는 법.

나의 뇌리에 외톨이로 지내는 카타리나의 모습이 선명히 떠올랐기 때문에 무심코 이런 저런 제안을 하고 마는 것이다.

게다가 그녀는 처음에는 입버릇처럼 어쩔 수 없다고 하면서 따라 오지만 실은 누구보다도 우리와 함께 행동하는 걸 즐거워하는 것처럼 보인다.

투덜대긴 해도 토목공사 같은 일도 전혀 거절하지 않았고, 공사현장에서는 많은 인부들에게도 인기가 있었다.

그 말투는 여전하지만 대부분 거친 사내들인 공사 인부들의 표현에 의하면 카타리나는 '재미있는 언니'인 모양이다.

자기 딸 같은 소녀가 조금 오만하게 굴어도 재미로 여기며 웃어넘기는 것이리라.

"카타리나 님, 이 구멍 말인데요. 가능하면 좀 더 깊이 파주셨으면 합니다만."

"어쩔 수 없죠. 제 마법을 똑똑히 잘 보세요!"

"역시 대단하군요."

"내가 했다 하면 당연히 이 정도죠."

"그 멋진 카타리나 님께 부탁이 있습니다만."

"저한테 맡기세요."

인생 경험이 풍부한 공사 인부들은 카타리나의 성격을 꿰뚫어 보고 교묘히 부추겨 추가 작업을 부탁하기도 했다고 한다.

"(벨……너…….)"

"(열두 살 때까지는 나도 외톨이였으니까……뭐, 카타리나는 지금도 현재진행형이지만…….)"

"(벨, 더 이상은 말하면 안 돼.)"

내가 하고 싶어 하는 말을 알아차린 이나가 슬그머니 나를 말렸다.

"손님들, 차라도 드시겠습니까?"

하인츠라는 노인의 안내로 우리는 그의 집으로 향한다.

가는 도중에 같은 기사작가인데 우리의 본가보다도 호화로운 집에 있었지만, 그 집이 바로 예전 바이겔가의 본 저택이었다고 한다.

"지금은 대관님의 저택이 되어 있습니다."

하인츠의 말투는 차가웠다.

그의 입장에서 대관은 주인의 저택을 불법 점거하는 불한당이나 마찬가지리라.

"불쾌하게도 대관은 항상 루크너가의 친척들입니다."

법을 무시하고 불법적인 세금을 걷는 것도 아니지만 그 자들은 바이겔령을 몰락하게 만들고 대관의 급료를 탐내는 극악한 루크너 일족의 일원이라고 말하고 싶은 것이리라.

영주민이나 옛 가신들도 반항은 하지 않지만, 매우 무미건조한 관계만을 유지하고 있는 것 같다.

"여기가 제 집입니다."

하인츠 씨의 집은 원래 바이겔가의 종사장 가문인 모양이다.

그 집의 크기는 전 바이겔가의 저택 다음으로 컸다.

그의 안내로 집 안으로 들어가자 그곳에는 여러 연령대의 남자 스무 명 정도가 기다리고 있었다.

하인츠 씨 말로는 모두가 전 바이겔가의 명주나 종사 혹은 가신 등의 자손이라고 한다.

"오오! 카타리나 님이 돌아오셨다!"

"더욱 아름다워지셨네!"

"손님도 계신 것 같은데."

"들자니까 '용을 물리친 영웅님'이래."

"오오, 아직 어린데도 대단한 분이구만."

"오늘 돌아온 이유는 여러분에게 긴히 드릴 말씀이 있어서예요."

외톨이지만 그래도 전 가신이나 영주민들은 카타리나를 믿고 따르는 것 같다.

하인츠 씨에게 슬쩍 물어보니 마법 재능이 있던 그녀는 가문의 부흥을 위해 어릴 때부터 마법 훈련을 하면서 수렵으로 돈을 벌었고, 가증스러운 루크너 후작가의 눈이 미치지 않는 서부의 모험자 예비학교에 다닌 후 그대로 서부에서 돈을 벌 수 있는 모험자가 됐다고 한다.

당주인 조부는 작위를 박탈당한 충격으로 그 직후 병사했으며 양친도 가문의 부흥을 위해 무리하게 애쓰다 병을 얻어 곧이어 뒤를 따랐다.

그 때문에 불과 다섯 살에 혼자가 된 그녀는 그때부터 바이겔가의 당주로서 행동해 왔다고 한다.

"카타리나 님은 어린 몸으로도 원통하게 돌아가신 선선대와 선대 영주님의 고뇌를 잘 이해하시고 가문의 부흥을 위해 열심히 노력해 오셨습니다. 이 하인츠는 재가 되는 그날까지 바이겔가의 가신입니다."

다른 사람들도 모두 같은 마음인 것 같다.

루크너 가문이 낙하산으로 파견하는 대관의 관직 제안을 거절하고 상인이나 기술자, 사냥꾼, 농민 등으로 생계를 꾸려나가며 바이겔가가 부흥했을 때를 위해 면학이나 훈련도 빼먹지 않았다고 한다.

심지어 세대가 바뀌어도 이탈하는 자가 전혀 없다는데, 그러고 보니 모여 있는 자들 중에는 젊은 사람도 많다.

"(이 위협적인 충성심! 댁들이 무슨 무사야!)"

그보다 폭정을 저지르는 것도 아닌데 여전히 최소한의 대접밖에 받지 못하는 대관도 조금은 불쌍하다.

"실은 가문을 부흥시킬 실마리를 잡았어요."

"그게 정말입니까?"

"잘 됐다! 내가 눈을 감기 전에 바이겔 가문이……."

실내는 한순간 커다란 환호성에 휩싸인다.

나이 든 사람들은 눈물을 흘리며 기뻐할 정도였다.

"저는 공적만 쌓으면 귀족이 될 수 있다고 믿고 열심히 노력해 왔어요. 하지만 돈을 아무리 모아도 본가의 부흥으로는 이어지지 않아요. 그것은 제가 여자이기 때문이죠."

카타리나의 발언에 모두가 한순간 조용해진다.

모두들 마음속으로는 이미 그 사실을 눈치 채고 있었기 때문이리라.

"그래서 생각을 바꾸기로 했어요. 여기 계신 벤델린 님의 아내가 되어, 그 자식에게 바이겔 가문을 물려받게 할 거예요!"

"오오오!"

"그거 정말 훌륭하군요!"

"역시 카타리나 님이야!"

이상한 귀족의 차남이나 삼남을 데릴사위로 들여 가문의 부흥을 노린다면 혹시라도 사위의 본가가 가로챌 위험이 있다.

하지만 내 본가에는 그럴 여유도 없고 나 또한 내 영지도 그 모양인데 남의 영지에 참견할 여유가 없다.

카타리나의 입장에서 보면 나는 비교적 괜찮은 선택인 것이다.

"하지만 이 영지를 되찾을 수는 없겠죠. 따라서 이사를 갈 필요가 있어요. 그러므로 따라오고 싶은 분들만 가셔도 상관없어요. 함께 못 가시는 분들께는 제가 얼마간의 상을 내리도록 하겠어요. 이렇게 한 번 몰락한 가문을 위해 지금까지 애써주셔서 진심으로 감사드려요."

카타리나는 이런 교육도 받았으리라.

귀족의 영애에 걸맞은 인사로 매듭짓는 모습에 나는 그녀를 다시 보았다.

"따라 가겠습니다! 설령 어떤 벽지라 해도!"

"저도 가겠습니다! 가족들도 기꺼이 동의해 줄 겁니다!"

농지도 풍부하고 왕도에도 가깝고, 장을 보는 데도 전혀 불편함이 없다.

이곳은 그야말로 최고의 입지 같은데 이 방에 있는 사람들 중 이곳에 남겠다고 한 자는 한 명도 없었다.

모두들 가문의 부흥과 새 영지로의 이전에 크게 기뻐하고 있는 것 같다.

"이상하신가요?"

"네. 이곳은 생활에 편리하잖아요."

모두가 크게 기뻐하며 환호성을 지르는 와중에 하인츠 씨는 나의 의아스러운 표정을 눈치 챈 모양이다.

"확실히 이곳이 편리하고 살기 좋은 것은 사실입니다만……."

전 바이겔령에서 인구 천 명.

더 이상은 돌봐줄 수가 없어서 자식들이 다른 곳으로 이사를 가 버리는 경우가 늘고 있는 모양이다.

"자식이 부모 곁을 떠나는 것은 당연지사라 해도 너무 멀어 손자 얼굴도 볼 수 없다면 쓸쓸하겠죠."

그런 점에서 내가 미개척지에서 나눠줄 토지는 개발할 여지가 많다.

편리성 또한 영지 개발이 더 이뤄지면 크게 개선될 것이다.

"장래성은 훨씬 더 높으니까요. 따라오는 자가 많을 겁니다."

"그렇다면 내일이 승부인가."

"승부요?"

"바이겔가 작위 박탈의 원인을 만든 집에 이런저런 부탁을 하러 가야하니까요."

부탁이라기보다 사전교섭이다.

허가는 왕가에서 내리지만 사전에 의논하러 가지 않아서 빈정이 상하여 방해라도 했다가는 곤란하니까.

"과연, 중요한 일이군요."

그날은 하인츠 씨 측에서 주최한 연회를 즐기고 전 가신이 운영하는 여관에서 하룻밤을 묵었다.

다음 날 다시 왕도에 '순간이동'으로 날아가 어떤 인물과 만났다.

"사위님, 건강해 보여 다행이군."

"아, 그게……."

"지금은 나는 새도 떨어뜨릴 만큼 권세가 높은 바우마이스터 백작님이니까. 아내가 한 명쯤 늘어나도 어쩔 수 없겠지."

할아버님인데도 어째선지 나를 '사위님'이라고 부르는 호엔하임 추기경을 만난 것인데, 그는 아내가 늘어나는 것에 불만이 없다고 하면서도 카타리나에게 매서운 시선을 보냈다.

"처음 뵙겠습니다. 카타리나 린다 폰 바이겔이라고 합니다."

"서부에서는 유명한 마법사이자 그 바이겔가의 따님인가."

"오늘은 큰 신세를 지게 됐습니다."

"지금의 사위님에게는 부족한 점도 많으니까. 카타리나 아가씨가 사위님을 잘 보필하고 그 자식이 바이겔가의 당주로서 바우마이스터 백작가를 보필한다. 그러한 분수를 잊지 않는다면 나또한 협조를 아끼지 않겠네."

"감사합니다."

천하의 카타리나도 오랜 세월 중앙에서 살아온 거물 귀족의 위광과 눈빛에 압도된 모양이다.

평소의 말투와 태도는 사라지고 고분고분히 인사를 했다.

손녀딸인 엘리제의 본처로서의 지위가 흔들리지 않도록 이렇게 도와주는 모습을 보면 그녀를 끔찍이도 아끼는 것이리라.

"엘리제도 건강해 보이는구나."

"예. 벤델린 님이 자상히 보살펴주신 덕분에."

"그거 다행이로군. 결혼식이 기대되는구나."

평소에는 중앙의 거물 법의귀족이자 온갖 도깨비의 소굴인 교회의 추기경인 그였지만, 엘리제 앞에서는 손녀딸을 애지중지하는 다정한 할아버지로 변한다.

그렇기 때문에 더더욱 그녀의 본처 지위를 위협하려는 무리에게는 어떤 관용도 베풀지 않는 것이었다.

그런 분위기를 파악했기 때문에 카타리나는 곧바로 얌전해진 것이다.

"그럼 가볼까. 그나저나 오늘은 조용하군, 블랜타크."

"저는 그저 호위일 뿐이니까요."

"그런 것으로 해두지. 블라이히뢰더 변경백작은 이번 일을 어떻게 생각하고 계시지?"

"운이 좋았다고 생각하시지 않을까요?"

"뭐, 그런가. 루크너 재무경도 선대의 죄로 고생스럽겠지. 그리고 릴리엔탈 백작가는 멍청한 짓을 했군."지금 호엔하임 추기경이 하는 말은 어렴풋이 이해할 수 있었다.

선대가 작위를 박탈하지 않으면 루크너 재무경은 카타리나라는 유능한 마법사에게 미움을 살 일도 없었을 테고, 릴리엔탈 백작가가 제대로 후원해 주었다면 그녀를 수하로 부릴 수 있었을 것이다.

"(카타리나가 유명해지고 나서 릴리엔탈 백작가에서 무슨 얘기가 있었어?)"

"네. 40세쯤 되는 삼남이 와서 '내가 바이겔가를 부흥시킬 테니까 너는 내 아내가 되라'고."

"그래서?"

"'잠꼬대는 누워서 해!'라고 했습니다."

상대는 거물 귀족의 삼남이므로 그런 폭언을 뱉는 건 좋지 않지만, 그쪽에도 지금까지 제대로 돌보지 않은 잘못이 있다.

그래서 나도 딱히 그 행동을 나무랄 마음이 들지 않았다.

"그래서 나를 남편으로 삼을 건가? 딱히 나도 그렇게 괜찮은 남

자는 아닌 것 같은데."

"벤델린 씨는 생활력이 강하고 도량이 넓잖아요. 남편의 조건
으로 이보다 더 좋은 것은 없겠죠."

이곳은 일본과는 다르므로 연애지상주의로 배우자를 선택하는
일은 많지 않다.

그러므로 카타리나의 사고방식이 지나치게 무미건조한 것도
아니다.

"게다가 벤델린 씨와 함께 있으면 즐겁고, 저 같은 여자도 평범
하게 대해 주시니까요……."

거기까지 말하더니 카타리나는 얼굴을 붉히며 고개를 숙인다.

그보다 지금까지 얼마나 오랫동안 외톨이로 지낸 거야?

"뿅 갔다."

"뿅 갔네."

"뿅 갔어."

"뿅 갔군요."

"……저기, 엘리제야. 혹시 그 '뿅 갔다'는 말은 남방에서 유행
하는 거냐?"

당연히 이 세계에서는 전혀 유행하지 않았지만, 내가 무심코
입에 올린 덕에 이나 일행도 카타리나에게 쓰게 됐다.

"뭐, 좋아. 빨리 루크너 재무경의 집으로 갈까.

호엔하임 추기경은 요즘 젊은이들의 말투를 이해하지 못하는
것 같다.

우리와 함께 바이겔가 부흥의 교섭을 위해 서둘러 루크너 저택으로 향하는 것이었다.

"호엔하임 추기경님, 덕분에 별 문제없이 무사히 끝났습니다. 조금은 싫은 소리를 들을 각오도 했습니다만……."

"그 남자도 요즘 마음고생이 많았으니까. 그럴 여유도 없었겠지."

핵심인 바이겔가 부흥 교섭은 짧은 시간에 끝났다.

내가 폐하께 부탁하면 곧바로 인정받을 수 있겠지만 귀족 사회란 체면이 중요해서 사전에 바이겔가 작위 박탈에 애썼던 루크너 후작가와도 사전교섭이 필요한 모양이다.

이것을 게을리 했다가는 빈정이 상하여 방해공작을 펼 가능성도 있다고 한다.

한심스러운 것 같지만 이런 일은 상사맨 시절에도 자주 있었다.

새 인사나 프로젝트에서 사전에 잘 설명해 두지 않으면, 나중에 '나는 못 들었다'며 화를 내고 끝내는 방해하는 상사도 있다.

인간이란 자존심을 가진 생물이므로 그런 사전교섭도 필요한 셈이다.

그렇게 생각하며 집으로 찾아갔더니 어째선지 루크너 재무경은 우리를 보자마자 진절머리가 난다는 표정을 지었다. 솔직히 귀찮은 건 내 쪽인데…….

정확히 말하면 루크너 재무경의 표정을 바꾼 요인은 우리와 함께 있는 카타리나의 존재이리라.

"어째서 바우마이스터 백작와 바이겔가의 딸이!"

역시 거물 귀족이라고 해야 할까.

루크너 재무경은 카타리나의 존재를 알고 있었던 것 같다.

"카타리나 씨를 신부로 삼아 태어난 자식에게 바이겔 가를 잇도록 할 것이니 허가해 주십시오."

"평생 저주할 테다, 이 망할 영감탱이! 평생 도움이 안 돼!"

아무래도 루크너 재무경에게는 남동생뿐 아니라 아버지도 자신의 발목을 잡는 인물이었던 것 같다. 아마도 동생과 마찬가지로 자신을 위해서라면 남에게 얼마든지 몹쓸 짓을 하고도 남을 사람이었으리라.

그 이념은 이해할 수 있지만 지나치면 좋지 않은 법이다.

그 당시는 괜찮을지 모르지만 대가 바뀐 이후에 커다란 손해를 입을 가능성도 있으니까.

실제로 적이 많은 모양인지 대가 바뀐 루크너 재무경은 관계 수복에 애쓰는 경우가 많으리라. 자신의 부친도 별로 좋아하지 않은 것 같다.

"안 됩니까?"

"아니, 허가한다……."

이런 교섭은 상대가 약해져 있을 때 몰아붙여야 잘 되는 경우가 많다.

게다가 뒤에는 호엔하임 추기경이 버티고 있는 것이다.

걱정할 일은 아무것도 없었다.

"그리고 자식이 태어날 때까지는 카타리나를 명예 준남작으로. 그 왜 거물 귀족의 딸이나 황족은 예외적으로 그런 제도가 있었죠?"

"내가 추천장이라도 써야하나?"

"가능하다면. 추천인 명의를 빌려드릴 수도 있지만"

"그건 상관없지만, 바이겔가는 원래 기사작가인데……."

"제 미개척지에서 영지를 분할할 것입니다. 앞으로 개발하느라 고생할 테니 일종의 서비스인 셈이죠."

나도 몇 명쯤은 귀족의 작위를 내릴 권한을 갖고 있지만 되도록 쓰지 않고 놔둬야 나중에 편하다고 해서 원래부터 있는 가문의 부흥이라는 방법으로 교섭을 했다.

이 또한 로델리히의 머리에서 나온 책략이다. 루크너 재무경은 자신의 조카로부터도 여전히 미움을 사고 있는 것이다.

"알겠네……명의를 빌려주지."

"그리고 말입니다."

"뭐가 또 있나!"

"사실은 옛 바이겔령의 가신과 주민들이 말입니다. 카타리나를 따라가겠다고."

이사를 가는 것이 딱히 불법은 아니다.

하지만 옛 바이겔령의 대관은 루크너 재무경의 육촌 형제라고 하므로 이사를 떠날 때 쓸데없는 알력이나 충돌을 방지할 필요가 있었다. 이럴 때 사전 보고가 중요한 것은 어느 세상이나 마찬가지다.

"알았다. 케르너에게는 내가 얘기해 두지."

케르너란 루크너 재무경의 육촌의 이름인 것 같다. 그러고 보니 아직 얼굴을 보지 않았지.

어떤 사람일까?

"또 하나 바이겔가에도 개발 원조금을 조금 융통해주시면 좋겠군요."

미개척지 개발 자금 대부분을 내가 투자하여 진행했으므로 미안한 마음이 있었으리라.

왕국은 몇 종류의 보조금을 지원하고 있다.

남아도는 귀족 자제들이 일자리를 얻었기 때문에 몇 년간 그들의 급여에 보조금을 지급하거나 조카들이나 파울 형처럼 처음부터 영지를 개발해야 하는 가문도 있으므로 그것에 대한 보조금 등.

바이겔가가 이 원조금을 받을 수 있다면 개발이 훨씬 빨리 진행될 것이었다.

"하지만 카타리나 양은 꽤 돈을 벌었을 텐데……."

"저 또한 그렇지만 그것과 이것은 별개입니다. 지금은 재무경 각하께서 척 하고 허가를 내려 바이겔가와 관계를 수복하셔야."

"하지만 말일세……."

기본적으로 재무 관련 일을 하는 귀족 중에는 구두쇠가 많다. 한 마디로 좀스러운 것이다.

내가 처음 그와 만났을 때도 골룡의 대금을 깎으려고 했다.

"어려우시다면 릴리엔탈 백작가에 진정을……."

지금은 루크너 후작가가 재무경을 맡고 있지만 그 집안 역시 재무벌의 중진이다.

앞으로 2년 뒤 루크너 재무경의 임기가 끝나면 다음번에는 릴리엔탈 백작이 재무경이 된다고 호엔하임 추기경에게 들었다.

그러니까 그에게 부탁하러 가면 거의 대등한 힘을 가진 중진의 진정을 무시할 수 있을 리가 없다.

"으으……그것만은 절대로 하지 말아 줘!"

물론 루크너 재무경이 그것을 인정할 수 있을 리가 없다.

카타리나가 진정을 넣을 때 내가 따라가면 릴리엔탈 백작가와 나 사이에 인연이 생겨버리기 때문이다. 하긴, 카타리나와 릴리엔탈 백작의 관계는 과거의 불미스러운 일 때문에 단절되어 버렸지만, 그 사실을 루크너 재무경에게 알려줄 의무는 없었다.

"알겠네! 줄 테니까!"

"그거 다행이군요. 카타리나도 인사를 드리는 게 좋겠어."

"가문의 부흥을 허락해 주셔서 감사합니다. 남편의 교우 관계도 있고 제가 앞으로도 계속 루크너 후작님을 원망하는 것은 좋지 않을 테니 이것으로 지난 일은 잊도록 하겠습니다."

"그거 무척 고맙군……."

고맙기는 하지만 루크너 재무경의 얼굴이 영 떨떠름하다.

왜냐하면 카타리나가 명예 준남작위를 받으면 그 당시의 경위가 교회를 통해 세간에 흘러나가게 될 것이기 때문이다.

귀족 사회에서 바이겔가가 불합리한 이유로 박탈당한 사정을 모르는 사람은 없다.

그런데 가문을 부흥시킨 카타리나가 루크너 후작가를 용서한다고 한다.

사람들이 누가 더 인간으로서의 그릇이 크다고 생각할까.

당연히 바이겔가 쪽이 도량이 크다고 여길 것이다. 귀족 사회는 명분에 목숨을 걸기 때문에 그것을 잘 아는 루크너 재무경 입장에서는 떨떠름한 표정을 지을 수밖에 없었다.

"그 답례라고 하기는 뭐하지만, 카타리나가 낳은 차기 바이겔가 당주와 나이대가 맞는 루크너 후작가의 딸과 혼인을……."

"그거 대단히 고맙군요."

이제 이것으로 어느 누가 발악해도 바이겔가의 부흥을 막을 수는 없다.

가장 큰 현안인 루크너 후작가가 바이겔가에 딸을 시집보내겠다고 약속했기 때문이다.

"무사히 정리가 되어 다행이군요."

"그렇군. 바우마이스터 백작님."

안색이 나쁜 사람이 한 명 있었지만, 교섭은 무사히 성립된 것이었다.

"뭐, 교섭이 성립됐으니 이제 아무 문제없겠지."

카타리나가 자식을 낳기 전까지의 잠정적인 조치였지만 여성이라는 이유로 알현실에서 폐하에게 직접 작위를 받지 않는 것은 이 나라의 폐쇄적인 부분일 것이다.

그렇다 해도 무사히 볼일을 마쳤기 때문에 지금은 호엔하임 자작가의 집에 머물며 차와 과자를 즐기고 있다.

이쪽에도 마의 숲에서 딴 과일들을 선물로 가져다주었다.

루크너 재무경에게도 건넸지만 그가 그 과일들을 진심으로 맛있게 먹으려면 얼마나 지나야할까.

가족 때문에 고생한다는 점에서는 나와 닮은 부분이 있었기 때문에 조금은 동정심이 들 정도였다.

"사위님, 영지의 개발은 순조로운가?"

"예. 계획보다도 잘 진행되고 있습니다."

역시 토목 마법으로 하는 개발은 속도가 전혀 다르다.

게다가 나만큼은 아니지만 토목 마법을 쓸 수 있는 카타리나의 존재도 있다.

그녀가 새 바이겔령과 함께 개발에 매진한다면 계획이 더욱 앞당겨질 가능성이 높으니까.

"그런가. 그거 좋은 일이군."

"제 구역이니까요."

"뭐, 재지 귀족이란 그런 것이지."

그대로 카타리나가 명예 준남작위를 받을 때까지 호엔하임 자작가 저택에서 신세를 진 후, 새 바이겔령의 확정과 이사 준비를 위해 서둘러 바우마이스터 백작령으로 돌아왔다.

"과연, 이거 루크너 남작님도 눈물 좀 쏟겠구먼유."

잠정적으로 명예 준남작위를 받고 나와의 사이에서 낳은 아이를 후계자로 삼는다는 조건으로 얻은 바이겔가의 새 영지. 그 위치는 바우르부르크의 교외로 정해졌다.

왜냐하면 옛 영지와 같은 조건으로 하여 개발 속도를 높이기 위해서다.

북방 리그 대산맥을 따라서 있는 바우마이스터가 두 가문에 조카들이 물려받을 예정인 마인바흐가와 인적 물적 교류가 진행됐을 때, 가도변에 위치하여 여관거리 등의 운영 경험이 풍부하고 바우르부르크에 식료품을 공급할 농경지도 유지할 수 있다.

가도 자체는 이미 만들어져 있으므로 그 옆에 새 바이겔 준남작령이 분할되었고 그곳에서는 많은 영주민들이 여관거리와 농지 준비에 분주했다.

"이거 간만에 몸이 녹초가 됐구먼유."

"아이고, 죄송합니다. 렘브란트 남작님."

"하지만 바우마이스터 백작님도 제법이네유. 새 영지를 준다며 경험이 많은 인재를 통째로 빼오다니. 게다가 새 부인은 마법사에 또 그렇게 미인이고 말이쥬."

아무것도 없는 땅에 처음부터 여관거리나 농지를 만들면 시간이 걸린다.

그래서 루크너 남작에게 얻어낸 허가가 도움이 된 것이다.

새 영지 개발에 따라가고 싶은 사람이 있다며 이동 허가를 받았다. 물론 그런 일은 개인의 자유지만 그들이 이동할 때 보통은 옛 영지에 남은 여관이나 농지를 처분해야만 한다.

하지만 이 세계에는 '이축' 마법이 존재한다.

이번에는 호엔하임 추기경의 연줄로 예약을 앞당기고, 나까지 힘을 보태 옛 바이겔령에 있던 대부분의 집과 여관, 그리고 상점 등을 새 영지로 이전했다.

농지도 보리 수확이 끝남과 동시에 밭의 흙을 몽땅 가져왔다.

새로운 농지를 개간할 때 가장 큰 난관이 토양 만들기다.

내 마법으로 크게 단축할 수는 있지만 이미 만들어진 토양을 가져오는 편이 명백히 편하다.

"거기는 왕도에 가까운 여관거리인데 무척 썰렁해졌겠구먼유."

옛 바이겔령의 영주민들은 그 최고의 입지를 버리면서까지 대부분이 새로운 영지로 이사를 왔다.

렘브란트 남작의 손에 의해 바우르부르크와 북방을 잇는 가도변에 여관거리 등이 생기고, 카타리나와 내가 새롭게 개간한 농지에 그쪽에서 가져온 흙을 덮어 봄보리를 경작할 준비도 시작되고 있다. 그리고도 아직 농지가 남아있기 때문에 이쪽은 벼농사 준비가 시작됐다.

벼농사를 짓는 일은 주로 옛 바이겔령 시절에 농지나 일이 부족해 영지를 떠나간 영주민의 자식들이나 그 가족이 맡고 있다.

"옛 바이겔령은 이제 그 이상의 발전은 바랄 수 없을까요?"

"왕도 교외는 어디나 그런 느낌이쥬. 바우마이스터 백작님이 개방한 팔케니아 초원은 별개로 하고."

옛 바이겔령 시절에는 인구가 천 명을 넘으면 그 사람들을 먹여 살릴 수가 없으므로 넘쳐나는 사람들은 외부로 떠나지 않으면 안 되었다.

하지만 주변도 대체로 비슷한 상태이므로 꽤 멀리까지 이사를 가야한다.

왕도를 동경해 상경했다가 얼마 후 빈민가 주민이 되는 경우도 적지 않다고 한다.

"그래도 팔케니아 초원이 있으니까 나아졌쥬."

"하지만 토지는 남아 있겠죠?"

"깡촌에서 새롭게 개간하는 일은 정말 힘들어유. 이곳은 바우 마이스터 백작님 덕분에 무척 편하지만."

게다가 정보 전달 속도의 차이도 있다.

왕도로부터 멀리 떨어진 땅에서 귀족이 개간할 사람을 모집하려 해도, 그럼 그 사실을 어떻게 새 농지가 필요한 사람들에게 알릴까 하는 문제가 나오기 때문이다.

"확실히 토지는 남아돌아유. 하지만 그걸 개간해서 수입을 얻을 수 있게 하는 일은 정말 어렵쥬."

그런 일이 그렇게 쉽다면 귀족 자제들이 일자리가 없어 우는 일은 없을 거라고 렘브란트 남작은 말했다.

"나도 별 볼일 없는 기사작가 사남인데, 그나마 마법 재능이 있었기 때문에 살아난 셈이쥬."

그렇지 않았다면 자기 자식은 틀림없이 평민으로 전락했을 거라고 한다.

"옛 바이겔령에서는 이게 한계에 달한 상태였쥬. 하지만 여기라면 자식이나 손자도 근처에서 살 수 있어유. 실제로 이사할 때 자식이나 손자, 그 가족까지 부른 것 같으니까."

옛 바이겔령의 영주민 약 천 명 중에서 이곳 새 영지로 따라온 것은 약 9백 명.

그런데 지금의 새 바이겔령의 영주민은 천이백 명이다.

여기에 내 요청으로 바우르부르크 주변에서 새 여관을 짓거나 운영할 자, 또한 바우르부르크 교외의 농지를 경작해줄 옛 영주 민들도 천 명 가까이 존재했다.

소수이기는 하지만 옛 가신들의 자제들 중 바우마이스터 백작 가에서 일하게 된 자도 존재한다.

로델리히의 말대로 바이겔가의 부흥은 바우마이스터 백작가에 게도 이익을 가져다주었다.

하지만 그 대신 손해를 본 사람도 있다.

인구가 백 명 남짓으로 줄어들고, 건물도 거의 사라진 데다 농 지도 토양을 만드는 일부터 다시 시작해야 하는 옛 바이겔령에서 친척이 대관을 맡고 있는 루크너 재무경이었다.

"왕도 교외에 있는 유명한 여관거리가 하루아침에 횅해진 탓에 나는 모든 각료에게 싫은 소리를 들었는데……."

"분명히 이사 허가를 얻었지 않습니까. 애당초 이사는 불법이 아닙니다. 하지만 저는 루크너 후작님이니까 만일을 위해 승낙을 받은 것인데……."

"알았네! 바우마이스터 백작의 성의는 충분히 이해했어!"

얼마 전의 마의 숲 지하유적 탐색에서 얻은 성과 중에 마도휴 대통신기는 친분이 있는 귀족들에게 저렴한 가격에 판매했다. 이 마도휴대통신기는 기존 것보다도 성능이 뛰어나서 루크너 재무 경은 곧바로 통신을 해왔다.

최초의 통화 내용이 몽땅 이사를 가버려 횅해진 옛 바이겔령의 현 상황이라는 점이 그의 비애를 말해주는지도 몰랐지만.

"위치는 좋으니까 곧바로 사람들이 빈 자리를 메울 겁니다."

"이주 희망자가 많은 것은 확실하지."

위치가 좋기 때문에 갱지라도 어느 정도의 가격으로 팔리고 있었으며 농지도 내가 다른 곳에서 가져온 흙을 마법으로 토양을 개량해 채워놨기 때문에 이삼 년만 지나면 거의 예전의 수확량으로 돌아올 것이다.

옛 영지는 농업을 시작하고 싶지만 개간의 어려움 때문에 주저하는 사람들에게 순식간에 팔려버렸다.

"카타리나는 이것으로 원한을 잊겠다고 하지만, 바이겔령의 영주민들의 묵은 감정을 생각한다면 지금 어느 정도 고충을 겪으시는 편이 나중에 루크너 재무경도 편하실 겁니다."

"그건 알고 있네. 다음 대의 바이겔 준남작에게 우리 가문의 딸을 시집보내야 하는데 신부가 학대라도 당하면 불쌍하니까."

다만 고충을 겪고 있는 것처럼 보여도 역시 루크너 재무경 또한 대귀족이므로 반쯤은 연극이겠지만.

"나는 거물 귀족들처럼 배짱 튕기는 짓은 잘 못해유. '이축' 마법으로 돈을 버는 게 고작이쥬. 하지만 이 신형 마도휴대통신기인가유? 정말 쓸모가 많더군유."

"저로서는 렘브란트 남작님이 갖고 있지 않다는 게 더 이상했지만요."

"소형 마도통신기는 돈을 아무리 많이 줘도 못 사는 사람이 많으니까요."

어쨌거나 만들기가 어렵고 완성된 것도 왕궁이나 군에 우선적으로 지급된다.

그러므로 돈을 많이 버는 렘브란트 남작이라도 전혀 구입할 방법이 없었다고 한다.

"일 때문에 쓰면 편리하니까요."

"뒤집어 말하면 일에 얽매일 가능성도 있쥬. 바우마이스터 남작님은 의외로 그런 쪽으로 유도를 잘한다고 할까유."

마도휴대통신기를 렘브란트 남작에게 판 이유는 그에게 일을 부탁하는 경우가 앞으로도 늘어날 것이기 때문이다.

발견된 것은 모두 5백대가 넘지만, 로델리히가 상대를 잘 가려서 파는 게 좋겠다고 했기 때문에 아직 사장되어 있는 것이 압도적이다.

소유하고 있는 사람은 그 탐색에 참가한 멤버들, 그리고 폐하에게도 열 대 가량 팔았고, 에드거 군무경, 루크너 재무경도 마찬가지다.

나머지 각료는 재임 중 폐하로부터 대여 받는 조건으로 하사받았다.

훌륭한 거물 귀족이라고 휙휙 팔았다간 끝이 없으므로 내가 특별히 신세를 진 사람으로 제한했다.

당연히 호엔하임 추기경에게도 다섯 대쯤 넘겼는데, 그는 한 대만 자기 집에 놔두고 나머지는 내 이름으로 교회에 기증했다.

교회의 힘 중 하나가 정보수집 능력이므로 애초부터 왕가 다음으로 많은 마도통신기를 소유하고 있어서 신형 마도휴대통신기는 필수인 셈이다.

그리고 호화로운 장식이 붙은 감사장 같은 것을 바우르부르크에 건설 중인 교회를 맡아 운영할 사제가 가져 왔다.

물론 주군인 블라이히뢰더 변경백작에게도 다섯 대 가량 판매했다.

"이 신형 마도휴대통신기는 성능이 정말 훌륭하군요."

블라이히뢰더 변경백작은 일찌감치 통신을 하더니, 예전의 낡은 마도 소형통신기는 탐내던 부호 귀족에게 팔아버렸다고 했다.

"본인이 갖고 있는 편이 낫지 않았을까요?"

"내가 바우마이스터 백작에게 이익 공여만 받아서 치사하다고 말하는 귀족도 많아요. 그래서 애지중지하던 녀석을 넘긴 거예요."

"거금을 받고 말인가요?"

"원래는 아무리 돈을 줘도 살 수 없는 물건을 거금을 내고 손에 넣을 수 있게 해줬으니 이 정도면 훌륭한 이익 공여 아닌가요?"

여전히 거물 귀족다운 발언이었지만 이 지구산 휴대전화를 닮은 마도휴대통신기는 그 기능도 꼭 빼닮았다.

대체 어떤 구조일까?

국내는 물론 이 대륙 안이라면 어디라도 깨끗한 음성으로 통화가 가능하다고 설명서에 적혀 있던 것이다.

그밖에도 연락처 기능도 존재한다.

실제로 내 마도휴대통신기의 연락처를 열면 평범한 동료만 빼고 전부 폐하나 현역 각료들뿐이라 조금 무섭게 느껴진다.

방금 전 에드거 군무경에게 갑자기 통신이 왔지만 처음에는 건달이나 범죄자가 건 줄 알았을 정도다.

"빌마는 잘 지내나! 부족한 경비대 인재를 몇 명 보내겠네! 소개장도 들려 보냈으니 가짜를 조심하게!"

엉뚱한 소리로 들리지만 사실은 이곳에 오면 일자리가 있을까 싶어 가짜 소개장을 들고 나타나는 무리가 실제로 나오기 시작한 것이다. 물론 로델리히가 그런 수법에 넘어갈 리는 없지만.

"어쩐지 무척 힘들어 보이네유."

"뭐, 익숙해요, 익숙해."

익숙하다기보다 나는 기본적으로 토목 공사가 메인이고, 그런 종류의 어려운 일은 몽땅 로델리히에게 맡기고 있을 뿐이라고도 할 수 있다.

"그 나이에 벌써 달관을 하셨군유."

아니, 달관하지 않으면 해나갈 수 없는 부분도 있다구요.

"벤델린 씨이이이!"

새 바이겔령의 중심부에서 이축 일을 마친 렘브란트 남작과 대화를 나누고 있으려니 마찬가지로 영주민들과 대화를 마친 카타리나가 이쪽으로 걸어온다.

"이제 됐어?"

"네. 영내의 일은 하인츠의 아들 알렉스에게 맡길 거예요."

명예직이기는 하지만, 준남작이 된 카타리나는 되도록 영지의 운영에 참여하려고 했지만 하인츠가 말렸다고 한다.

"카타리나 님이 가장 우선해야 할 일은 바우마이스터 백작님과의 사이에 아이를 만드시는 일입니다."

그 다음은 아내가 될 것이니 내 옆에서 떨어지지 말라고 했다고 한다.

"가끔씩 부부가 시찰도 하십시오. 영내의 개발 상황이나 자산 상황은 반년에 한 번씩 상세한 보고서를 올리겠습니다. 카타리나 님은 그것을 바우마이스터 백작님과 함께 보시고 지적만 해주시면 됩니다."

"그게 뭐야. 진짜 부럽네."

하인츠는 카타리나의 조부가 작위를 박탈당했을 때 다른 귀족 가에서 스카우트 제의도 받았다고 한다. 하지만 그것을 거절하고 옛 영지에 남아 묵묵히 바이겔가를 지탱해온 모양이다.

"좋겠다……유능하고 성실한 부하라니."

아쉬운 점은 이제 60을 넘긴 나이라 대관 일은 자신이 어릴 때부터 교육한 아들인 알렉스에게 맡긴다고 한다.

"아니, 잠깐만. 오히려 잘 됐군."

그렇다면 이 노련하고 유능한 인재가 한가하다는 뜻이다.

그래서 바우마이스터 백작령의 상담역으로서 로델리히의 보좌 일을 맡기기로 했다.

그러므로 현재 그는 로델리히와 함께 바우르부르크에서 개발 업무에 매진하고 있을 것이다.

"저는 벤델린 씨와 함께 모험자로서 열심히 돈을 벌 거예요."

"너무 애쓰지 마."

"벤델린 씨는 여전히 패기가 없네요. 그런 것 치고는 이런 저런 공적이 많은 것 같지만……."

"악운의 산물이지."

그렇다, 내게는 묘한 악운이랄까 어쩐지 사건에 휘말리는 성질이 있는지도 모른다.

그런 생각을 하면 또 무슨 일이 일어날 것 같아서 지금은 쓸데없는 생각은 하지 않기로 한다.

"로델리히 혼자에게만 맡기면 힘들 테니까 하인츠가 와줘서 다행이야."

양식도 있어 보일 뿐 아니라 노련한 베테랑이기도 하다. 정기적으로 폭주하며 나를 혹사시키는 경향이 다분한 로델리하를 잘 억제해주리라.

클라우스도 비슷한 인재이지만, 그 자는 유능해도 쓰는 사람이 주의할 필요가 있으며 또한 아버지가 빠져나간 헤르만 형에게는 한동안 필요한 인재일 것이다.

헤르만 형도 힘에 부쳐할 가능성이 있지만 그것은 신경 쓰지 않도록 하자.

신부가 늘었지만 지금은 바우바이스터 백작령의 발전에 도움이 됐다는 사실을 순수하게 기뻐해야 한다고 나는 생각한다.

제6화 남녀 그릇 맞대기 사정

"뭐라고 할까······생각했던 것보다도 싱겁게 끝났네요."

"모두들 종종 그렇게 말하지만."

바이겔 준남작가의 부흥은 무서우리만치 빠른 속도로 결정되었다.

루크너 재무경의 강력한 추천 덕에 아무도 반대하는 귀족이 없었기 때문이다.

폐하도 '바우마이스터 백작가의 안정화가 급선무이며 특별히 반대할 이유도 없다'고 발언했기 때문에 곧바로 결정된 모양이다.

또한 그때 차대 바이겔 준남작 당주와 루크너 후작가 딸의 혼인도 허락받았다고 한다.

바이겔 준남작가와 관련하여 꽝만 뽑았던 루크너 재무경이었지만 이번 일로 크게 위신이 선 모양이다.

반대로 실수를 한 릴리엔탈 백작은 못마땅한 표정을 지었다고 하지만.

그리고 이와 같은 경위 끝에 왕궁에서 사자가 찾아와 카타리나에게 명예 준남작위가 수여되었다.

"카타리나 님."

"예. 저는 다음 대의 바이겔 준남작의 어미가 되어 폐하를 위한, 왕국을 위한, 백성을 위한 초석이 되겠습니다."

남자가 작위를 얻을 때와 문구가 조금 다르지만 그만큼 헬무트 왕국에서는 특수한 사례라는 뜻이다.

'만약 아이가 태어나지 않으면?' 하는 의문이 들 수도 있지만 그때는 최악의 경우 양자를 들이는 방법도 있으므로 그다지 신경 쓸 필요가 없다.

결국 그 가문이 지속되기만 하면 되는 거니까.

간단히 명예 작위를 받았기 때문에 한가해진 우리는 호엔하임 자작가의 정원에서 간단한 마법 트레이닝을 하면서 대화를 나눴다.

"어차피 남자도 폐하 앞에서 선서 한 마디 외치고 끝이야."

"폐하도 바쁘실 테니까요."

카타리나는 나한테 배운 좌선을 하며 체내의 마력을 순환시키는 훈련을 계속한다.

남의 집 정원에서 마법을 쏠 수는 없으므로 주위에 폐를 끼치지 않도록 수련을 하고 있던 것이다.

"그나저나 헤르만 님은 언제쯤 작위를?"

"그쪽은 이런 저런 사정이 있으니까……좀 더 정세가 안정된 뒤에 하기로 했어."

쿠르트 관련 일의 뒤처리와 옆에서 영지를 개발하고 있는 파울 형에 대한 지원, 거기에 신규 영지 개발 계획도 있다.

왕궁에서 바쁠 테니 정세가 안정된 뒤에 와도 좋다고 알려온 것이다.

또 하나 헤르만 형은 최소한 첩을 한 명은 들여야 한다.

파울 형도 마찬가지로 이것의 선정 작업에도 시간이 걸린다.

이미 본처가 있으며 또한 그 신분이 낮기 때문에 튀지 않는 측실을 고르는 것이 의외로 고된 작업이라고 한다.

후보는 왕도에 있는 법의기사작가의 차녀 이하로 너무 부유하지 않으며 관직이 없는 가문이 바람직하다.

그 집은 딸을 측실로 보내는 대신 생활비를 받거나 구직 활동에 도움을 받거나 그 형제나 친척이 배신으로 고용되는 등의 혜택을 얻는다.

후보는 루크너 재무경, 에드거 군무경, 암스트롱 백작 등이 찾아준다고 한다.

"둘 다 가능하면 필요 없다고 했지."

바쁘기도 하고 우리 형제들은 아버지와 달리 여색을 밝히지 않는다.

아버지의 경우 당시의 상황 상 어쩔 수 없는 부분도 있었지만, 할 짓은 다 했기 때문에 어머니에게 물어보면 역시 호색한 취급을 했다.

형제 중에는 내가 제일 약혼자가 많아서 여자와 관련된 문제에서는 아버지를 제일 닮았다는 소리를 듣지만, 뭐랄까 매우 억울한 기분이 드는 것도 사실이다.

"헤르만 님도 물론 나중 일이긴 하지만 준남작위를 받으실 예정이니 부인이 한 명인 것은……."

자신의 신념을 지켜 부인이 한 명뿐인 거물 귀족도 극소수 있지만, 보통은 여러 명을 두는 게 상식이다.

가문을 원활하게 운영하기 위해 다른 가문과 관계를 맺는다, 본처에게 자식이 태어나지 않았을 때를 위한 예비, 그리고 여유가 있으므로 남아도는 귀족이 여성을 받아들인다는 약자구제적인 이유도 있었기 때문이다.

"에리히 형이나 헬무트 형도 첩을 두는 일은 피할 수 없겠지."

그 두 사람이라면 관습이니까 어쩔 수 없다며 마지못해 받아들이겠지만.

"그런 점에서 저는 여자이므로 편하네요."

남편을 늘릴 수는 없으므로 확실히 그런 점에서는 부럽게 여길 사람도 있을 것이다.

뒤탈 없이 놀 수 있는 괜찮은 여자를 찾는 게 남자들의 습성이며 측실로서 함께 생활하면 귀찮은 일도 많아진다.

그런 식으로 생각하는 남자도 꽤 많은 것 같다.

"여어, 둘 다 꾸준히 수행을 하고 있군."

하며 그 자리에 함께 호엔하임 자작가에 머물고 있는 블랜타크 씨가 얼굴을 내민다.

그는 아침 일찍 블라이히뢰더 변경백작에게 카타리나의 서작(敍爵-작위를 수여받는 것)이 끝났다고 통신을 한 것 같다.

"꾸준히라뇨……블랜타크 씨가 매일 하라고 했잖아요."

"당연하지. 나도 그러니까!"

블랜타크 씨 또한 아무리 바빠도 매일 마력을 체내에 순환시키는 훈련을 빼먹지 않았다.

이 수련을 계속해야 마력의 제어력이 유지 상승되니까.

좌선을 하고 앉아 마력 순환을 하는 것은 내가 전세의 지식에서 얻은 독창적인 수법이었다.

이 방법으로 하면 효율이 좋은 모양이라 지금은 블랜타크 씨나 도사도 따라하고 있다.

스승님조차 '용케 떠올렸다'며 그 당시에 감탄했을 정도니까.

"마력의 사용 효율, 정밀도, 위력에 직결되니까. 매일 게을리 하지 마."

마력의 상승이 끝나도 필수적인 훈련법이었다.

"덧붙여, 제 경우는 아직 마력량이 성장 중이에요."

카타리나는 아직 열여섯으로 마력이 계속 상승하고 있는 모양이다. 물론 나도 마찬가지였지만.

"부러울 따름이군."

블랜타크 씨는 뛰어난 마법사였지만 본인은 더 많은 마력량을 갖고 싶었다고 입버릇처럼 말했다.

그때마다 이것만은 선천적으로 정해져 있기 때문에 어쩔 수 없다며 투덜거린 것이다.

"하지만 그래도 역시 이제 곧 한계라고 생각해요."

카타리나의 마력은 상급에서도 높은 편이다.

이제 극적인 신장은 기대하기 어렵다고 본인도 판단하고 있다.

"그렇다면 꼬마랑 그릇 맞대기라도 하는 게 어때?"

"윽! 그릇 맞대기요?"

블랜타크 씨가 카타리나에게 나와 그릇 맞대기를 하라고 권하자 그녀는 얼굴을 새빨갛게 물들이며 고개를 숙인다.

나는 그녀가 왜 그렇게까지 부끄러워하는지 이해할 수 없었다.

"딱히 부끄러워할 일도 아니잖아. 둘은 어차피 부부가 될 사이니까."

"저기, 무슨 상황인지 잘 이해가 안 되는데요⋯⋯."

"뭐야? 알 녀석이 제대로 얘기를 안 했나?"

마법사의 세계는 좁기 때문에 그릇 맞대기에 얽힌 특별한 풍습이 있는 걸 나는 몰랐다.

스승님도 시간이 없었기 때문에 가르쳐줄 여유가 없었으리라.

깜빡 했군⋯⋯어쩌면 내가 당황하는 모습을 보며 저승에서 즐거워하고 계신 건 아닐까.

"남자와 여자가 그릇 맞대기를 한다는 것은 그 뭐냐⋯⋯."

반쯤은 억지라고 생각하지만, 일종의 성행위를 상상시키는 것인 모양이다.

이성끼리는 단순히 사제관계가 아니라 연인이나 부부, 그에 준하는 존재 간에만 한다고 한다.

"그런, 마법 재능은 유전되는 것도 아닌데⋯⋯."

역시 이 세계의 여성은 손해 보는 일이 많은 것 같다.

아무리 마법 스승이라도 상대가 이성일 경우는 연인, 약혼자, 부부 같은 관계가 아니면 그릇 맞대기를 할 수 없는 모양이다.

만약 했다가는 주위에 그렇고 그런 사이라는 오해를 산다고 한다.

"그리고 자기 자식에게 하는 것은 상관없다."

"그것도 비현실적이군요."

"매우 드물지만 부모와 자식이 모두 마법사인 경우도 간혹 있으니까."

그러고 보니 전에 도사의 부탁으로 왕국 마도사나 견습생들과 그릇 맞대기를 할 때 전부 남자였던 사실이 떠올랐다.

"예외는……."

그때는 함께 그릇 맞대기를 한 루이제이다.

"내 경우는 벨의 부인이 되기로 확정되어 있었으니까."

"어? 그랬나?"

그리고 어느새 그녀도 대화에 끼어들었다.

"내 마음속으로 이미 결정하고 있었으니까."

"과연."

나는 그런 습성을 전혀 몰랐지만 함께 그릇 맞대기를 한 왕궁 마도사들은 당연히 알고 있다.

아무래도 그 순간 이미 루이제가 내 부인이 되는 것은 확정되어 있던 모양이다.

"그리고……."

그러고 보니 왕도에 머물 때 엘리제와도 그릇 맞대기를 했다.

안타깝게도 마력이 별로 오르지 않았지만, 마력 멀미 때문에 이틀 동안 누워있던 기억이 난다.

나머지는 이나와 빌마였지만 둘은 원래 마력이 적은 데다 이미 한계까지 상승해 있어서 그릇 맞대기는 하지 않았다.

마력량이 초급 이하라 마법사 취급을 받지 못하는 사람은 그릇 맞대기를 하지 않는다.

"엘리제는 그런 얘기는 안 했는데."

"알고 있는 줄 알았겠지. 어차피 부부가 될 사이니까 아무런 문제도 없고. 그런데 카타리나 아가씨와는 그릇 맞대기를 안 하나?

"으아! 저 말인가요?"

그건 카타리나가 마음먹기 나름이라고 생각해 그녀에게 시선을 보내니, 어째선지 매우 동요하고 있는 것처럼 느껴진다.

게다가 그 얼굴도 새빨개졌다.

"내 감으로는 카타리나 아가씨도 마력량에서는 백작님을 이기지 못할 거야. 분하겠지만 여기서 마력량을 한계까지 끌어올린 뒤 마법 종류를 늘리고 정확도를 높여서 말이지……."

블랜타크 씨는 카타리나와 내가 처음 만났던 상황을 알고 있기 때문에, 마력량에서 뒤지는 게 분해 그릇 맞대기에 적극적이지 않다고 여기는 것 같다.

많은 제자를 가르친 경험을 살려 온화하게 카타리나를 설득했다.

"싫은가?"

"아뇨……그런 게 아니라……."

카타리나는 여전히 얼굴을 빨갛게 물들인 채 아래를 내려다보며 머뭇거렸다.

"그렇다면."

"저기! 그 전에 목욕을 하고 옷 갈아입고 올게요!"

"뭐?"

갑자기 이상한 말을 내뱉더니 카타리나는 쏜살같이 호엔하임 자작가 저택으로 돌아간다.

그 뒤에는 전혀 사정을 이해하지 못하는 나와 블랜타크 씨만이 남겨진다.

"무슨 소리죠?"

"저 아가씨, 남자에 얼마나 면역이 없는 거야?"

외모도 당차 보이고 남자 따위 한 손에 휘어잡을 것 같은데 그
릇 맞대기로 나와 손을 잡는다는 말만 듣고도 목욕을 하느니 옷
을 갈아입느니 하는 걸 보면 그녀가 남자에 대한 면역이 전혀 없
음을 알 수 있다.

"그보다 의식하면 안 되겠죠."

"그런 건가."

우리보다 먼저 만났던 모험자들이나 토목공사 현장에서 마주
치는 남자 인부들 그리고 도사나 블랜타크 씨나 엘까지.

특별히 동요한 모습을 못 봤기 때문에 아마도 내가 약혼자가 된
시점에 부끄러움의 스위치가 켜진 것으로 보인다.

"그 아가씨, 첫날밤에는 머리가 폭발하는 게 아닐까?"

"폭발이라니……역시 그렇지는 않겠죠."

그로부터 30분 후 카타리나는 목욕을 하고 가볍게 화장까지 한
다음 향수를 뿌리고 돌아온다.

복장도 평소의 가죽 드레스가 아니라 값비싸 보이는 실크 드레
스를 입고 있었다.

장미향이 은은하게 감돌며 카타리나의 미모를 강조하고 있었
지만, 블랜타크 씨도 나도 머리 위에 물음표를 띄운 채 어리둥절
했다.

고작 그릇 맞대기에 왜 그렇게까지 할 필요가 있느냐고.

"(아니, 남자와 여자의 그릇 맞대기가 그런 것이기는 하지만 어째서 치장까지 해야 하지?)"

"(글쎄요? 뭐, 평범하게 그릇 맞대기를 할 수 있으면 딱히 상관없겠죠.)"

역시 어딘가 특이한 구석이 있는 카타리나였지만 나는 귀여운 생각이 들어 곧바로 그릇 맞대기를 했다.

"저기, 벨. 혹시 카타리나와 정원에서 이상한 짓 같은 거……."

"안 했어! 안 했어!"

카타리나는 옷을 갈아입을 때 몇 종류의 속옷 중에 어떤 게 좋을지를 이나에게 물어본 모양이라, 그릇 맞대기를 마치고 돌아오자 그녀가 묘한 시선으로 쳐다본 것이다.

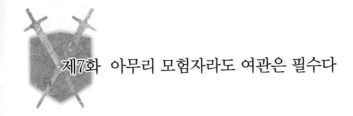

제7화 아무리 모험자라도 여관은 필수다

"카타리나 님의 일로 중단됐었지만 역시 마의 숲 부근의 마을에 최소한의 숙박시설이 필요합니다."

카타리나와 내가 약혼한 지 며칠 후 로델리히가 내게 새로운 제안을 했다.

"그건 알아. 그래서 길드 지부에도 사정 얘기를 들으러 갔었고!"

"다소 시간이 걸릴 것은 각오했지만 카타리나 님 덕분에 계획이 앞당겨질 것 같군요."

"카타리나가?"

그녀도 나만큼은 아니지만 그 나름대로 토목 마법을 쓸 수 있다.

공사가 앞당겨진다는 의미일까?

하지만 모험자용 마을의 정지(整地) 작업은 이미 끝났다.

아무리 마법을 쓴다 해도 그 많은 모험자를 위한 여관을 대량으로 확보하기란 무리다. 게다가 인원 문제도 있다. 여관을 운영할 운영자와 일할 종업원들은 마법으로 만들거나 교육시킬 수가 없으니까.

"나리, 우리에게는 그 일을 할 수 있는 가신이 늘지 않았습니까."

"하인츠 말이야?"

"또 누가 있겠습니까."

바이겔가의 전 종사장이자 지금은 상담역으로 로델리히의 보좌를 맡고 있는 하인츠. 그는 여관을 운영하는 수완도 뛰어나다고 한다.

"왕도에 가까운 여관거리의 유지였으니까요."

종사장 시절에도 여관거리 운영은 바이겔가의 주요 사업이었기 때문에 지식이나 노하우는 충분하며 작위를 박탈당한 직후에는 여관 운영으로 생활비를 벌었던 모양이다.

"하인츠 님은 운영자나 종업원 교육만이 아니라 여행자 길드에도 얼굴이 통한다니 그에게 의지하지 않을 수가 없겠죠."

"맞는 말이기는 한데……."

로델리히를 억누를 역할로 기대했던 하인츠가 내가 할 일을 더 늘린다. 이토록 얄궂은 경우가 또 있을까.

"하인츠는 뭐라고 하지?"

"혼신을 다해 나리의 기대에 부응하겠다고 했습니다."

로델리히의 기대가 더 크겠지만 그런 말을 해봤자 소용없을 것이다.

같은 모험자로서 숙박 시설을 구하지 못해 노숙을 하는 동업자를 보면 불쌍한 마음도 듦으로 서둘러 일에 착수하기로 한다.

"그래서 또 왕도인가?"

현지로 가나 했더니 오늘은 하인츠와 함께 어떤 인물을 만나게 되었다.

"혹시 여행자 길드의 높은 양반?"

"아뇨, 아뇨, 그런 일은 나중에 해도 충분하니까요."

우리와 동행한 하인츠는 어째선지 왕도에 있는 상업가로 걸어

간다. 거기서 그 인물과 만나는 모양이다.

"인원은 제 연줄로 어떻게 할 수 있겠지만, 여관 건물 자체는 어떻게 할 수가 없으니까요."

그래서 건물을 어떻게 해줄 사람에게 부탁한다고 한다.

"어쩐지 전에도 이런 패턴이 있지 않았나?"

"있었지, 있었지."

엘이 내 발언에 동의한다. 이럴 때 필요한 건물만 딱딱 준비해주는 인물. 그 안경을 쓴 미심쩍은 부동산업자이리라. 달리 떠오를 만한 인물은 없다.

"이야~, 이번에도 맹활약을 펼치셨다죠. 바이겔가를 부흥시키다니 역시 바우마이스터 남작님이군요."

"역시 맞네……."

예상한 대로 리엔하임 씨가 등장하자 엘은 억지로 웃음을 지어 보인다.

"발이 무척 넓군."

"예. 집이나 토지 따위는 그리 휙휙 팔리는 게 아닙니다. 저 같은 영세업자는 항상 근근이 움직일 필요가 있죠."

이미지만 봐서는 부동산을 이리저리 휙휙 잘도 팔아치울 것 같지만.

"돈은 많이 벌 것 같은데."

"아뇨, 아뇨, 저야 어차피 자잘한 거 몇 개 팔아 푼돈이나 벌 뿐이죠."

"(이 아저씨가 버는 게 푼돈이면 대부분의 장사꾼들은 다 굶어

죽겠네…….)"

엘의 속삭임에 나도 고개를 끄덕이고 만다.

"이번에는 모험자 마을 전용의 여관을 찾으신다죠? 친분이 있는 하인츠 님과의 인연에 무엇보다 바우마이스터 백작님께서 지명을 해주셨으니 열심히 찾아보도록 하겠습니다."

리넨하임 씨가 미심쩍기는 하지만 이쪽도 이익이 된다. 그러니까 엘만큼 경계는 하지 않지만 내가 지명했다는 오해만은 풀고 싶다고 속으로 간절히 바라는 것이다.

"먼저 이 물건입니다."

여관을 지으려면 시간이 걸리므로 중고 물건으로 그 구멍을 메운다.

그 수법은 통상적인 건물을 입수했을 때와 같다. 마법으로 건설 속도가 몇 배가 빨라지는 '가속'이라는 마법은 불가능할 테니까.

"관리가 잘 된 여관이군요."

엘리제가 인사치레로 말했지만 그렇게까지 좋은 여관은 아니다. 좋게 얘기하면 회고적이고 나쁘게 말하면 낡은 여관일 뿐이니까.

"주인이 재건축을 검토하고 있습니다."

"아직 쓸 수 있을 것 같은데."

"아아, 그건 말이죠. 엘빈 님."

왕도에는 온갖 이유로 많은 사람이 방문하기 때문에 호텔이나 여관을 운영하는 사람이 많다. 새롭게 뛰어드는 사람이 많으므로

207

정기적으로 새로운 여관이 오픈한다고 한다.

"이용자는 주머니 사정도 고려해야겠지만 기왕이면 깨끗하고 저렴한 여관을 찾겠죠."

서비스가 좋다, 식사가 맛있다, 주인이나 종업원의 인품이 좋다, 그런 내용은 일단 한 번 묵기 전에는 알 수가 없기 때문에 뜨내기손님은 겉모습과 요금만으로 숙소를 결정한다.

"그래서 최근에는 오랜 세월 실적을 쌓은 노포나 자본력이 있는 상회가 운영하는 여관이 살아남기 쉽죠."

경쟁이 심해져서 왕도에 있는 영세 여관은 혹독한 경영난에 시달리고 있다고 한다.

"다른 여관을 앞지르기 위해 리모델링이나 재건축을 결심하는 주인들도 많죠."

새로 문을 열 때 손님을 모아 그 중에 단골이 되어 줄 손님을 확보한다고 한다.

"그런 물건을 찾은 건가?"

"모두들 경영 상태가 어려우니까 개축을 많이 하지만요."

"과연."

장사를 한다는 것도 무척 힘든 일인 것 같다.

"그리고 역시 부도 물건도 있겠지?"

"예. 물론입니다."

그게 없다면 리넨하임 씨가 아니다. 그렇게 느끼는 시점에 나도 그와 똑같은 부류가 된 건지도 모른다.

"이쪽입니다."

재건축을 결정한 여관 근처에 낡은 여관이 또 한 채 있었다. 이쪽은 사람의 기척이 없다.

"장사를 그만두게 되어 이 건물을 매각하는 셈이죠. 네."

"사정 얘기를 들으니 여기 있기가 괜히 미안해지네."

이나의 말대로 장사에 실패한 얘기는 확실히 들어도 별로 재미있지 않다.

"다행인 건 빚에 허덕일 때까지 애쓰는 사람은 별로 없다는 점일까요."

여관 운영이 어렵다는 건 업계에서도 유명해서, 부모에게 물려받았지만 가망이 없다고 일찌감치 단념하고 그만두는 사람도 많다고 한다.

"여관을 팔고 다른 여관에 취직하는 방법도 있으니까요."

종업원이 되면 매달 일정한 월급을 받으므로 생활은 어렵지 않기 때문이다.

"어쨌든 그런 물건을 모아 또 '이축'을 하는 거겠지?"

"예. 경영 노하우나 인재 확보는 하인츠 님의 전문 분야니까요."

"하인츠, 어때?"

"지금은 시급히 모험자들에게 숙소를 제공해야하니 조건은 들어맞는군요."

노숙을 하는 모험자들 입장에서는 왕도의 낡은 여관도 훌륭한 침실인 셈이다.

"초기 투자를 억제해 숙박비도 낮출 수 있겠군요."

싼 값에 묵을 수만 있다면 모험자들도 모두 여관을 이용할 거라고 하인츠는 말한다.

"운영 면에서도 우리가 유리하죠. 어쨌든 그곳은 바우마이스터 백작령이니까요."

왕도나 직할지에서는 여객업이 혹독한 경쟁을 벌이지만 귀족의 영지는 그렇게까지 혹독하지 않은 모양이다.

그 이유는 귀족은 영주민이 많은 세금을 납부하도록 지역의 상회나 산업을 보호하기 때문이다.

"그것이 옳지 않다고 하는 분도 있지만 왕도처럼 여행자 길드 간부가 운영하는 대자본의 여관만 돈을 벌고, 영세 여관은 허우적거리는 것도 좋은 건 아니니까요."

이 세계에도 어디선가 많이 들어본 듯한 대자본 상회가 유리하다는 구도가 존재하는 것 같다.

"그러니 이제 슬슬 마의 숲 주변에 여관이 부족하다는 정보를 토대로 여관을 운영하는 대상회들이 나리에게 인사를 하러 우르르 몰려올 겁니다."

"그들을 받아주면 그 자들만 돈을 벌겠군."

이익이 대상회로 흘러들어가 바우마이스터 백작령에서는 산업이 육성되지 않는 것이다.

그래서 하인츠는 여관의 운영 체제에 대해서도 대책을 생각하고 있었다.

"옛 바이겔령에서 하던 방법입니다만."

그곳도 귀족령에서 직할지가 됐다. 여관거리의 여관이 대자본의 상회에게 자본 공세를 받았지만 그 야망을 저지한 것은 하인츠였다.

"다행히 바이겔가에는 현금 자산이 많았으므로 이 돈을 바탕으로 상회를 설립했습니다."

옛 바이겔령 영주민들이 운영하는 여관을 통합하여 왕도에서 진출한 대상회의 여관을 몰아냈다고 한다.

"우리는 원래 단골도 많았으니까 그렇게까지 고생하지는 않았지만 말입니다."

거기에 카나리나가 돈을 벌어 자본을 더욱 늘렸기 때문에 입지는 좋지만 승산이 없다고 대상회 녀석들도 포기해 버렸다고 한다.

"여기로 이사 올 때 그들에게 땅을 비싼 값에 팔았지만요."

옛 바이겔령은 여관거리의 입지로서는 최적이다. 새로운 영지로 이사 오기 전에 하인츠는 새롭게 여관거리를 세우고 싶어 하는 대상회의 경영자들에게 토지를 고가에 팔아넘기고 온 모양이다.

"덕분에 바이겔가의 자금이 늘어나 움직이기가 더욱 수월해졌습니다."

로델리히에 이어 나는 하인츠의 유능함에도 깜짝 놀랐다. 마음만 먹으면 얼마든지 횡령할 수도 있을 텐데 바이겔가의 유능한 가신으로서 충실히 일하고 있다.

클라우스에게 그 손톱의 때라도 볶아 먹이고 싶은 심정이다.

"카타리나, 하인츠가 유능해서 다행이군."

"하인츠의 집은 대대로 우리 가문을 훌륭히 보필해 주니까요."

나는 카타리나에게 위화감을 느꼈지만 곧 그 이유를 알았다. 그녀는 바보도 아니고 경제관념이나 돈 계산도 평범하게 할 수 있다. 하지만 장사에 관한 지식이 치명적으로 부족한 것이다. 귀족에게 그런 것은 무용지물이라 생각하고 가신인 하인츠가 돈이 필요하다고 하면 언제든지 내어준다. 간신에게 속았다가는 바보 영주 소리를 듣고도 남았으리라.

"(저기……카타리나 님은 뛰어난 마법사이시니까……)"

내 생각을 눈치 챈 듯 하인츠는 작은 목소리로 카타리나의 역성을 들었다.

"바우마이스터 백작님이 알테리오 님과 시작한 음식점 운영 방식, 이것을 이용해 마의 숲 근처에 여관을 대량으로 오픈하도록 하죠."

우리와 바이겔가가 자본금을 합쳐 새롭게 여관을 운영하는 상회를 설립하고 프랜차이즈 방식으로 여관을 오픈한다. 종업원은 하인츠가 연줄을 활용해 모을 예정이다. 한 차례 여관 운영에 실패한 자나 경험이 없는 취업 희망자도 하인츠가 교육을 실시한다.

새로운 바이겔령에도 여관거리를 건설 중이었지만 아직은 손님이 별로 오지 않아서 바우르부르크에서 일하고 있는 상태였다. 그 중에서 경험자들을 마의 숲 주변에 보내 준다고 한다.

"계획은 완벽하군."

"실제로 해보기 전에는 알 수 없으므로 방심은 금물이지만요."

"전부 하인츠에게 맡길게요."

그리고 장사에 대해 잘 모르는 카타리나는 바보 영주처럼 잘하라는 말만으로 끝을 맺는다.

"(카타리나 님의 자제분은 제가 책임지고 교육을 할 테니까요…….)"

이번에도 하인츠는 내게 주인의 역성을 드는 것을 잊지 않았다.

"그래도 이것만으로는 여관이 부족하겠지?"

"예. 루이제 님의 말씀대로입니다. 그래서 제 인맥이나 정보가 도움이 되죠."

폐업이나 철거 물건이 그렇게 많을 리도 없기 때문에 어느 정도 여관으로서 쓸 만한 물건을 확보하는 일에는 역시 이 미심쩍은 리넨하임 씨의 힘이 필요했다.

일정에 여유가 있었으므로 왕도를 떠난 우리는 마차로 만 하루를 달려 어느 귀족의 영지에 도착했다.

"딱히 별다른 특징도 없는 영지네."

나도 루이제와 똑같은 느낌을 받았다. 그저 자연이 조금 많은 농촌 지대로밖에 안 보였다.

"이곳에 여관이 있나?"

"예. 아주 놀라운 것이 있습니다."

리넨하임 씨의 안내로 마차에서 내려 목적지로 걸어간다.

도중에 농사일에 바쁜 농민들을 발견했지만 정말로 아무것도 없는 농촌 지대였다.

한동안 걷자 시야에 어울리지 않을 만큼 깔끔한 펜션풍의 건물이나 코티지풍의 집이 여러 채 보인다. 수십 동은 되어 보인다.

"이곳은 리조트인가요? 제 기억에는 없는데요……."

"엘리제 님, 이건 말이죠……아! 루크너 재무경 각하!"

이곳에서 다시 루크너 재무경이 비슷한 연배의 귀족과 함께 모습을 드러냈다.

"엘리제 님, 이곳은 리조트 개발 꿈의 흔적이라고 해야 할까요……."

"리넨하임, 전부 설명해 주게."

"알겠습니다."

루크너 재무경의 옆에 서있는 귀족은 어째선지 매우 기운이 없어 보인다.

"이곳은 루크너 재무경 각하의 친척이신 귀족님의 영지입니다……."

주요 산업은 왕도에 판매하는 식량뿐이라 그리 부유하지 않았다.

어떻게든 현금 수입을 늘리고 싶다는 생각을 했을 때 이곳을 관광지로 정비하면 어떨까 하는 계획이 영주의 뇌리에 떠오른다.

"하지만 이 땅에는 관광지도 없잖아요?"

관광객이 오면 돈을 벌 수 있다. 그런 안이한 생각 속에 변변한 계획도 세우지 않고 리조트를 개발했다가 이제는 지어 놓은 건물을 유지하는 일이 큰 부담이 되고 있다.

전에는 비록 가난했지만 빚이 없이 꾸려나갔지만 지금은 빚을 갚느라 온갖 고생을 하고 있다고 한다.

"(어디서 들은 얘기랑 비슷하군…….) 결국 이걸 우리에게 팔고 싶다는?"

전세에서도 연기금이나 세금으로 지방에 리조트 시설을 만들었지만, 큰 적자를 내고 그 유지에 세금이 투입되는 바람에 여론의 비판을 받은 일이 있었지.

"빚을 조금이라도 빨리 갚을 수 있도록 최대한 잘 쳐주게."

루크너 재무경이 이 자리에 온 이유는 친척이 곤경에 처하기도 했거니와 나와 아는 사이라서 리넨하임 씨가 헐값에 사들이는 걸 막을 속셈인 모양이다.

"바우마이스터 백작, 나는 바이겔가 부흥을 위해서도 무척 애를 먹고 있고……."

"영주민들에게 팔지는 않으시나요?"

"일반 주거용 집이 아니니까……."

손해를 보더라도 싸게 팔고 싶지만 여관은 주민도 딱히 쓸 곳도 없다. 한두 푼 하는 것도 아니라 아무도 사주질 않는다고 한다.

"부동산 시세를 잘 모르니까 대리인에게 맡겨 두었습니다."

대리인이란 물론 리엔하임 씨를 말한다.

"(너무 악랄하게 굴지 말고. 적당히 하게.)"

"(예. 그렇게 하도록 의뢰를 받았습니다.)"

미심쩍어하면서도 모두가 그와 거래를 하는 것은 리엔하임 씨가 그런 눈치가 빠르기 때문이리라.

불량 채권인 여관은 적절한 가격에 매입되어, 빚을 진 그 귀족도 부채가 크게 줄어든 것 같다.

"혹시 이런 귀족의 불량 채권을 모아 여관거리를 건설할 작정인가요?"

"예, 카나리나 님. 이대로 놔두면 관리 유지비 때문에 적자를 보거나 썩어갈 뿐인 건물을 재이용한다. 모두가 행복해지는 방법이겠죠."

"그렇군요……."

카타리나는 처음 얼굴을 본 리넨하임 씨의 미심쩍은 모습에 기가 눌린 듯했다. 그도 그럴 것이, 아마 이번 거래로 가장 큰 이익을 얻은 사람은 그일 테니까.

"사들인 물건은 곧바로 렘브란트 남작님이 마의 숲 근처로 '이축'할 예정입니다."

다른 사람의 약점을 파악해 불량 채권을 억지로 사들이는 것처럼 보이지만 이렇게라도 하지 않으면 짧은 시간에 여관거리를 정비하는 일은 불가능하다.

실제로 그로부터 1주일도 되지 않아 카타리나와 만났던 마의 숲 부근의 마을에는 많은 여관이 '이축'됐고 모험자들은 지붕이 있는 방에서 잘 수 있게 됐다며 크게 기뻐했다.

"길드 지부까지 마련해주셔서 감사합니다."

모험자 길드 지부도 마침내 오두막을 벗어나 그럴 듯한 건물로 옮겼다.

듣자니 재지 귀족의 오래된 집무관을 싼 값에 매입해 '이축'했다고 한다.

"리넨하임 씨는 그런 물건을 잘도 찾아내는군요."

"예. 평소부터 정보 수집을 게을리 하지 않으니까요. 루이제 님도 마투류 도장이 필요하실 때 꼭 말씀해 주십시오. 이나 님도 잘 부탁드립니다."

"네? 저요? 생각해 둘게요."

"나도."

마침내 많은 여관이 생긴 마을 모습을 보러 온 리넨하임 씨는 슬그머니 루이제와 이나에게도 영업활동을 한다.

갑자기 이름을 불린 이나는 상기된 목소리로 대답했다.

"바우마이스터 백작님은 고마운 단골손님이시니까 특별히 싸게 드리겠습니다."

고마운 단골손님이라……. 확실히 우리가 알게 된 뒤로 리넨하임 씨는 매우 큰돈을 벌었을 것이다.

"그런데 인원은 부족하지 않나?"

"예. 미경험자도 많지만 그 부분은 교육을 통해 해결하면 되니까요."

하인츠는 이외에도 수십 곳 이상 건설 예정인 모험자 전용 마을에 여관을 '이축'하기 위해, 그 일의 책임자로서 한동안 현지에 남을 예정이었다.

"하지만 왕국 각지의 불량 채권을 닥치는 대로 사들였으니까 앞으로는 '이축'으로 끝낼 수가 없겠지."

"이나 님, 이렇게 밑밥을 깔아두면 장사가 되니까 여관을 운영하려는 개인이 모여들기 마련입니다."

왕도나 직할지에 비해 바우마이스터 백작령이라면 새로운 개인 경영자도 성공할 확률이 높다.

마의 숲 부근이 개발되면 모험자가 더 모여들어 북적거릴 테고, 그들을 노리고 장사꾼들도 모여들 거라고 하인츠는 설명한다.

"선순환이 이뤄지는 거로군."

"예. 만일 그렇게 되면 새롭게 여관이나 상점, 식당, 술집 등도 건설되겠죠. 게다가 왕국은 광대하고 귀족님도 많습니다. 어느 세상이든 돈을 벌겠다며 요란하게 투자했다 망해서 불량 채권을 떠안는 분들은 늘 나오기 마련이죠. 앞으로도 싸게 나온 물건이 있으면 제일 먼저 바우마이스터 백작님에게 알려드릴 테니까요."

하인츠에 이어 리넨하임 씨가 설명을 이어간다.

결국 돈을 벌겠다고 안이하게 리조트 개발에 손댔다가 실패하고 불량 채권을 떠안는 귀족은 줄지 않는다. 리넨하임 씨는 그런 물건을 재빨리 파악하여 내게 싼 값에 파는 것이다.

"(벤델린 씨, 이 분 조금 미심쩍지 않나요?)"

"(그런 건 이미 몇 년 전부터 알고 있으니까…….)"

카타리나는 처음 볼 때부터 리넨하임 씨를 미심쩍게 여긴 모양이지만 우리는 이미 오래전에 익숙해졌다.

우리가 헐값에 넘길 입장만 되지 않으면 된다고 나는 새삼 생각하는 것이다.

"바우마이스터 백작님, 실은 만나 뵙기를 원하는 자가."

바우마이스터 백작가 상담역 겸 마의 숲 인근 여관거리 정비 책임자인 하인츠는 렘브란트 남작과도 협력해가며 정력적으로 일을 하고 있다.

그런 그가 나를 꼭 만나보고 싶어 하는 사람이 있다고 한다.

"여객업 관련자인가?"

"예. 바우마이스터 백작님은 혹시 온천에 관심이 없으십니까?"

없지는 않다. 나는 일본인 출신이니까 목욕이나 온천은 물론 좋아한다. 하지만 왕국에는 온천이 많지 않다고 책에 적혀 있었다. 왕도에서 최신 관광안내를 봐도 유명한 온천은 별로 없었다.

다만 이웃나라 어퀴트 신성제국의 북부가 온천지로 유명하다고 한다.

"온천 여행인가?"

"아뇨, 아뇨, 바우마이스터 백작령에서 온천을 개발하는 겁니다."

"그야 온천이 있다면 기쁜 일이지만……."

왠지 수상한 예감이 든다. 리조트 개발에 실패하고 손해를 본 귀족이 있듯이 온천 개발에 실패해 손해를 보는 귀족도 있을 수 있으니까.

온천이 나오면 큰돈을 벌 수 있다고 귀족을 속이려는 사기꾼이 없으리란 보장도 없다.

"우리 쪽에 온천이 있었나?"

미개척지를 탐색할 때 수증기가 분출되는 곳은 있었다. 마법으로 살짝 파봤지만 생각해 보니 나는 온천 지식이 전혀 없어서 성과가 없었던 것이다.

그 뒤로는 마법으로 물을 끓여 목욕을 했다.

"김이 난 곳은 이곳에서도 가까운 곳입니다. 제가 봤을 때는 거의 틀림없습니다."

"하인츠는 온천에 대해 잘 알아?"

"저보다 잘 아는 지인이 있으니 그들을 소개해 드리죠. 모험자가 휴가를 즐기러 놀러 갈 수 있는 온천을 개발하는 겁니다."

그렇게 해서 하인츠의 권유로 온천에 대해 잘 안다는 부자를 만나러 가게 되었다.

그들은 관광안내에도 실려 있는 유명한 온천지에 살고 있다고 한다.

"온천이 기대 되시죠? 벤델린 님."

"그야 두말하면 잔소리지."

이 세계에서 처음 접하는 온천이므로 나는 기분이 한껏 상기되어 가는 마차에서 엘리제 일행과 함께 떠들고 있었다.

"바우마이스터 백작님, 모처럼 기뻐하시는데 죄송하지만……."

현장에 도착한 모양이지만 하인츠가 면목 없는 표정을 지으며 말한다.

마차를 타고 도착한 온천에는 어째선지 김이 전혀 나지 않았다.

숙박 시설도 줄지어 잔뜩 늘어서 있지만 사람의 기척이 전혀 없다.

"어라? 어째서 이렇게 아무도 없지?"

엘이 먼저 마차에서 내려 여관이나 가게를 들여다보지만 사람이 아무도 없었다.

"저기, 하인츠."

"그게 그러니까……한 달쯤 전에……."

갑자기 온천이 말라버렸다고 한다. 황급히 근처를 다시 파보았지만 새로운 원천은 찾지 못한 모양이다.

"이대로 가면 내년의 관광안내에서는 삭제되겠군."

온천이 나오지 않는 온천은 방문할 가치가 없으니 당연하다.

"벨 님, 온천 없어?"

"다시 파서 새 원천을 찾아보는 게 어때?"

나오면 좋겠지만 나오지 않으면 모두 실업자가 된다고 빌마에게 설명한다.

"바우마이스터 백작님, 소개해드릴 사람들을 만나러 가시죠."

하인츠의 안내로 그 온천지에 있는 제일 큰 여관으로 이동한다.

그러자 여관 앞에서 부자지간으로 보이는 사내 둘이 기다리고 있었다.

"매슈와 아들 버튼입니다."

인상 좋은 50대와 20대 중반으로 보이는 부자는 우리가 오기를 고대하고 있던 것 같다.

"바우마이스터 백작님, 레카르트 온천에 오신 걸 환영합니다……. 온천은 이제 나오지 않지만……."

"바우마이스터 백작이다. 결국 이 온천을 포기하고 새 온천을 개발하겠다는 건가?"

"예. 만에 하나 새로운 원천을 찾아도 이렇게 많은 온천 여관이 생활할 수는 없으니까요."

만에 하나 새로운 원천을 찾아도 한곳만으로는 모든 여관에 온천을 공급하기가 어렵다고 한다.

"벌써 수십 곳이나 파봤지만 더 이상 온천이 나오지 않습니다. 이제 손을 들 수밖에 없겠죠. 현장을 가보시겠습니까?"

"벨, 가보자."

"그래."

흥미도 있었고 뭐든 경험이 최고라는 생각에 우리는 굴착 현장으로 향한다.

미리 가늠한 포인트를 향해 수많은 사람들이 곡괭이를 휘두르……는 광경을 예상했지만 어디서 들어본 적 있는 구령이 들려온다.

"필살! '기간트 해머!'"

"어라? 도사님?"

어째선지 도사가 온천을 파고 있었다.

마법으로 지팡이를 해머 모양으로 바꿔 온힘을 다해 암반에 굴착 말뚝을 때려 박고 있다.

해머를 내려칠 때마다 고막을 찢는 듯한 바위의 파괴음이 들렸다.

"도사님, 왜 여기서 온천을 파고 계세요?"

"오오, 바우마이스터 백작인가! 용케 들어주었구나! 이 사람은 이 온천의 단골인데 갑자기 온천물이 끊겼다지 뭐냐! 그렇다면 이 사람이 힘을 써야겠지!"

"네에……."

"있잖아, 벨. 온천 파는 게 왕궁 수석 마도사가 할 일인가?"

"아닌 것 같기는 하지만……."

도사의 말로는 왕궁 수석 마도사로서의 잡무는 부하에게 맡기고 자신은 좋아하는 온천의 부활에 모든 노력을 쏟고 싶다고 한다. 좋게 생각하면 왕국의 모든 영주민들이 이용하는 온천의 부활에 힘을 보태는 일은 공공의 이익이 되는 셈이다.

물론 말하는 나조차 도사가 그런 마음으로 움직인다는 생각은 하지 않았다.

그저 온천에 들어가고 싶을 뿐이겠지.

"도사님, 온천이 나왔나요?"

"빌마 아가씨로군. 벌써 수십 군데나 파보았지만 전혀 나오지 않는다!"

"그래서 저희 부자는 새로운 온천에 기대를 걸어볼까 합니다."

온천이 나오지 않으면 영업을 재개하기가 어렵다. 매슈와 버튼은 바우마이스터 백작령 내에 있을 것으로 추정되는 온천 개발에 참여할 뜻을 밝힌다.

다음 날 우리는 매슈와 버튼과 함께 하인츠가 유력하다고 호언장담한 온천 개발 예정지에 있었다.

"여기라면 좋은 온천이 나올 것 같군요."

매슈는 마의 숲 근처의 이 포인트를 높이 평가했다.

"그런가. 그거 잘됐구나!"

그리고 아무도 부르지 않았는데 어째선지 도사도 온천 파는 일에 참가하고 있었다.

"백부님, 레카르트 온천은 안 가보셔도 되나요?"

"엘리제, 이 사람도 할 수 있는 노력을 다 해봤지만 나오질 않으니 어쩔 수가 없다! 레카르트 온천은 이 사람의 좋은 추억이 된 것이다!"

"레카르츠 온천이 있던 그 땅에 신의 가호가 있기를!"

뭐지? 이 백부와 조카의 대화는……

온천에 몸을 담그기만 하면 되므로 곧바로 이쪽으로 넘어오는, 어떤 의미에서는 '좋은 성격'을 갖고 있는 도사와 그것을 가볍게 받아넘기는 엘리제. 역시 같은 핏줄이라고 해야 할까.

"신경 쓰지 말고 파도록 하자!"

"파기는 파겠지만."

도사의 재촉으로 나는 우물과 비슷한 요령으로 암반을 파기 시작한다.

"나오질 않는군요……"

"바우마이스터 백작, 이곳은 지열은 나오지만 화산대가 아니다. 좀 더 깊이까지 파야하는 것이다!"

"묘하게 잘 아시는군요……"

도사의 재촉으로 우물과 마찬가지로 100미터쯤 파들어 가자 갑자기 온수가 뿜어져 나온다.

나는 당황해서 '마법장벽'으로 뜨거운 물을 막았다.

"오오! 나왔군요."

매슈가 서둘러 물의 상태를 확인했지만 온천으로서 충분히 효과가 있는 것 같다.

"이야, 정말 잘 됐군요. 앞으로 열심히 온천 여관을 운영하겠습니다."

이전할 곳이 정해져서 매슈와 버튼은 크게 기뻐했다.

이대로 가면 온천 여관의 문을 닫아야 한다는 각오를 했으리라.

"하지만 여관이나 설비를 이전하기 전에 어느 정도 정지 작업이 필요하겠군요."

"…………"

온천은 나왔지만 거기에 들어가기 위해 나는 또 열심히 토목공사를 해야하는 것이다.

"하지만 벨. 온천이야! 온천!"

"나는 온천이 처음이야."

"나도, 이나."

루이제와 이나는 손쉽게 관광지에 갈 수 있을 만큼 부유한 가정에서 자라지 못했기 때문에 무척 기대가 큰 모양이다.

"벨 님, 함께 온천 할까?"

그런가. 온천 하면 혼욕이……이 세계에서도 그런지 엘리제에게 물어본다.

"가족이나 부부는 같은 탕에 들어가니까 온천도 마찬가지죠."

그것은 결혼하면 혼욕도 가능하단 얘기렸다.

"어쩐지 갑자기 힘이 솟는걸!"

쇠뿔도 단김에 빼랬다고 했다. 그보다 로델리히는 이미 내 마음을 읽은 것 같다.

내가 뜨거운 물이 나온 원천 부근에서 토목공사를 하고 모험자 손님이 쉽게 오도록 마법으로 길을 정비하는 동안 아무런 지시도 하지 않았으니까.

"카타리나, 열심히 공사를 하자!"

"벤델린 씨는 그렇게 온천에 들어가고 싶어요?"

"온천이 얼마나 좋은데."

차마 혼욕을 하고 싶다는 말은 할 수가 없으므로 나는 카타리나에게 온천의 장점을 열심히 설명한다.

물론 그 와중에도 공사의 손길은 전혀 쉬지 않았다.

"게다가 말이야, 온천은 효과적인 소통의 수단이기도 하거든."

다 함께 대화를 나누며 목욕을 하고, 목욕을 마친 후 찬 음료수를 마시면 그야말로 최고라고 나는 카타리니에게 역설했다.

"엘리제 씨 일행과 같이 혼욕을 하며 이야기를 나누는 건가요? 나쁘지 않겠네요."

역시 나처럼 외톨이 속성이 강한 여자답게 내 얘기에 관심을 보였다.

"그래. 다 같이 혼욕을 하며 친분을 돈독히 하는 거지."

"근사하네요."

"카타리나, 온천이 완성되면 내가 등을 밀어줄게."

"그건 기쁘……지만 벤델린 님! 그런 건 결혼하고 난 뒤예요!"

아무래도 넘어오지 않은 것 같다.

겉모습과 달리 남녀 간의 그런 행동에 매우 엄격한 여자였다.

"농담인데."

"정말인가요?"

물론 거짓말이지만. 혼욕 얘기는 잠시 접어두고 염원하던 온천에 들어가기 위한 공사는 순조롭게 진행되어 모험자 마을에서 오는 도로와 매슈 씨의 온천 여관 외에 몇 채뿐이지만, 강행 공사를 펼친 덕에 작은 온천 마을이 완성됐다.

"손님이 많다고 알려지면 개업자가 더 많이 늘어나겠죠."

고생해서 모험자 마을과 연결된 도로까지 완성한 것이다. 그쪽은 잠을 자는 게 고작으로 목욕이라는 사치는 존재하지 않는다. 휴가로 온천을 즐기러 오기를 기대하자.

"그래서 오늘은 예비 오픈인 셈이군."

"예……그런데 도사님은 그렇게 온천을 좋아하셨나요?"

즐겨 다니던 왕도 근처의 레카르트 온천이 고갈되어버린 도사는 이쪽 온천에 기대를 걸고 있는 것 같다. 관계자끼리 연 예비 오픈에 냉큼 달려온 것이다.

사실은 초대하지 않았다간 후환이 두려울 것 같아 내가 불렀지만.

"탕이 아주 좋군요."

매슈 씨가 레카르트 온천에서 경영하던 여관을 그대로 이축했기 때문에 탕은 실내에만 있었다. 아직 노천탕이라는 개념은 없는 모양이다.

일본의 온천 같은 구조가 아니라 네모난 욕조와 몸을 씻는 곳뿐. 원천을 한 번 쓰고 흘려버리는 사치스러운 온천은 왕국에선 찾아보기 어려운 모양이라 원천을 물로 희석하여 공급하는 장치가 욕조 옆에 설치되어 있다.

조금은 불만이지만 그래도 오랜만에 즐기는 온천이므로 느긋하게 몸을 담그고 있으려니 토목 공사의 피로와 토목 공사의 피로와 토목 공사의 피로와……그것밖에 없지만 피로가 풀려가는 것 같다.

아아, 그리고 귀족의 귀찮은 올가미가 있었지만.

"이 나이가 되니 온천도 나쁘지 않군."

초대한 블랜타크 씨도 욕조에 몸을 담그고 그날의 피로를 씻고 있었다.

"레카르트 온천은 유감이었지만 새 온천이 생겨서 다행이다."

도사도 남성용 욕조에 몸을 담그고 있었지만 객관적으로 보면 그리 아름답지 않은 광경이다.

"옆은 여탕인가……."

남탕과 여탕 사이에는 벽이 가로막고 있었지만 수증기를 빼내기 위해 천장 부분이 이어져 있다.

그것은 일본의 대중목욕탕과 똑같은 구조다.

"엘, 훔쳐보러 갈 거야?"

"저기……그런 짓을 할 수 있을 리가 없잖아."

"하긴, 주군의 약혼자들이 목욕하는 모습을 훔쳐보다 들켰다가는 그날로 쫓겨날 테니까."

옛날이야기처럼 엘이 여탕을 훔쳐보러 간다는 전개는 없는 것 같다.

엘이 쫓겨날 각오를 하면서까지 우릴 웃기려고 애쓸 수는 없으니까.

"내 조카가 목욕하는 모습을 훔쳐보러 간다면 엘빈 소년이라도 용서치 않을 것이다!"

"봐, 이게 정상적인 반응이야."

엘 입장에서는 그렇게 무모한 짓을 하느니 블랜타크 씨와 그런 가게에 놀러가는 편이 훨씬 나은 셈이다.

"카타리나는 잘못 훔쳐봤다가는 마법을 맞고 갈가리 찢기지 않을까."

"부정할 수가 없네……."

나도 전에 힘껏 따귀를 얻어맞았으니까.

"목욕 다하면 밥 먹으러 가자, 벨."

야릇함이라고는 한 톨도 없는 남탕과는 반대로 여탕 쪽에서는 주로 루이제가 다른 여자들에게 말을 거는 목소리가 들린다.

"엘리제와 카타리나는 정말 좋겠다. 나는 도무지 가슴이 커지질 않아."

"루이제 씨, 목소리가 너무 크지 않나요?"

"괜찮아."

사실은 괜찮지가 않아서 남탕에도 똑똑히 다 들리지만.

엘리제는 루이제가 가슴 크기를 지적할 때마다 부끄러운 모양이다.

여체 평론가 루이제가 엘리제의 가슴 크기를 지적하지 않고 넘어갈 리가 없으니까

"귀족이라면 굳이 가슴이 크고 작은 것을 신경 쓸 필요 없어요."

훔쳐볼 것도 없이 카타리나가 평소처럼 가슴을 당당히 내밀며 루이제에게 주장하는 모습을 쉽게 상상할 수 있었다. 가능하면 확인해 보고 싶지만 그랬다간 마법이 날아올 것이다.

"카타리나는 가슴이 크니까 그런 말을 할 수 있는 거야. 카타리

나는 압도적인 강자라구."

"그런가요? 하지만 어깨도 결리고 꼭 그렇게 좋은 것만은 아니에요."

"그렇지 않다니까. 벨은 툭하면 카타리나의 가슴에 시선을 보내는걸."

"정말인가요?"

카타리나의 목소리가 갑자기 높아지며 수줍은 톤으로 바뀌었다.

그보다 루이제, 그건 크나 큰 오해……는 아닌가.

"루이제, 옆에 다 들리겠어."

"이나는 허리가 가늘어서 좋겠다. 나만 어린애 체형이야. 빌마도 가슴이 꽤 크니까……."

"그래? 하지만 엘리제 님은 못 이겨."

아니, 엘리제에게 가슴 크기로 이길 사람은 거의 없지 않을까?

"나에 비하면 압도적인 승자잖아. 엘리제, 가슴이 커지는 비약같은 거 없어?"

"없지는 않지만 그런 비약 중에는 제조법이나 재료, 또는 효능이 의심스러운 것이 많아요."

역시 있구나……. 그리고 수상쩍은 약에 넘어가는 부자나 귀족 여성들도 있겠지. 남자라면 키가 커진다거나 빠진 머리카락이 다시 난다거나.

"아아, 건강에 좋은 비약이 어디 없을까."

"그건 그것대로 효과가 없을 것 같아."

나도 그렇게 생각한다. 잘 듣는 약은 부작용이 많다고 하니까.

반대로 부작용이 없다면 효과는 희박할지도. 플라시보 효과로 가슴이 커지지는 않을 테니까.

"이나, 같이 찾아보자."

"싫어. 나는 지금 이 상태로 만족하니까."

"이나는 대신 엉덩이가 크지."

"루이제, 어딜 봐?"

"……저 녀석들 뭐 하는 거야?"

블랜타크 씨는 듣고 싶지 않은 말을 억지로 듣는 표정을 지었지만 도사는 아랑곳하지 않고 탕에 몸을 담그고 있다.

"벨은 결혼하면 꿈같은 생활이 기다리고 있겠군요. 루이제는 딱히 볼 게 없지만……컥!"

무슨 생각인지 이어서 엘이 엄청난 말을 입에 올린다.

농담이라도 그런 말을 했다간 위험하지 않을까 하고 생각한 순간, 여탕 쪽에서 나무통이 날아와 그대로 엘의 머리에 맞았다.

"벽에 가려 안 보이는 상대를 명중시킨 건가. 훌륭한 솜씨로군."

마투류 기술 중에 약간의 마력으로 보이지 않는 상대를 찾아서 그 위치를 정확히 파악하는 기술이 있다. 그것을 활용해 엘에게 나무통을 던진 것이리라.

도사가 루이제의 실력에 감탄한다.

"으윽! 혹이 났잖아! 벨, 치료해줘!"

"뭐? 내가?"

아니, 여기서 치료해줬다간 루이제한테 혼날지도 모르니 사양

하고 싶은데.

"엘빈 소년, 이 사람이 익힌 성 치료 마법으로 고쳐주겠다!"

"네? 도사님이요? 저는 벨이 더 좋은데요……."

"괜찮아, 괜찮아. 젊은 사람은 사양 안 해도 된다."

"흐갸아아악!"

도사의 치료란 세게 끌어안아 발동하는 그 성 마법이다.

엘은 탕에서 몸을 데운 알몸의 근육 마인에게 꽉 안겨 루이제를 놀린 벌을 톡톡히 받게 되었다.

"아아, 죽을 뻔 했네……."

"엘은 본인이 한 말에 책임을 져야겠지? 내게는 화려한 기술이나 여러 가지로 보여줄 부분도 많으니까."

"루이제, 그런 의미로 한 말이 아닌데……."

"뭐라고 했어? 엘."

"아뇨! 아무 말도 안 했습니다!"

목욕하고 난 뒤에는 우유가 최고……지만 이 세계는 목축업 규모가 작아서 우유가 귀중품이었다.

제일 손에 넣기 쉬운 것은 산양 젖이었지만 이건 내가 별로다.

그래서 엘리제가 끓여서 식힌 마테차나 내가 직접 만든 과일주스를 목욕을 마치고 다 같이 나눠 마셨다.

"벨이 만든 과일주스는 정말 맛있어."

이나는 내가 마법으로 만든 과일주스를 극찬했다.

마요네즈를 만드는 마법을 응용하여, 휘젓는 법부터 재료 비율까지 테스트에 테스트를 거듭한 걸작이므로 당연하다고 할 수 있다.

"목욕을 하고난 후에 차가운 마테차나 주스를 마시는 건가요? 명산품이 될 것 같군요."

매슈 씨는 자신들도 목욕을 마친 손님들에게 제공할 생각을 한 것 같다.

"지금까지는 술이나 따뜻한 마테차 뿐이었으니까요. 메뉴는 많을수록 좋겠죠."

"아녀자들에게는 나쁘지 않겠지. 나야 물론 술이지만."

"캬아─! 목욕 하고 마시는 술이야말로 최고지!"

물론 블랜타크 씨와 도사는 자신의 마법으로 식혀둔 술을 건배한 후에 마셨다.

"블랜타크 씨, 백부님, 적당히 드시도록 하세요."

"물론이다!"

"괜찮아. 마테차를 타서 묽게 했으니까!"

엘리제가 주의를 주자 도사는 식전 술이라며 적당히 마시고 끝냈고, 블랜타크 씨는 스트레이트로 마시던 증류주에 차가운 마테차를 타기 시작했다.

교회에 있었던 엘리제는 의학에도 해박해서 목욕하고 난 뒤의 음주가 위험하다는 걸 알고 있었다.

"그보다 배가 고프군."

목욕을 마친 후 식사를 했지만 그건 이쪽에서 준비했다.

이곳은 온천이므로 뜨거운 물이나 수증기를 쉽게 이용할 수 있다.

그래서 망에 알을 넣어 원천이 샘솟는 곳에 담가둔다. 이렇게 하면 온천알의 완성이다.

사용하는 알은 달걀은 매우 비싸므로 그나마 손쉽게 구할 수 있는 오리나 호로호로새의 알을 이용한다.

"알겠지. 삶는 시간을 미묘하게 잘 조절해야 해."

"여전히 벨은 묘한 것에 집착하는구나……."

"뭐라고 해도 좋아, 엘. 삶은 알은 삶는 시간이 모든 것을 결정하니까!"

나는 모래시계를 손에 들고 신중하게 시간을 잰다. 노른자가 반숙 상태일 때 건져 올려야하기 때문이다.

"좋아. 이제 됐겠지!"

원천에 담가 둔 알은 새까매졌지만 껍질을 벗기면 굳은 흰자와 반숙의 노른자가 나온다.

삶는 시간의 조절은 대성공이었다.

"그리고 여기에 소금을 살짝 뿌려서 먹으면 진짜 끝내줘."

반숙 노른자의 단맛에 내가 마법으로 만든 천연 소금의 짠맛이 절묘한 하모니를 연주하며 전세에서 하코네의 온천달걀을 먹었을 때를 떠올리게 만든다.

"벤델린 님, 반숙 쪽이 맛있군요."

"삶은 알 맛있다."

"반숙이 좋아."

여성진에게도 호평을 받았지만 카타리나가 내게 어떤 방향을 가리킨다.

"저 두 분에게 걸리면 어떤 음식이든 전부 똑같이 보이네요."

도사와 빌마가 경쟁하듯이 삶은 알을 먹고 있었다.

"더 줘!"

"나도 도사님만큼!"

서른 개쯤 삶은 알은 십분도 못 돼서 껍데기만 남았다.

"'온천알'인가요? 이것도 명물이 되겠군요. 버튼은 기쁜 표정으로 한손에 모래시계를 들고 알을 삶기 시작한다.

"그 다음은 수증기를 이용한 찜 요리군."

찜 바구니에 고기, 생선, 채소 등을 쪄서 조리한 후 여기에 간장과 된장으로 만든 소스를 뿌려 먹는다.

"삶는 것보다 재료의 풍미가 남고 조리할 때 간장도 몇 방울 떨어뜨려 산뜻하게 먹을 수 있지."

"과연 이건 많이 먹을 수 있겠다!"

"벨 님, 더 줘!"

다만 도사와 빌마는 뭐든지 많이 먹을 수 있으므로 상관이 없을지도 모른다.

"과연, 수증기를 이용한 요리군요."

디저트로 찐 고구마나 케이크나 푸딩 등을 제공해도 좋을 것이다.

"온천의 수증기로 찐다는 점이 특징이군요."

이렇게 해서 마의 숲 근처에 오픈한 온천에는 차츰 모험자들이 휴가와 관광을 왔고 명물인 온천알이나 찜 요리와 함께 왕국 전체에 알려지게 된다.

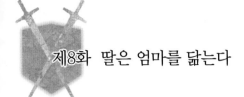

제8화 딸은 엄마를 닮는다

"하아ㅡ, 간만에 아무것도 하지 않는 휴일이라니 정말 좋다."

바우마이스터 백작령의 개발은 로델리히가 계획한 것보다도 빠르게 진행되어 갔다.

바우르부르크의 영주관은 아직 건설 중이었지만 마을 안에는 건물이 늘었다.

마법으로 '이축'한 하자 물건이나 중고 물건이 많았지만 이제는 새롭게 짓기 시작하는 집이나 건조물도 많다.

도로 정비도 착착 진행되어 오늘은 오랜만에 아무것도 하지 않는 휴일이다.

영주관 건설 예정지의 중앙 뜰에서 아침 수련을 마친 나는 혼자 등받이가 젖혀지는 의자에서 뒹굴거리고 있었다.

이후에도 아침 먹고 뒹굴뒹굴 점심 먹고 뒹굴뒹굴, 그리고 저녁을 먹은 후에는 집 안에서 뒹굴거릴 예정이다.

참으로 사치스러운 시간이라고 느꼈지만 생각해 보니 상사맨 시절의 휴일도 이런 느낌이었는지도…….

어쩌면 나는 일 중독자인 걸까?

아니, 자꾸 그런 생각으로 치닫는 게 나의 나쁜 버릇이다.

지금은 단순히 휴가를 즐기는 일이 중요하니까.

"간만에 사치스러운 휴일이군."

"벤델린 씨, 아무리 휴일이라도 시간을 헛되이 쓰면 안 돼요."

이럴 때 알고 보면 무척 성실한 카타리나가 등장한다.

귀족에 집착하는 그녀는 남는 시간도 귀족의 품위에 맞게 보내야한다고 생각하는 모양이다.

그건 자유지만 나한테까지 강요하는 것은 좀 그렇다.

그러고 보니 전세에도 있었다.

휴가 때 여행을 떠나면 시간이 아깝다면서 일정을 꼭꼭 채우는 인간이.

그런 모습은 솔직히 궁상 아닌가?

똑같은 하와이를 가도 유럽 사람들은 풀장 주위에 느긋하게 누워 있는데 일본인은 '옵션 여행이!' 하면서 시끄럽게 호들갑을 떤다.

"간만에 찾아온 휴일에 쉬지 않으면 휴식이 안 되니까."

"벤델린 씨는 여전하군요."

"카타리나도 잠깐 여기 누워 뒹굴거려 봐."

나는 옆에 비어 있는 의자를 카타리나에게 권한다.

"모처럼 미래의 남편분이 권하시니까."

둘이 누워서 하늘을 올려다보니 구름 한 점 없는 파란 하늘이 펼쳐졌다.

"이렇게 느긋하게 하늘을 바라보는 것도 최고의 사치라고 생각해."

"그럴지도 모르겠네요."

카타리나는 조용히 하늘을 바라보고 있다.

지금까지 많은 일들이 있었으니까 그것을 떠올리고 있는지도 모른다.

"아침 시간 정도는 함께 할게요."

그 얼마 뒤에 이나가 아침 먹으라고 부르러 올 때까지 둘이 하늘을 바라보았다.

가끔은 이런 시간을 가져도 나쁠 것 없으리라.

"어차피 내일부터 또 바쁠 테니까."

"벤델린 씨, 그런 일은 떠올리지 않게 해주세요……."

우리에게는 가혹한 로델리히가 짜놓은 공사 계획이 앞으로도 빽빽이 채워져 있으니까.

"뭐? 엘리제의 어머님이 이곳을 보러 오고 싶으시다고?"

"네. 어떻게 할까요? 벤델린 님."

아침을 먹기 위해 식당으로 가자 곧바로 메이드인 도미니크가 수프를 떠주었다.

오늘 메뉴는 양식인 것 같았다.

수프를 먹고 있으니 엘리제가 미안한 표정으로 물어온다.

"뭐? 그 사람이 온단 말이야?"

"벨, 큰일 났네……."

"미안해. 그 분은 나도 못 막아주니까."

엘리제의 말을 들은 엘 일행은 수프를 먹던 스푼을 떨어뜨리며 동요를 감추지 못한다.

"엘리제 님의 어머님, 재밌겠다."

"엘리제 씨의 어머님이 왜요?"

사정을 모르는 빌마와 카타리나는 엘 일행의 평소와 다른 모습을 보고 고개를 갸웃거렸다. 그저 사위와 장모가 만날 뿐인데 왜 그렇게까지 동요하는지 의아스러운 것이리라.

"빌마 씨는 몰라요?"

"그다지 잘 몰라."

물론 우리는 왕도에서 머물 때 몇 번이나 얼굴을 봤다.

이름은 니나 메이어 폰 호엔하임이며, 분명히 지금 37세였던 것 같다.

외모는 엘리제가 그대로 나이를 먹은 듯한 느낌이다.

가슴도 크고 정말 예뻐서 이런 사람을 절세미인이라고 하는 건지도 모르겠다.

"엘리제, 그저 단순히 놀러 오시는 건 아니겠지?"

"네. 아버님의 대리인으로 오신다는군요……."

그저 단순히 놀러 오고 싶은 거라면 거절해도 되겠지만 호엔하임 일족은 교회의 유력자이다.

아무래도 엘리제의 아버님을 대신하여 바우마이스터 백작령 내에 건설하는 교회에 대해 은밀히 할 얘기가 있는 것이리라.

"거절할 수가 없잖아……."

"그건 그렇지만……."

나쁜 사람은 아니지만 나도 친딸인 엘리제도 조금은 그녀가 불편했다.

"나리, 교회와 관련된 볼일이므로 만나시는 편이 좋지 않을까요?"

"그렇겠지……."

로델리히의 바른 소리를 듣고 만날 수밖에 없겠다고 체념하고 있으니 일찌감치 데리러 오라는 연락을 받았다.

모처럼 맞은 휴일이 또 운송 업무로 날아가 버리고 만다.

왕도에 있는 호엔하임 자작가 저택까지 '순간이동'으로 가니 곧바로 세바스찬이 응대를 해주었다.

"늦었지만 백작위를 받으신 것을 축하드립니다."

역시 세바스찬. 곧바로 나의 승작(昇爵–작위가 오르는 것)에 대해 인사의 말을 전했다.

"저기……니나 님을 모시러 왔는데요."

"네. 젊은 마님이라면 이제 곧 준비가 끝나실 겁니다."

엘리제의 엄마가 젊은 마님인 것은 아직 호엔하임 추기경이 당주이고 그의 아내, 결국 엘리제의 할머니도 현역 당주 부인이기 때문이다.

"그럼 잠시 기다리도록 하겠……."

"벤델린 군, 오랜만이네."

마침 준비가 끝난 듯 저택 안쪽에서 엘리제의 엄마 니나 님이 뛰쳐나와 그대로 나를 안았다.

엘리제에게도 전혀 뒤지지 않는 가슴의 감촉이 내 몸에 전해진다.

"벤델린 군, '니나 님'이라니 남도 아니고 서운한걸. 그냥 어머님이라고 불러."

"엘리제와 정식으로 결혼하면 그렇게 부르도록 하겠습니다."

"벤델린 군도 생각보다 고지식하네. 하지만 그런 모습도 귀여워."

그리고 그녀는 나를 '벤델린 군'이라고 부르고 있다.

그녀는 교회 유력자의 아내이자 백작가 출신이다. 공적인 자리에서는 예의를 갖추지만 사적으로는 이런 느낌이었다.

"그럼 곧바로 바우마이스터 백작령으로 갈까요."

"그래. 벤델린 군과 단둘이 데이트네."

니나 님은 내 팔짱을 꼈다.

팔꿈치에 그녀의 가슴의 감촉이 전해진다.

겸연쩍은 느낌과 유혹에 넘어가 버릴 것 같……아니, 그녀는 지금 유혹하는 게 아니라고 생각하니 음란마귀에 빠진 내 자신이 혐오스럽다.

이것이 내가 그녀를 불편해하는 가장 큰 이유였다.

"'순간이동'은 굳이 팔짱을 끼지 않아도 됩니다만……."

일정한 구역 안의 인원이나 짐을 옮긴다는 감각으로 거는 마법이므로 딱히 팔짱을 낄 필요는 없다.

"오랜만에 봤으니까 가족 간의 가벼운 스킨십이지."

그렇게 말하면서 기쁜 듯 내 팔짱을 끼는 니나 님. 그녀를 오랫동안 모셔온 세바스찬이 옆에서 내게 '애통하다'는 눈빛을 보내왔다.

하지만 도와주지는 않는다. 왜냐면 세바스찬도 본인이 제일 소중하니까.

"젊은 마님, 오늘 돌아오십니까?"

"늦어질 테니까 저녁은 필요 없어."

"알겠습니다."

결국 니나 님은 우리 집에서 저녁 시간까지 보낸다는 뜻이다.

이 순간 나의 휴가는 삭제되어 버렸다.

'순간이동'으로 날아가기 전에 세바스찬이 다시 내게 죄송스러운 표정을 짓는 것을 나는 놓치지 않았다.

"어머님! 어째서 벤델린 님과 팔짱을 끼고 계세요?"

"가족 간의 스킨십이란다. 엘리제는 남편을 닮아 고지식하구나."

'순간이동'으로 저택으로 돌아오자 엘리제가 곧바로 나와 팔짱을 낀 니나 님을 나무라기 시작했다.

엘 일행은 이미 자취를 감추고 없었다.

늘 이런 식으로 마음에 든 (예비)사위에게 착 달라붙는 니나 님과 그런 행동에 주의를 주는 엘리자의 구도를 알고 있기 때문에 일찌감치 달아나버린 것이리라.

내가 같은 처지였어도 그렇게 했겠지만 역시 조금은 매몰차다는 생각이 든다.

빌마와 카타리나도 엘 일행에게 얘기를 듣고 스스로 몸을 피한 모양이다.

모조리 자취를 감추었다.

"어머님, 세간의 눈과 평판도 생각하셔요!"

"여기는 집 안이니까 상관없잖니."

니나 님이 이렇게 행동하는 것은 집안과 같은 사적인 공간뿐이다.

그렇기 때문에 엘리제도 니나 님을 설복시키지 못했다.

"먼저 일부터 끝내도록 할까."

니나 님은 팔짱을 끼고 있던 팔을 풀더니 곧바로 로델리히에게로 향한다.

"니나 님, 모시러 가지 못해서 죄송합니다."

"로델리히 님이 바쁘신 건 만인이 다 아는 사실. 저나 심부름을 부탁한 남편이나 지나친 응대는 원지 않으니 신경 쓰지 마세요. 자세한 내용은 이 편지에 적어 두었습니다. 특별히 큰 문제도 없고 바우마이스터 백작령 내의 교회망 건설은 계획대로 진행되고 있습니다."

갑자기 말투가 바뀐 니나 님은 로델리히와 면회를 하고 있었다.

"이 교회는 바우마이스터 백작령 내에 지어지는 교회와 예배당을 통괄하는 지부가 될 테네, 조금 시간이 걸리더라도 꼼꼼하게 지어주시기 바랍니다."

바우르부르크의 중심부, 영주관 근처에 바우마이스터 백작령 내의 교회와 예배당을 통괄하는 커다란 교회가 건설 중이었다.

역시 이건 리넨하임 씨에게 부탁해 불량 채권을 헐값에 사들여 만들 수는 없다.

파산하는 교회는 없으므로 제대로 전문 목수에게 부탁하여 건설하고 있다.

내부 비품이나 천장 부분에 달 스탠드글라스도 모두 전문 목수에게 부탁했기 때문에 교회 건설은 비용과 시간이 엄청나게 드는 것이다.

"바우마이스터 백작령 내에서 마을이 늘어날 때마다 교회가 늘어난다. 근사한 일이지만 그렇기 때문에 이 교회는 완벽하게 마무리를 했으면 합니다."

시찰하러 온 니나 님은 안면이 있는 교회 전문 목수들에게 위엄 있는 태도로 훈시하듯 얘기한다.

"일이 고된 줄 알지만 조금만 더 애써 주십시오. 드실 것을 조금 가져왔습니다."

그리고 고위 귀족가의 여성답게 목수들에게 가벼운 음식과 음료를 대접했다.

이런 사소한 배려를 위해 니나 님이 파견된 것인지도 모른다.

어쨌든 평소의 태도와는 크게 다르다.

과연 어느 쪽이 그녀의 진짜 본성일까?

"벤델린 군, 나 정말 멋있었지?"

하지만 저택으로 돌아오자 또 다시 평소의 분위기로 돌아오고 만다.

내 팔짱을 끼며 너무나도 위대한 그 가슴을 들이민다.

"어머님!"

"그렇지만 여기는 집 안이고 이제 일도 끝났으니까."

여전히 엘리제가 모친에게 화를 내지만 니나 님이 딱히 이상한 짓을 하는 것은 아니다.

귀족이 언제 어디서나 귀족다운 모습으로 지낸다면 머리가 이상해지고 말 것이다.

그나마 자유롭게 행동할 수 있는 것이 타인의 눈이 없는 곳, 결국 집안인 셈이다.

"엘리제는 배가 고파 화를 내는 것 같구나. 점심을 먹도록 하자."

시간도 마침 점심시간이었기 때문에 저택에서 점심을 먹었다.

"도미니크, 다른 사람들은?"

"볼일이 있으니까 점심은 필요 없다고."

최악이다. 모두들 휘말릴까 두려워 달아나 버렸으리라.

빌마와 카타리나도 엘 일행에게 얘기를 듣고 집으로 돌아오지 않아서 점심은 셋이 먹게 됐다.

"벤델린 군, 아~~해봐."

"저기……니나 님?"

"어머님이라고 불러. 오늘 점심은 정말 맛있겠는걸."

마음에 드는 사위 노릇하는 것도 정말 힘들다.

어째선지 니나 님은 내게 '아~' 해보라며 밥을 먹여주려고 한다.

"어머님……."

당연히 엘리제는 폭발 직전이었다.

"어머—? 이 정도 일로 화내는 거니? 혹시 엘리제는 이런 거 해본 적 없니? 나는 네 아버지한테 해주는데."

딱히 알고 싶지도 않은 정보를 알아버렸다.

설마, 엘리제의 아버님이 아내가 그런 짓을 하도록 놔두다니……그도 명색이 교회의 높으신 분인데…….

"엘리제도 좀 더 노력하지 않으면 이나나 루이제, 빌마 그리고

카타리나에게 뒤질지도 몰라."

또 갑자기 니나 님의 목소리가 진지한 톤으로 돌아온다.

말투는 그대로이므로 오히려 무섭다.

"아무리 본처라도 애교가 없는 여자는 사랑을 받지 못해."

니나 님의 충고에 엘리제는 눈을 동그랗게 떴다. 덜렁대는 줄만 알았던 엄마의 냉철한 지적에 허를 찔린 것이리라.

역시 이 사람은 그냥 평범한 푼수가 아니다.

타고난 귀족 여성의 무서움에 나는 등줄기가 얼어붙는 것 같았다.

"저기……벤델린 님, '아~' 해보셔요."

"맛있네, 엘리제."

"젊은 남녀라면 주위 사람들이 부끄러움을 느낄 정도로 애정행각을 벌여도 돼. 내가 하는 거 잘 보렴. 자, '아~~' 해봐."

나는 두 사람이 내미는 밥을 연신 받아먹었고, 배가 너무 불러서 한동안 움직일 수가 없었다.

저녁 무렵, 마침내 저녁시간 전에 돌아온 이나 일행에게 니나 님이 평소와 같은 말투로 인사를 한다.

"어머, 안녕. 이나, 루이제, 엘 군. 그리고 빌마와 카타리나구나."

"엘리제 님의 어머님은 엘리제 님을 닮았네."

"어머, 고맙구나. 나도 아직 통할까?"

뭐가 통하는지는 모르겠지만 니나 님은 빌마에게 들뜬 목소리로 인사를 한다.

"처음 뵙겠습니다……."

"카타리나도 많이 힘들지."

니나 님이 가벼운 말투로 얘기했지만 그에 대해 카타리나는 불만을 드러내지 않았다.

니나 님의 분위기에 휩쓸려 거기에 신경 쓸 겨를이 없는 것이리라.

푼수처럼 보여도 그녀는 대귀족의 딸이다.

엘리제와는 경험치가 전혀 다르다.

"벤델린 군은 인기가 많네." 저녁식사 자리에서는 특별한 문제가 없었으며 식후의 디저트를 즐긴 후 니나 님은 호엔하임 자작가로 돌아가게 되었다.

이번에도 내가 모시고 가게 됐지만 니나 님이 내 팔짱을 끼어도 아무도 지적하지 않는다.

엘리제조차 포기의 경지에 이른 것 같다.

"모두들 엘리제를 잘 부탁한다. 애가 조금 고지식하기는 하지만."

엘리제도 니나 님을 싫어하는 게 아니며 그 점은 니나 님도 마찬가지다.

니나 님은 그녀 나름대로 엘리제가 걱정 돼서 이렇게 행동하며……본인이 즐기고 있을 가능성도 매우 농후했지만.

"바우마이스터 백작님, 오늘은 감사했습니다."

호엔하임 자작가 저택에 도착하자 곧바로 세바스찬이 인사를 한다.

"벤델린 군, 오늘 고마웠어."

세바스찬에 이어 니나 님도 인사를 했지만 역시 그녀는 만만치가 않다.

"이건 내 생각인데, 딱히 결혼식까지 참지 않아도 괜찮아. 물론 비밀로 해야겠지만."

니나 님이 내 귓가에 속삭였을 때 역시 이 사람은 불편하다고 느꼈다.

"엘리제의 어머니 진짜 대단했지."

"역시 비타젠 백작가 출신답네. 우리 엄마는 평범하니까."

"그 비타젠 백작가 말이야?"

"그 가문 사람들은 대대로 책사가 많다고 아버님이 그러셨어."

엘리제의 모친이 습격한 다음 날, 아침식사 자리에서 이나와 빌미가 얘기를 주고받았다.

아무래도 어제 점심에 도망쳐 있던 동안 에드거 군무경을 통해 엘리제의 어머니에 대한 정보를 모은 모양이다.

"벨, 엄마와 관계된 일이라 미안하지만 로델리히 씨에게도 한소리 들었어."

"로델리히에게?"

로델리히가 문제 삼은 것은 바우마이스터 백작령에서 창술이나 마투류 등 가신 및 경비병에게는 필수인 무예를 가르치는 체제에 대해서다.

블라이히뢰더 변경백작가에는 전문 가신 가문이 있다.

이나의 본가인 힐렌브랜트가나 루이제의 본가인 오버벡가 등이 그것이다.

그밖에도 검술, 궁술, 마술 등 거물 귀족가라면 전문 가신 가문이 있다.

영세 귀족이라면 전문 지도자 가신 가문을 창설할 여유도 없고, 도장까지 멀리 다닐 수 없는 경우도 많기 때문에 부친이나 가신에게 직접 배우는 것이 기본이다.

법의귀족은 도시부에 살고 있기 때문에 연줄이 있는 도장에 다니거나 돈이 많다면 가정교사를 두기도 한다.

거물 군인계 법의귀족가는 전부는 무리지만 어느 한 가지 정도는 사범 가신을 데리고 있다.

암스트롱 백작가는 봉술을 가르치는 가신 가문이 존재했다.

"바우마이스터 백작가는 블라이히뢰더 변경백작가에 뒤지지 않는 정도가 아니라 어쩌면 그걸 뛰어넘는 규모의 영지를 보유하게 될 테니까 사범 가신 가문을 두는 것은 필수야."

"루이제, 그 말은 결국……."

"처절한 경합이 벌어지겠지. 검술과 창술과 마투류만 빼고는."

창술은 이나와 그 자식이, 마투류는 루이제와 그 자식이, 검술은 엘의 스승인 워렌 씨의 유파에서 초빙하기로 이미 결정되어 있다.

하지만 그것과 검술 사범 인선에서 워렌 씨 유파 사람이 연줄로 결정되는 것은 별개의 문제라는 뜻이다.

사람이란 깨끗한 일만 해서는 살아갈 수 없다.

"봉술은 암스트롱 백작가의 연줄이겠지."

"봉술은 그야말로 비주류 무예니까. 빌마의 도끼술 쪽이 더 많이 보급되어 있을지도."

"그러니까 봉술은 암스트롱 백작가의 추천, 도끼술은 아버지의 추천."

빌마가 곧바로 보충 설명을 해준다.

나는 무예에 대해 전혀 모르며 좋은 사범을 고르는 눈도 없다. 마법이라면 타협하지 않겠지만 무예 쪽은 로델리히가 아무 소리 하지 않는 이상 왕도의 어른들에게 맡겨도 괜찮을 것이다.

"그래서 창술과 마투류 도장은 건설 중이지?"

"응, 맞아."

바우르부르크에 건설 중인 도장은 바우마이스터 백작령 각지에 설치될 지부 연습장의 본부가 된다.

이건 중고로 해결할 수가 없는 모양이다.

지부 연습장은 굳이 그렇게 훌륭할 필요가 없다고 한다. 시골이라면 오두막보다 조금 나은 건물이면 충분할 것이다.

이쪽은 리넨하임 씨에게 중고 물건의 알선을 부탁해 뒀지만, 서두를 일도 아니므로 조만간 마을 건설에 맞춰 설치될 것이다.

"본부 도장의 관리 인원과 범위에 지부 연습장 책임자 인선도 있나."

결국 이것도 이권의 씨앗이다. 도장은 그리 쉽사리 늘릴 수가 없으므로 모두들 어떻게든 고용해 주기 바란다고 한다.

"그런 이유로 이나와 우리 어머니가 벨을 만나고 싶대."

"두 사람의 어머니가?"

그러고 보니 만난 적이 없구나. 곧바로 왕도 유학을 떠났으므로 만날 기회를 놓쳤다고 할까.

"보통 이럴 경우에는 아버님이 오시지 않나?"

아버지는 블라이히뢰더 변경백작가 사범 가문의 당주니까.

"아버님은 당주니까 오히려 안 되지."

이번에는 이나가 내 의문에 대답을 한다.

"뭐? 그래?"

"블라이히뢰더 변경백작가의 가신이 벨에게 부탁드립니다 하고 고개를 숙이면 블라이히뢰더 변경백작 님께서 탐탁지 않게 여기실걸."

내 제자나 가족을 우선해줘서 고맙다고, 다른 거물 귀족에게 고개를 숙이는 가신.

확실히 블라이히뢰더 변경백작 입장에서는 탐탁지 않을지도 모른다.

하지만 블라이히뢰더 변경백작도 속사정을 잘 알고 있다. 그러므로 딸을 만나러 간다는 목적도 겸해서 당주의 아내가 인사와 답례를 전하러 오는 셈이다.

"번거로운 일이네."

"벨, 번거로운 사정이 하나 더 있어."

"말해 봐."

"지금 바우르부르크에서 루이제와 내 대리로 일하고 있는 오빠들은 우리와 마찬가지로 서출이야.

아버지와 어머니가 같은 남매가 바우마이스터 백작가에 와있는 셈이다.

"벨의 약혼자는 우리니까. 우리와 엄마가 같은 자식이 와있는 셈이지."

그 말은 결국 본처 자식들은 어디까지나 블라이히뢰더 변경백작가 창술 사범 가문에 전념하기 위해서라는 뜻인가.

"표면적으로는 그렇지만 그 밑의 배다른 오빠나 동생들은 솔직히 여기로 오고 싶어 해."

서출의 형제를 밀어내고 자신도 바우마이스터 백작가 본부도 장의 운영을 맡고 싶은 것이다.

"그렇게 하려면 보나마나 혼란이 생기겠지. 아버님은 어디까지나 딸을 시집보내는 아버지로서만 인사를 하러 올 거야. 그래서 어머니가 오는 거지."

"나도 완전히 똑같은 이유야. 이제 사정을 대충 이해했어? 벨?"

"번거로운 사정 탓에 두 사람의 어머니가 인사 하러 온다는 건 이해했어."

그런 이유로 유능한 로델리히가 이미 일정을 짜뒀기 때문에 나는 이나와 루이제를 데리고 블라이히부르크까지 어머니들을 모시러 갔다.

"어머니."

"엄마, 이쪽, 이쪽."

"바우마이스터 백작님이시죠. 이나의 엄마인 에스트 수잔느 힐렌브란트라고 합니다. 딸아이가 신세가 많습니다."

"처음 뵙겠어요, 바우마이스터 백작님. 루이제의 엄마 일레네 욜랭드 아우렐리아 오버벡입니다. 루이제가 신세가 많네요.”

처음 얼굴을 보는 두 엄마였지만, 딸이 엄마를 닮는다는 말을
실감했다.

이나의 엄마는 분위기가 이나와 완전히 똑같았다.

빨간 머리도 똑같고 차이라면 길이가 어깨까지밖에 내려오지
않는다는 정도다.

이나도 나이를 먹으면 이런 느낌이리라.

그리고······.

“처음 뵙겠습니다. 바우마이스터 백작입니다.”

이 사람은 눈빛이 예리하다.

칼만 한 자루 들었다면 죽은 주인을 대신해 복수하러 왔다고 해
도 전혀 위화감이 없을 것이다.

나는 자기소개를 하면서 등에 식은땀을 흘렸다.

“딸이 큰 신세를 지고 있습니다. 이나에게 부족한 점이 있다면
언제든지 제게 의논해 주십시오.”

하지만 무척 상식적인 사람이었다.

미안하지만 엘리제의 엄마에 비하면 몇 십 배나 상식적인 사람
이다.

“아뇨, 저도 이나에게 많은 신세를 지고 있으니까요.”

“그렇게 말씀해 주시니 다행입니다.”

“에스트는 걱정이 너무 많다니까. 우리 딸도 아니고 이나는 괜
찮아, 괜찮아.”

“일레네, 단둘이 있을 때 빼고는 존댓말을 쓰기로 했잖아요.”

"아하하, 뭐 어때. 어차피 둘이 소꿉친구인걸."

루이제의 엄마는……엄마 맞나?

루이제보다도 머리가 좀 더 길고 비슷한 또래로 느껴지는 모습이 엄마가 아니라 언니처럼 보인다.

"뭐? 엄마? 언니가 아니고?"

"바우마이스터 백작님은 인사치레를 참 잘하시네요. 제 나이도 이제 곧 마흔인데."

아니 인사치레가 아니라 이렇게 어려보이는 사람은 찾기도 어려울 것이다. 뭔가 마법을 써서 나이를 천천히 먹는 거라고 해도 납득이 될 정도다.

아무리 연상이라 해도 이십 대 초반이 한계니까.

"인사도 끝났으니 바우마이스터 백작령으로 가실까요?"

"그러죠."

겉모습은 무섭지만 언행은 상식인 그 자체인 에스트 씨의 재촉으로 우리는 바우르부르크로 '순간이동'으로 날아간다.

"끝내준다—! 마법은 진짜 편리하네. 나중에 또 왕도에 데려가 주시면 좋겠어요."

"시간만 된다면……으윽!"

확실히 엘리제의 엄마보다는 루이제의 엄마 쪽이 마성의 여인처럼 느껴진다.

니나 님은 한눈에 섹시미가 느껴지지만, 일레나 씨는 나도 모르게 빠져들어 버릴 것 같은 귀여운 매력을 갖고 있다.

무심코 시간이 되면 왕도로 데려가겠다고 약속하자 루이제가 엉덩이를 꼬집은 것이다.

"(벨, 엄마의 수법에 넘어가면 안 돼.)"

다시 정신을 차리고 도장의 건설 현장으로 향한다.

공사 중인 도장을 견학하고 야외에서 창술과 마투류를 가르치는 자기 아들들과 인사를 한 뒤 저택의 중앙 뜰에서 차를 마시며 대화를 나누기로 했다.

"두 분은 소꿉친구로군요."

"맞아요. 항상 연상인 내가 에스트를 이끌고 다녔죠."

"………………."

거짓말을 하는 것 같지는 않다.

왜냐고? 이 두 사람의 관계를 짐작하려면 그 딸인 이나와 루이제의 관계를 보면 알 수 있기 때문이다.

언제나 낙천적이며 생각보다 행동이 먼저 앞서는 루이제와 그런 루이제를 말리기 바쁜 이나.

에스트 씨와 일레나 씨도 비슷한 관계였……아니, 지금도 그렇겠지.

하지만 교우 관계까지 닮은 두 모녀라니, 정말 대단한 것 같다.

"두 분이 모험자를 하셨다던가?"

"그렇지는 않습니다. 저희는 하급 배신가의 딸이었으니까……."

그러므로 측실로서 사범 가문에 시집 와, 남는 시간에 창술이나 마투류를 배웠을 뿐이라고 에스트 씨가 말한다.

"무예의 재능은 딸들이 더 많아요. 우리는 모험자가 될 소질은 없었겠죠."

외모는 엄청난 실력자처럼 보이는데 에스트 씨의 창술 솜씨는 이나에게 전혀 못 미치는 것 같다.

"나도 전혀 못해요."

일레나 씨도 마투류 솜씨는 딸인 루이제의 발끝에도 못 미치는 모양이다.

"그런 솜씨가 있었다면 곧장 시집을 오는 대신 모험자를 했겠죠. 루이제는 정말 좋겠다."

"나도 내 나름대로 온갖 고생을 한단 말이야."

그 도사가 눈여겨 본 순간 평온한 인생에서 멀어져버린 건 사실인가.

"우리도 도장 운영은 돕겠지만 그다지 전면에 나설 수는 없고, 남편의 소개장만 갖고 오는 사람을 무작정 지부 연습장의 사범으로 삼아서는 안 돼요."

"일레나 씨, 그게 무슨 말인가요?"

"그게, 부끄러운 집안 얘기라서 면목이 없지만⋯⋯."

밖에서 보면 불면 날아갈 듯한 사범 가신가에도 파벌 다툼 비슷한 것이 있는 모양이다.

"블라이히뢰더 변경백작님의 지시로 바우마이스터 백작가의 사범 가신 가문 창설에 사람을 보낼 수 있는 건 첩인 우리의 자식들뿐이에요. 어디까지나 이나와 루이제가 바우마이스터 백작님의 눈에 들었다는 이유로 말이죠."

"네에⋯⋯."

"지부 연습장의 사범 자리는 일족 사람만으로는 부족하겠죠?"

지금은 몰라도 나중에는 당연히 부족할 것이다. 어쩌면 블라이히뢰더 변경백작령보다 지부 연습장 숫자가 많아질지도 모르니까.

"모험자 예비학교의 강사 자리도 있겠지."

이것도 마의 숲이라는 유력한 사냥터가 있는 이상 만들 수밖에 없다.

학생들에게 창술이나 마투류를 가르치는 강사는 이나와 루이제의 입김이 미친 자가 될 것이다.

"사범은 문하생 중에서 선발되겠지만……."

같은 문하생이라도 실력은 상관없으며 본처 자식들이 마음에 들어 하는 자과 그렇지 않은 에스트 씨나 일레네 씨, 그 자식들과 친한 문하생들로 자연스레 나뉘어 버린다고 한다.

"그게 파벌 다툼인가요?"

"그렇게까지 험악하지는 않아요. 다만 블라이히뢰더 변경백작령의 지부 연습장의 수는 더 이상 늘지 않으니까……."

사범 자리는 본처의 자식과 그들과 친한 문하생에게 돌아가고 나머지 문하생은 불이익을 당해온 것이 지금까지의 흐름이었다.

"적어도 지부 연습장의 책임자가 되어야 그나마 먹고 살 수 있으니까……."

사범이 되지 못하는 베테랑 문하생은 가끔씩 있는 임시 강사 아르바이트비와 다른 부업을 통해서 먹고사는 자가 많다고 한다.

"부업 중에서는 모험자가 제일 많겠군. 실전 연습도 되고."

다만 아무리 실력을 쌓아도 당주나 본처 자식들의 마음에 들지 않으면 사범이 될 수 없는 모양이다.

재정적인 이유로 그렇게 휙휙 사범을 임명할 수 없는 이상 그렇게 흘러가고 만다.

전세에서도 딱히 실력도 없는데 상사 눈에 들어 출세하는 사람이 많았으니까 그건 나도 이해할 수 있다.

"바우마이스터 백작령의 지부 연습장을 맡길 사범은 우리 쪽 사람이니까 모두들 그런 처지예요. 그렇게 되면……."

끝까지 듣지 않아도 알 수 있었다.

그동안 불운했던 녀석들이 바우마이스터 백작령에서 출세를 하고, 반면 본처 자식들 쪽에도 사범이 되지 못한 채 순서를 기다리고 있는 사람들이 있다.

그들 입장에서는 지금의 상황이 별로 탐탁지 않을 것이다.

"그런 사람들 중에서 정신없는 틈을 타 자리를 얻으려는 사람이 있을지도 몰라요. 과거에 남편이 표창장이나 전수 목록을 써 준 사람도 있으니까. 단지 그것만 보고는 채용하지 않도록 로델리히 님에게 양해를 구해둬야겠죠."

정말로 안 들었으면 좋았을 걸 그랬다.

이 세계는 어딜 가나 살기 팍팍한 얘기들뿐이다.

취업 시장이 항상 초빙하기 같은 느낌이다.

"내일은 개설된 지부 연습장으로 안내해 주신다죠?"

"네."

그리고 다음 날 우리는 '순간이동'으로 모험자 길드 지부까지 날아갔다.

사실은 이곳 옆에도 지부 연습장이 개설된 것이다.

치안 유지를 위해 머물고 있는 경비대원들 그리고 벼락치기 같기는 하지만 지금이라도 입문하여 모험자로서의 실력을 높이기 위해 연습하는 자도 많다.

"바우마이스터 백작님, 아주 적당한 물건을 준비했습니다."

이 지부 연습장은 리엔하임 씨가 준비한 중고 물건이었다.

"이런, 이나 님과 루이제 님의 모친이신가요? 늘 신세가 많습니다."

리넨하임 씨는 에르트 씨는 몰라도 심하게 어려보이는 일레네 씨를 보고도 전혀 위화감이 들지 않는지 예사롭게 인사를 한다.

"바우마이스터 백작님. 매우 드물기는 하지만 일레네 님처럼 젊은 모습을 유지하는 여성이 계십니다. 이래뵈도 제가 발이 아주 넓으니까요."

귀족 부인 중에도 가끔은 그런 사람이 있을지도 모른다. 이른바 마성의 여인이리라.

"그런가. 그나저나 이 지부 연습장의 전력은?"

"이 또한 사람이 살면서 생기는 흥망성쇠죠."

더 많은 문하생을 모으려고 도장을 호화롭게 꾸민 것까지는 좋은데 정작 중요한 문하생이 모이질 않아서 도장을 지을 때 빌린 빚에 허덕이는 부도 물건을 또 헐값에 사들인 것이다.

"도장의 화려함보다는 도장주의 실력이 중요하지 않나?"

"꼭 그렇게 말할 수는 없죠."

사범 가신가는 녹봉이 나오지만 왕도나 직할지의 도장에서는 도장주의 평판이나 실력에 좌우된다. 녹봉이 없기 때문에 어떻게 일반 손님을 모아 월사금을 받느냐에 달려 있는 셈이다.

하지만 아무리 도장주의 실력이 뛰어나도 도장이 너무 낡으면 일반 문하생은 망설이게 된다.

적당한 도장을 준비하는 경영 능력도 필수인 셈이다.

반면에 도장만 화려해도 도장주의 실력이 미묘해서 문하생이 모이지 않으면 파산하고 만다.

결국 균형이 중요한 셈이다.

"그래서 무예대회가 있는 거예요."

그 대회에서 상위에 입상하면 선전 효과로 문하생이 쉽게 모인다.

"사범 가신가 분들도 사실은 녹봉만 받아서는 적자니까요."

직책상 중신도 아닌데 도장을 운영하지 않으면 안 되는 것이다.

일반 문하생을 모으지 않으면 생활이 매우 궁핍해진다. 아니 적자에 허덕인다고 한다.

"그래서 힐렌브랜트가와 오버벡가는 필사적이랍니다."

에스트 씨가 그런 식으로 얘기하니 그 풍모와 어우러져 정말로 절박하게 느껴졌다.

"그러니까 루이제에게 손을 대도 전혀 상관없어요."

"아니, 그건 역시 좀 곤란한⋯⋯."

당장에 엘리제가 떠오른다. 교회는 무서우니까.

아, 하지만 어째선지 니나 님도 비슷한 말을 한 것 같은 느낌이⋯⋯.

"때로는 교회의 교리보다 귀족의 사정이 우선되는 경우도 있거든요."

"약혼이 파기되는 일은 절대로 없을 테니까요……."

니나 님에 이어 에스트 씨와 일레나 씨에게도 비슷한 말을 듣고 나는 등에서 식은땀을 흘렸다.

"흐으음, 힘들었겠네."

"뭐야, 엘. 도망쳤던 주제에."

"그건 빌마와 카타리나도 마찬가지잖아."

에스트 씨와 일레네 씨가 돌아간 후 모습을 드러낸 엘 일행과 얘기를 나눈다.

"엄마라……."

"엘의 엄마 얘기는 거의 못 들었네."

"어릴 때 돌아가셨으니까. 지금의 계모에게는 딱히……."

별로 사이가 좋지 않은 모양이다.

드라마에서도 자주 나오는 얘기다.

"그렇구나."

"자상한 사람이었지."

이래봬도 엘은 나 못지않게 고생을 많이 했으니까.

"빌마의 엄마는 어때?"

"으—음, 둘 다 평범해."

친엄마와 양 엄마, 모두 평범하다고 빌마는 엘에게 대답했다.

"하긴, 평범한 게 최고지."

"그럴지도 몰라."

개성적인 엄마라는 것은 재미있을지도 모르지만 실제로 접해보면 그만큼 힘들지도 모르니까.

"카타리나도 부모님이 돌아가셨지."

"네. 하지만 뇌리에 기억이 남아 있어요. 두 분 모두 귀족으로서의 긍지와 위엄에 가득 찬 분이셨어요."

사실인지는 알 수 없지만 카타리나 본인이 그렇게 말하니까 그렇겠지.

그녀의 엄마가 어떤 사람인지 상상을 해보았지만 카타리나를 닮아 화려한 의상을 몸에 걸치고 영주민 앞에서 고압적인 발언을 하는 광경이 떠올랐다.

문득 모두들 둘러본다. 카타리나만 빼고 모두 똑같은 생각을 하고 있을 가능성이 농후했다.

미묘한 표정을 지으면서 카타리나를 보고 있다.

"모두들, 왜 그러나요?"

그리고 카타리나는 사람들이 자신을 왜 그런 눈으로 쳐다보는지 이해하지 못했다.

제9화 잡초가 빨리 자란다

"하아……."

"벨, 한숨 쉬면 복 달아나."

"역시 클라우스는 뭔가를 꾸미고 있는 걸까?"

"뜬금없이 그게 뭔 소리야?"

최근 얼마동안 일이 많았던 탓에 나는 클라우스에 대해 새까맣게 잊고 있었다.

바쁘기도 했고 그는 이미 끝난 인물이니까.

그렇게 생각했는데 헤르만 형님에게 연락이 왔다.

잘은 모르겠지만 클라우스가 급히 나와 의논하고 싶은 일이 있는 모양이다.

그말만 듣고도 클라우스가 뭔가 쓸데없는 생각을 하고 있는 듯한 기분이 드는 것이다.

"그렇게 걱정되면 블랜타크 씨에게 함께 가자고 하지 그래?"

"오오! 네 말 치고는 정말 멋지고 건설적인 의견이야, 엘!"

"뭐야……기분 잡치게."

그렇게 해서 블랜타크 씨와 함께 우리는 바우마이스터 기사작령까지 '순간이동'으로 날아갔다.

"백작님은 생각이 너무 많은 거 아냐?"

동행해 준 블랜타크 씨가 내 기우가 아니냐고 말한다.

그렇다면 다행이지만 역시 뭔가 마음에 걸리는 것이다.

내게 그런 생각을 하게 만들다니……클라우스는 남은 인생을 좀 더 조용히 살아야 한다는 느낌이 든다.

딱히 상관하고 싶지 않은, 불편한 인척이었다.

피가 섞이지 않은 점이 유일한 위안이랄까.

"나도 지나친 생각인 것 같아. 지난번 사건 때 벨의 아버지와 솔직하게 이것저것 얘기를 나눴잖아."

"나도 같은 생각이야. 이제 여러 모로 한이 풀리지 않았을까?"

이나와 루이제는 쿠르트 형 사건으로 이런 저런 일이 있었으니까 역시 클라우스도 얌전해졌을 거라는 판단이었다.

그때 비록 클라우스가 범인은 아니었지만 영화나 드라마였다면 절벽에서 이런저런 얘기를 나눴을 만한 상황이니까……클라우스라면 뒤에 뭔가를 남겨뒀을 것 같은데…….

"일부러 오게 해서 미안하다, 벨."

오랜만에 찾은 바우마이스터 기사작가 저택은 겉모습과 달리 안은 무척 깨끗해졌다.

부인인 마를레느 씨나 이제는 영주가로 격상된 종사장가 여성들이 깨끗하게 꾸몄으리라.

결코 낭비가 아니다.

앞으로는 외부에서 찾아오는 손님이 늘어날 것이므로 깨끗이 꾸며둬야 하기 때문이다.

규모는 작아도 영주관은 대통령 관저와 비슷한 곳이다. 그곳이

허름하고 지저분하면 찾아온 손님이 불안해하거나 얕볼 가능성
도 있다.

"격세지감이네요."

"마침 자금도 있고 해서 최소한으로 꾸몄어."

아직 마의 숲이 바우마이스터 기사작가의 영지이던 시절에 다
같이 채집한 물건을 판돈으로 납부한 세금이 기본 자금인 셈이다.

"다만 개발이 진행되어 영지의 중심이 바뀌었으니까 조만간 그
에 걸맞은 영주관을 지어야겠지."

저택 내부를 깨끗이 꾸민 것은 어디까지나 새 영주관이 지어질
때까지의 임시방편인 셈이다.

"개간 장려나 새롭게 이주해 올 영주민들에게 전혀 원조를 안
할 수가 없어. 벌꿀술 생산을 늘리기 위해 양봉업도 확장해야 하
고 장차 수입을 얻기 위해서는 그에 걸맞은 투자도 해야 하니까."

이런 저런 비용 때문에 힘들다고 헤르만 형은 말한다.

"쿠르트 형님이 쫀쫀하게 굴면서도 돈을 모은 이유가 조금은
이해가 돼."

투자해도 확실하게 성공한다는 보장이 없다.

확실하게 성과를 기대할 수 있다는 확신이 없다면 남이 뭐라고
하든 무조건 돈을 모으는 것도 귀족으로서 결코 틀린 수단은 아
니다.

투자했다가 사업에 실패하면 돈이 사라지지만 저축을 해두면
최소한 줄어들지는 않으니까.

"그래서 시행착오삼아서 하고 있는 거야. 네 원조가 아니었다면

큰 실패를 하거나 목숨을 깎아먹을 만큼 험난한 고생을 했겠지."

그래도 헤르만 형은 새 영주로서 잘 하고 있다고 생각한다.

자기는 머리가 나쁘다고 자주 얘기하지만, 쿠르트와 큰 차이가 있는 것 같지도 않고 종사장으로서 경비대를 지휘해온 경험을 잘 살렸다고 생각한다. 중소기업의 사장 타입쯤 되려나.

"헤르만 형님, 인재 쪽은 어때요?"

"충분하다고 할 수는 없지만 그럭저럭 굴러가고 있어."

경비대는 원래 헤르만 형이 맡아왔던 일이지만 이주자 중에서 인원을 늘려 대응했다고 한다.

"옛 영주민과 새 이주자들 사이에 가끔씩 분쟁이 생기기도 하지만, 사소한 다툼은 경비대가 알아서 해결할 테니까."

인구가 늘어도 범죄는 사소한 절도사건 뿐이라 경비대의 규모 확대나 훈련을 병행하면서도 충분히 대처할 수 있다고 헤르만 형은 설명한다.

"헤르만 님, 교회에서 오신 분은 괜찮으신가요?"

"정말로 큰 도움이 됐어요, 엘리제 씨."

원래 이 영지에서는 마이스터라는 90살이 다된 노신부님이 혼자 교회 일을 맡아보고 있었지만 이제는 몸이 너무 약해졌다.

본인은 이 땅에서 생을 마칠 거라고 단언했지만, 역시 불편한 일이 종종 생겼기 때문에 왕도에서 젊은 신관이 부임하여 마이스터 님을 보좌하게 되었다.

마이스터 님은 약학에도 매우 박식하여 의사나 치료 마법도 없는 바우마이스터 기사작령을 건강 면에서 지탱하고 있다.

젊은 신관도 약학을 잘 아는 인물이 왔으며 그 인선에는 엘리제와 호엔하임 추기경이 애써주었다.

보통은 이런 무리한 요구를 하기가 어렵기 때문에, 헤르만 형은 호엔하임 추기경에게 그런 부탁을 해준 엘리제에게 인사를 한 것이다.

"벨은 좋은 신부를 뒀구나."

"아직 정식으로는 약혼자이지만요……."

"이제는 결혼한 것이나 마찬가지잖아요. 엘리제 씨, 우리 벨을 잘 부탁합니다."

"네."

헤르만 형에게 내 정식 부인 대접을 받고 엘리제는 얼굴 가득 웃음을 지어보였다.

"문관 쪽 인재는 어때요?"

"인원수는 충분해……."

왕도나 지방 도시, 다른 마을에서 온 이주민 중에는 어느 정도 학문을 배운 자들도 있어서 그런 자들을 새롭게 고용했다고 한다. 경험이 없는 일은 교육을 하며 천천히 배우게 할 계획인 모양이다.

"저기……'인원수는'……이라고 하면?"

"그런 녀석들을 통솔할 유능한 녀석이 필요한데, 그런 능력이 있는 사람은……."

현재로서는 클라우스밖에 없는 셈이다.

"요즘은 얌전히 일만 열심히 하고 있어."

그런데도 헤르만 형의 표정은 밝지가 않다.

"나무랄 데 없이 유능한데……."

헤르만 형은 솔직히 클라우스를 버거워하는 것 같다.

"유능하다면 맡겨둬도 될 것 같은데요. 가신의 능력을 알아보고 거기에 맞는 일을 맡기고 그 결과에 대해 책임을 지는 게 귀족이니까요."

카타리나가 매우 기특한 소리를 했지만 상대가 클라우스라면 위험하다는 생각을 하지 않을 수가 없다.

"(벨 님.)"

"(왜 그래? 빌마.)"

"(카타리나라면 바보 영주와 간신의 구도가 될 텐데.)"

"풋!"

빌마의 독설은 여전했지만 카타리나만 빼고 그녀의 말을 들은 모두가 납득한다.

좋든 나쁘든 그녀는 남에게 맡기고 격려하는 것이 귀족이라고 생각하므로 어쩔 수가 없다.

만약 카타리나가 클라우스를 가신으로 삼았다면 틀림없이 바보 영주와 재정을 농단하는 악질 가신의 구도를 이뤘을 거라고 쉽게 상상할 수 있다.

"카타리나에게는 하인츠가 있어서 정말 다행이었군."

"네. 자랑스러운 가신인걸요."

카타리나는 우리의 걱정을 전혀 이해 못하는 것 같다. 보나마나 클라우스가 제멋대로 일을 처리해도 전혀 알아차리지 못할 것이다.

"역시 너무 유능한가요?"

"단순히 유능하기만 하면 문제가 없지."

게다가 클라우스에게는 미심쩍은 부분이 많아서 책사로서의 그 성격은 그를 부리는 인물의 그릇이 매우 크지 않다면 받아들이기가 쉽지 않다.

귀족은 높은 자리에서 남을 다스리도록 교육을 받지만 그래도 대부분은 평범한 사람이다.

평범한 사람 입장에서는 아무리 유능해도 정체를 알 수 없는 그런 남자를 곁에 두고 싶지 않은 것이다.

나도 마법만 빼고는 지극히 평범하기 때문에 클라우스를 곁에 두고 싶은 생각은 없다.

"하지만 그의 손자들은 유력한 일문이 아닌가요?"

"그렇게 생각할 수도 있겠지……."

이나의 질문에 헤르만 형은 팔짱을 끼고 생각에 잠긴다.

모친이 다르다 해도 어쨌든 형제니까 발타나 칼을 우대하며 통제하면 된다는 생각인 것 같다.

하지만 그것은 상대가 평범한 이복동생일 때 얘기다.

섣불리 그들을 중용했다가는 클라우스가 그들을 움직여 헤르만 형을 꼭두각시로 만들어버리지 않을까 하는 우려가 있다.

본인에게 그럴 마음이 있는지 없는지는 모르지만, 적어도 그렇게 할 능력은 충분히 있으니까.

"일종의 독 같은 건가……."

"독은 희석하여 쓰면 약이 되는 경우도 있습니다. 하지만 양을 잘못 넣으면……."

"그 사람이 스스로 희석될 리도 없겠지."

"네……."

엘뿐만 아니라 엘리제조차도 클라우스를 위험한 존재로 인식하고 있는 것 같다.

조부인 호엔하임 추기경이 옆에 그런 인물을 둘 리 없으니까 자연스레 알게 되는 것이리라.

"게다가 지금의 바우마이스터 기사작령은 헤르만 님의 일족이 주류를 이루고 있지. 본인의 자식들을 요소에 배치해야 앞으로 치안이 안정될 거야."

우리는 블랜타크 씨의 말에 납득했다.

어차피 클라우스는 다른 마을 녀석들에게 미움을 받고 있다.

지나치게 우대하면 불만이 표면화될지도 모르니까, 그렇다면 헤르만 형이 첩이라도 들여 아들을 낳아서 그들을 교육시킨 뒤 배치해야 장차 바우마이스터 기사작령의 안정으로 이어질 것이다.

"그래서 클라우스는 내게 어떤 볼일이 있다는 거죠?"

"표면적으로는 너에게 영내의 모습을 보여주고 뭔가 조언을 얻고 싶다는 것 같아."

헤르만 형조차 표면적이라는 말을 쓰는 걸 보면 어딘가 석연치 않은 점을 느끼고 있으리라.

듣자니 이 시기에 갑자기 나를 불러달라고 부탁한 것 같으니까.

"단순히 그런 이유라면 특별히 이상한 점은 없지만……."

내가 다른 귀족의 영지에 참견하는 일이 적절치 못하다는 의견도 있지만 어차피 바우마이스터 기사작령은 종자이며, 당주 교체로 다소 혼란이 있으므로 그것을 도와준다 해도 이상한 일은 아니다.

헤르만 형도 자신들의 상황을 정확히 이해하고 있기 때문에 우리에게 참견하지 말라는 말을 하지 않는 것이다.

"설마 벨의 암살을 노리고 있나?"

"그건 아니겠지."

클라우스는 책사지만 바보는 아니다.

루이제의 우려는 기우일 것이다.

"유혹 하려는 건가?"

"그 클라우스 영감이?"

빌마의 의견을 엘이 일소에 붙였다.

"물론 본인은 아니고 딸을 내세우겠지."

"빌마. 그럴 가능성은 낮을 거야."

내 환심을 사려고 클라우스가 레일라 씨를 보내지 않을까 하는 의견을 빌마가 내놨지만 이것도 엘이 부정했다.

확실히 아름다운 사람이지만 아버지 첩의 유혹에 넘어갈 만큼 내 의지가 약한 것 같지는 않은데…….

"레일라 씨는 나이에 비해 아름답지만 여기 있는 내 약혼녀들도 모두 젊고 아름답잖아. 무엇보다 나는 레일라 씨와 거의 얘기를 나눠본 적이 없어. 그런 사람이 갑자기 접근을 해와도 난감하겠지."

지금까지 한두 마디 대화를 나눴을 뿐이다.

내가 본가에 있던 시절 얼마나 외톨이로 지냈는지 얕봐서는 안된다.

"이런, 이런, 백작님도 의외로 말을 잘하는구나."

나는 매우 진지하게 대답했지만 블랜타크 씨가 놀랐다.

"벤델린 님이 그 같은 유혹에 넘어가실 거라고는 생각하지 않아요."

"벨은 가끔씩 그런 말로 사람의 허를 찌르니까……."

"조금은 비겁한 타이밍이네."

"벤델린 씨는 귀족이니까 그런 말씀은 하지 않는 편이 좋아요. 뭐, 가끔이라면 상관없지만."

엘리제 일행은 어째선지 모두들 얼굴을 붉혔다.

"벨 님, 내가 걱정하는 건 미인계야."

마찬가지로 얼굴이 조금 붉어진 빌마가 의외의 단어를 입에 올린다.

"빌마는 그런 어려운 말도 아는구나."

어렵다기보다 어른들의 밤 세계의 단어라고 할까, 엘은 빌마의 입에서 미인계라는 단어가 나오자 조금 놀란 것 같다.

"귀족 중에도 가끔씩 그런 수단을 쓰는 사람이 있다고 아버지한테 들은 적이 있어."

단둘이 있을 때 들이닥쳐 '내 딸에게 손을 댔겠다! 책임져!' 하고 다그치는 귀족이 있다고 한다.

귀족이라도 절박해지면 조폭 같은 수법을 쓰는 사람도 있는 모양이다.

"조심할게."

"벨 님은 혼자 있지 않는 게 좋아. 내가 곁에 있을게."

"고마워, 빌마."

나는 빌마에게 인사를 한다.

하지만 뭔가 일을 꾸민다면 실패할 뿐이겠지.

"어떤 수를 써와도 강제로 제거하면 돼."

빌마가 냉정한 말투로 무서운 얘기를 했지만 어쨌든 그녀는 내 호위다. 내게 위험이 닥치면 그것을 제거하는 것이 당연하다.

"그 클라우스 씨라는 분이 그저 진정을 넣기 위해 벤델린 씨를 불렀을지도 모르니 가보면 알겠죠."

카타리나의 말에 납득한 우리는 클라우스를 만나기 위해 집을 나선다.

그러자 클라우스는 저택 앞에서 발터와 칼과 그리고 다른 두 사내를 거느린 채 공손히 고개를 숙였다.

"오랜만에 뵙겠습니다, 바우마이스터 백작님. 오늘 이렇게 걸음을 해주셔서 참으로 영광입니다."

클라우스는 한 치의 빈틈도 없는 인사말을 늘어놓으며 절을 한다.

발터와 칼은 한 마디도 하지 않고 함께 고개를 숙이고 있다.

"아실지 모르지만 발터와 칼, 아그네스의 남편 노르베르트와 콜로나의 남편 라이나입니다."

클라우스의 소개로 이복형과 이복누나의 남편들은 조용히 고개를 숙였다.

거의 일면식도 없기 때문에 나는 가볍게 고개를 끄덕일 수밖에 없었다.

무슨 말을 해야 좋을지 모른 채.

"안내하겠습니다."

클라우스 일행이 제일 먼저 안내한 곳은 리그 대산맥의 산중턱에 있는 양봉장이었다.

원래는 헤르만 형이 사위로 들어간 종사장가가 독점하여 벌꿀과 벌꿀술를 생산했지만, 생산량을 늘리기 위해 인원과 벌집상자를 한창 늘리는 중이라고 한.

"제대로 보는 건 처음이군."

날아다니는 꿀벌은 지구의 그것보다 두 배 이상 크다.

초원에는 자운영이 꽃을 피웠고, 숲이나 산 중턱까지 날아다니며 온갖 꽃의 꿀을 모으고 있다.

지구처럼 아카시아 꿀, 연꽃 꿀 같은 특정한 꽃의 꿀을 모은 고급품은 존재하지 않았다.

"증산을 서두르고 있습니다만, 꿀벌 수를 늘리는 것이 최우선이죠. 규모를 넓히면 숲에서 벌꿀을 노리고 곰이 나타날 테니 경계도 필요합니다."

그 다음으로 안내받은 곳은 벌꿀술 제조소였다.

양조장만한 규모는 아니고 민가 한 곳 안에 설비가 놓여 있었다.

"벌꿀술도 벌꿀의 증산이 이루어지지 않으면 곤란합니다."

클라우스는 조금 시간이 걸릴 것 같다고 설명한다.

"(블랜타크 씨, 시음회는 없는 것 같네요.)"

엘이 작은 목소리로 그렇게 말하자 블랜타크 씨는 살짝 실망한 기색이다.

"다음 장소로 가실까요?"

그 후에는 내가 구획을 정리하고 개간한 각 마을을 돌아다녔지만 모두들 열심히 농사일을 하고 있었다.

옛 마을은 밀 중심이지만 새로운 개간지에서 벼농사를 시험하는 논이 몇 군데 있었다.

주로 내가 개척한 새로운 마을은 벼농사가 주류를 이루고 있는 것 같다.

"마지막으로 새 마을 건설 예정지의 측량을 마쳤으니 그것을 보여드리죠. 나머지는 또 시간이 나실 때."

다 같이 미개척지 쪽으로 걸어가자 목적지인 새 마을 건설 예정지에 도착했다.

"저들은 뭐지?"

엘이 곧바로 검에 손을 댄 채 내 앞에 선다. 모험자로 보이는 사내들이 스무 명 넘게 있었기 때문이다.

"벨 님."

빌마도 큰 도끼를 든 손에 힘을 주며 그들을 경계하기 시작한다.

"안심하십시오. 그들은 용 전문 모험자들입니다."

이 마을을 거점으로 리그 대산맥에서 용을 잡을 수 없을까 싶어서 상황을 살피러 왔다고 클라우스가 설명한다.

"원하는 대답을 들을 수 있겠군요."

용은 마법사가 아니면 단체로 사냥하는 것이 주류라고 예비학교에서 배웠다.

클라우스는 그들이 바우마이스터가 기사작령에 머문다면 경기가 더욱 좋아질 것이라고 여기고 있으리라.

"지금까지는 동부를 거점으로 활동하셨다고 합니다."

"동부라……."

전에 블라이히뢰더 변경백작과 사이가 나쁜 블루아 변경백작이 통괄하는 지역이라고 들었다.

클라우스가 젊은 시절에 공을 세운 것은 그들과의 분쟁 때였을 것이다.

"동부는 가본 적이 없군."그러고 보니 블루아 변경백작과도 얼굴을 마주한 기억이 없다. 왕도에서 머물 때 한 번쯤은 만날 기회가 있을까 싶었지만, 블라이히뢰더 변경백작과 사이가 나쁘다면 그 종자인 나와는 마주하기가 껄끄러웠으리라.

"조만간 바우마이스터 백작님도 가실 기회가 있지 않을까요? 지금은 조금 어수선하므로 삼가시는 편이 좋을 듯 합니다."

"자세히도 아는군, 클라우스."

"이곳 바우마이스터 기사작령도 외부와의 교류가 늘었습니다. 듣자니 블루아 변경백작님은 몸이 안 좋으시며 설상가상으로 자제분들이 후계자 다툼을 벌이고 있다는군요."

어떻게 클라우스가 그런 사실을 알고 있나 했더니 모험자들이

동부 출신이라고 했다.

그들에게 들었다면 알고 있어도 이상할 것은 없나.

"게다가 바우마이스터 백작령 개발의 수혜도 전혀 누리지 못해서 그 일로 내부에도 불만이 쌓여 있는 모양입니다."

블루아 변경백작이 블라이히뢰더 변경백작가와 사이가 나쁘다면 그것도 어쩔 수 없는 노릇이리라.

나 역시 잘 알지도 못하는 귀족가에 융통성을 베풀어줄 이유도 없으니까.

"안팎으로 불만과 문제를 안고 있는 귀족이라면 어떻게 할까요? 바우마이스터 백작님."

어떻게 하냐니, 아무리 사이가 나쁜 귀족이라도 같은 나라의 귀족이다. 전쟁을 할 수도 없는 노릇이니 관계 개선을 꾀하려나?

"하지만 그런 일을 해야 할 블루아 변경백작은 병상에 누워 있습니다. 그럴 경우 대리인을 세우는 게 보통이지만 공교롭게도 대리인을 맡을 후계자가 정해지지 않았습니다."

대표자를 낼 수 없는 이상 설령 교섭을 한다 해도 의미가 없나. 결정한 사항이 순순히 지켜진다는 보장도 없으니까 교섭을 해봤자 의미가 없는 셈이다.

"그럼 동부는 달라질 게 없겠지."

딱히 내일 당장 동부가 폭발하여 붕괴되는 것도 아니다. 경기가 나쁘네 후계자를 정해야 하네, 하며 불만이 계속 되겠지만 한동안은 현 상태를 유지할 것이다.

블루아 변경백작이 세상을 떠나면 또 상황이 움직일지도 모르지만 그가 언제 죽을지는 아무도 모르니까.

"그런 경우가 대부분이지만 또 하나 방법이 있습니다."

"또 하나?"

"예? 이러한 불만을 일시적으로 딴 곳으로 돌리기 위해, 혹은 블라이히뢰더 변경백작으로부터 이익이나 이권을 빼앗기 위해……."

"분쟁인가!"

일부러 남부와 분쟁을 일으킨 뒤 해결을 명분으로 블라이히뢰더 변경백작에게 양보를 촉구한다.

그 양보의 내용이란 미개척지 개발의 이익과 이권일 것이다.

"아니, 하지만……."

설마 그 정도로 분쟁이……하고 생각하면서 문득 시선을 돌리니 그 모험자들의 모습이 수상쩍다.

명백히 동요하는 기색을 보이는 것이다.

"(백작님)!"

블랜타크 씨가 내 어깨를 툭 쳤다.

엘, 이나, 루이제, 빌마, 엘리제는 다시 경계 태세에 들어갔고, 카타리나도 곧바로 마법을 발동할 준비를 하고 있다.

결국 이 모험자들은 사실은 블루아 변경백작의 수하들로 분쟁을 일으키기에 앞서 이 먼 남쪽의 벽지까지 후방교란 임무를 수행하러 온 것이다

"클라우스, 당신……."

클라우스는 왜 우리와 이 모험자들을 아무도 없는 새 마을 건설 예정지에서 만나게 했을까?

"바우마이스터 백작님, 저는 블루아 변경백작가로부터 어떠한 은혜도 입지 않았으니까요."

클라우스의 그 한 마디에 모험자들은 마침내 클라우스가 자신들을 팔아넘겼다는 사실을 깨달은 모양이다. 황급히 검을 뽑으려고 하지만…….

"귀찮은 일을 우리에게 떠넘기다니."

"백작님, 그런 일에 엉겁결에 동참해야 하는 나는 어떨까?"

"다른 귀족과의 분쟁에서 비롯되는 반란의 서곡! 귀족답지만 실제로 휘말리면 무척 골치 아프겠죠."

아무런 의논도 하지 않았지만 나와 블랜타크 씨, 카타리나 셋은 동시에 어떤 마법을 펼쳤다.

그것은 바로 '에어리어 스탠'이다.

꽤 유명한 대인 마법으로 상대를 전격(電撃)으로 마비시켜 행동 불능으로 만드는 마법이다.

쓸 수 있는 사람은 많지만 마력을 조절하기가 매우 어렵다.

서툰 마법사가 썼다가는 상대를 감전사시킬 테니까.

이번에는 베테랑인 블랜타크 씨에 천재 마법사인 카타리나가 함께 있다.

나도 충분히 연습을 했기 때문에 적당히 힘 조절한 '에어리어 스탠'은 무사히 발동했다.

우리와 클라우스, 발터 일행이 있는 구역을 빼고 가짜 모험자들이 있던 구역에 전격이 떨어졌고 그들은 한순간에 마비가 되어 움직이지 못했다.

"엘!"

엘 일행은 마비가 되어 움직이지 못하는 가짜 모험자들로부터 서둘러 무기, 방어구, 소지품들을 빼앗은 뒤 밧줄로 묶어간다.

발터 일행도 나서서 도왔기 때문에 포박 작업은 불과 몇 분 만에 끝나버렸다.

"클라우스, 이 자들의 목적은?"

"예. 이 바우마이스터 기사작령에서 반란을 일으켜 후방을 교란시키고 싶었던 모양입니다. 그것을 위해 동부 출신의 모험자로 위장한 셈이죠. 무기를 갖고 있어도 부자연스럽지 않으니까요."

"그렇군……."

클라우스가 그 반란에 가담했다면 진압에 훨씬 애를 먹었겠지만 그가 그런 멍청한 짓을 할 리가 없다.

우리를 이곳으로 부른 이유는 슬슬 계획을 실행할 시기가 됐기 때문에 역도들을 붙잡아주길 바라서였을 것이다.

클라우스는 자신들과 지금의 바우마이스터 기사작령의 병력으로는 그들을 진압할 수 없다고 판단한 것이다.

설령 진압을 했다 해도 희생이 많다면 바우마이스터 기사작령의 개발과 통치에 중대한 지장을 초래할 것으로 예상했다.

"클라우스, 헤르만 형님에게도 말하지 않은 것 같군."

"크게 고심을 했지만 만약 그들이 들통났다는 사실을 알아차렸을 때를 생각하면……."

나는 클라우스에게 또 하나의 의도가 있다는 것을 알아차렸다.

이번 반란 계획을 눈치 채고 폭발하기 전에 내게 보고한 것은 클라우스이며, 그 일에 협력한 것은 발터 일행이다.

"만약, 실제로 봉기했다면 진압에 애를 먹었겠지. 희생자가 나왔을 가능성도 있었어. 클라우스의 공이 가장 크군."

나는 클라우스를 칭찬하면서도 여전히 계속 석연치 않은 기분에 휩싸였다.

"……반란 미수라……."

블루아 변경백작 가신들에 의한 반란 미수사건은 무사히 해결됐다.

그들은 전원 무장해제가 되어 지금은 전부 헤르만 형이 모집한 경비대원들에 의해 감금되어 있다.

바우마이스터 기사작령에는 감옥이 없기 때문에 농기구 오두막에 가뒀다.

저택의 서재에서 헤르만 형이 클라우스에게 사정 얘기를 듣고 있지만 얼굴이 조금 굳어 있다.

영내에서 발생한 반란임에도 영주인 자신에게 보고도 하지 않고, 진압을 제3자인 우리에게 맡겨버렸기 때문이다.

전력을 감안했을 때는 클라우스의 방식이 제일 옳았다.

특히 양쪽 모두 희생자가 없다는 점이 크다.

하지만 결과적으로 무시를 당한 셈인 헤르만 형 입장에선 달가울 리가 없다.

영주민들 중에도 클라우스의 방식에 분개하는 자도 많은 것 같다.

"영주님께 보고도 하지 않고 바우마이스터 백작님께 진압을 부탁드린 점은 명백한 제 불찰, 이것이 공이라고는 생각지는 않습니다."

매우 기특한 소리를 하고 있지만 헤르만 형은 그걸로 넘어가도 나는 그럴 수가 없는 것이다.

어쨌거나 그는 실제로 공을 세웠으니까.

"백작님, 블루아 변경백작가 제후군이 움직였다고 하는군."

블랜타크 씨가 블라이히뢰더 변경백작에게 연락을 취하자 블루아군이 동부에서 일부 남부 영역에 군사를 보냈다는 정보를 얻었다.

그 자세한 목적이나 규모는 아직 알 수 없지만 블라이히뢰더 변경백작은 급거 제후군 징집을 시작했다고 한다.

"개발의 발목을 잡다니, 곤란한 분들이군요……."

블라이히뢰더 변경백작은 블루아 변경백작가에 대해 불같이 화가 난 모양이다.

"완전히 연동한 작전이었나……."

"하지만 어째서 후방 교란을?!"

"그 분쟁에 벤델린 님이 참가할 것을 두려워한 게 아닐까요?"

루이제의 의문에 엘리제가 대답한다.

후방이 어수선하면 개발 문제도 있기 때문에 내가 분쟁에 뛰어들 걱정이 없다는 의미다.

"성가시게……애당초 그럴 여유가 없다구."

몸이 두 개인 것도 아니고 영지 개발과 분쟁 참가 둘 다 할 생각은 추호도 없다.

"일단 그쪽은 괜찮아."

반란에 실패한 포로는 바우마이스터 기사작령에서 감당하기가 버거우므로 우리가 인수하게 됐다.

블루아가의 책임을 추궁할 때 그들이 결정적인 증거가 되는 셈이다.

문제는 클라우스에 대한 포상이다.

헤르만 형 입장에서는 자신의 통제를 벗어난 터무니없는 가신이라는 평가를 내리겠지만 결과적으로는 반란을 막았다.

내 입장에서는 종자의 영지에서 일어날 뻔한 반란을 막는 데 큰 활약을 한 인물이므로 클라우스에게 상을 주지 않을 수 없다.

"(클라우스 녀석…….)"

나도 모르게 입밖으로 내뱉을 뻔 했지만 어쩐지 화가 울컥 치민다. 클라우스는 이런 흐름을 거의 읽고 있었으리라.

"반란을 일으키려던 자들은 클라우스에게 속은 걸 어떻게 생각할까?"

"무척 불쌍한 소생들이지만 저는 배신하고 반란에 가담할 수가 없습니다. 어쨌든 우리는 바우마이스터가를 섬기는 자니까요."

클라우스가 말하는 바우마이스터가는 헤르만 형의 기사작령일까, 아니면 우리 백작가일까 판단하기가 쉽지 않다.

"저는 아르투르 님과 마찬가지로 앞으로 살날이 얼마 남은 몸. 젊은이들의 희생을 줄이기 위해 은밀히 움직이기로 했습니다. 만약 잘못되면 저 하나면 처벌받으면 된다고 생각했죠. 하지만 저를 도운 발터와 다른 사람들에 대한 처벌은 너그럽게 용서해 주십시오."

"".............""

나도 헤르만 형도 말문이 막혔다.

왜냐하면 클라우스가 은밀히 반란을 저지하기 위해 발터 일행과 움직였기 때문도 아니고 하물며 책임은 전부 자신에게 있으니까 처벌하려면 늙은 자신만 처벌해 달라고 했기 때문도 아니다.

우리가 처벌할 수 없다는 것을 뻔히 알면서 거창한 연극을 하고 있다는 점 때문이다.

"(벨, 어떻게 하지?)"

헤르만 형이 난감해 하는 것도 당연하다.

그의 입장에서는 본인을 제쳐두고 내가 반란의 처분을 부탁한 클라우스에게 벌을 내리지 않을 수 없다.

하지만 여기서 클라우스를 처벌한다면 공을 세운 자에게 벌을 주는 셈이므로 영주민이나 가신들이 크게 동요할 것이다.

새롭게 이주해온 자들 입장에서는 클라우스는 세심하게 여러 가지를 가르쳐 주는 좋은 사람이니까.

"(어쩔 수 없군…….)"

이 선택만은 하고 싶지 않았지만 나는 마침내 결단을 내렸다.

"클라우스, 역시 영주인 바우마이스터경에게 보고하지 않은 점은 용서할 수 없군. 바우마이스터 기사작령을 떠나도록."

……틀렸다.

헤르만 형으로는 클라우스를 감당할 수 없기 때문에 그의 손녀딸인 아그네스의 남편 노르베르트와 콜로나의 남편인 라이나를 바우마이스터 기사작령에 남겨 두 사람을 명주로서 클라우스의 뒤를 잇게 했다.

이복 여동생의 남편들이라면 헤르만 형도 부담을 갖지 않으리라.

가장 큰 문제 인물은 클라우스이므로 그가 사라지면 되는 것이다.

"발터와 칼은 바우마이스터 백작령으로 오도록. 새로운 마을의 명주로 임명한다."

클라우스는 바우마이스터 기사작령에서 추방되는 벌을 받았지만 대신 손자와 손녀사위들에게 각각 마을의 명주를 맡긴다.

클라우스는 애당초 본 마을 한 곳의 명주였다.

그런데 네 배가 됐으니까 이것이 곧 상인 셈이다.

"과분한 상에 뭐라 감사를 드려야할지 모르겠습니다."

어차피 인원도 부족했고 로델리히에게 감시를 맡기면 되겠지.

나는 클라우스의 야망의 종착점이 여기쯤이라고 믿고 싶다.

하지만 동시에 그 생각을 클라우스에게 읽힌 것 같아서 왠지 찜찜한 기분이 들었다.

다음 날 바우마이스터 백작령에서 한 척의 소형 마도비행선이 도착했고, 그곳에는 빌마의 친오빠인 모리츠가 이끄는 오십 명 가량의 병사가 타고 있었다.

"반란 진압에서 활약할 수 있을 줄 알았는데……."

"오빠, 벨 님 일행이 이미 전부 쓰러뜨렸다."

"아쉽군…… 나리, 포로를 데려가겠습니다."

반란 진압에 참여하지 못해서 아쉬운 듯한 모리츠는 그래도 성실하게 우리가 붙잡은 포로를 연행해 간다.

끌려가는 도중 클라우스의 모습을 본 그들은 원망의 목소리를 높였다.

"이 자식! 우리는 너를 믿고 모든 사실을 털어놨는데!"

"남의 약점을 찌르다니!"

상대는 노련한 클라우스다. 필시 친절히 얘기를 들어주며 마치 함께 반란에 동참할 것처럼 행동했으리라.

속는 쪽이 잘못이겠지만 나는 동시에 속은 그들에게도 동정심을 느낀다.

같은 클라우스의 피해자라는 인식이 있기 때문이다.

"인생이란 참 많은 일들이 일어나죠. 저도 그랬습니다. 게다가 당신들은 운이 트인 건지도 몰라요."

"그걸 말이라고 지껄이냐!"

"지옥에나 떨어져!"

그렇게 절규하며 모리츠 일행에게 잡혀 가는 포로들에게 나는 마음속으로 손을 모았다.

"클라우스, 기왕에 이렇게 됐으니 뽕을 뽑아야겠지. 인원이 모자라 정신없이 바쁘거든. 급여는 줄 테니까 거동을 못할 때까지 일이나 해줘."

"저 같은 자가 할 수 있는 일은 많지 않겠지만 죽기 전의 마지막 봉사라 여기고 열심히 애쓰겠습니다."

그렇게 해서 클라우스를 임시직 가신으로 삼았다.

물론 일은 열심히 하겠지만, 클라우스가 구상한대로 일이 흘러간 탓에 나는 까닭모를 패배감에 시달려야 했다.

막간2 어느 부녀의 대화

"카를라, 내가 미우냐?"

"…………."

저는 침대에 누워 당장이라도 숨이 끊어질 듯한 노인을 보며 아무 말도 하지 않고 계속 시중을 듭니다.

왜냐하면 이 노인은 제 부친이자 헬무트 왕국에 단 세 명뿐인 변경백작이므로 거역했다가는 엄마나 그 친가에 폐가 될 것이기 때문입니다.

아버지는 아니, 이 노인은 죽음을 앞두고 아직도 후계자를 정하지 않았습니다.

한 지방을 통괄하는 소국의 왕이나 다름없는 변경백작가와 그 광활한 영지, 그것을 둘러싸고 두 명의 형제가 계속 다툼을 벌이고 있습니다.

두 사람은 매일 같이 이 노인의 베개 맡에서 자신이 차기 당주로 적합하다며 어필을 하지만, 노인은 아직도 답을 내놓지 않습니다.

노인에게는 이것 말고 다른 고민도 있기 때문이겠죠.

과거에 분쟁으로 많은 희생자까지 낸 험악한 사이인 블라이히 뢰더 변경백작, 그의 위세가 한껏 높아진 반면 이 노인이 당주를 맡고 있는 블루아가는 반대로 몰락이 시작되고 있다.

후계자 다툼이나 벌이고 있을 때가 아닌데도 그 사실조차 잘 모르는 두 아들.

아니, 그렇기 때문에 뛰어난 당주 밑에서 상황을 개선하고 싶으며, 자신만이 그 일을 해낼 수 있다고 서로 믿고 있을 겁니다.

"너는 내가 생각한 것 이상으로 총명하구나."

"15년이 넘도록 엄마와 함께 방치했다가 아직 만난 지 1년도 채되지 않았는데 그걸 아시는 건가요? 역시 블루아 변경백작님이시군요."

"그 말투만 봐도 알지. 네가 사내였다면 좋았을 텐데."

노인은 내 무례한 말투를 신경도 쓰지 않았습니다.

차라리 벌이라도 주며 이 저택에서 쫓아내 준다면 기쁠 텐데 말이죠.

"후계자 다툼이 어떻게 발전해야 출병을 하게 되는지 모르겠지만, 내게는 이제 막을 방법이 없구나. 내일 당장이라도 눈을 감을지 모르는데."

"내부 분쟁을 수습하기 위해 밖으로 시선을 돌리는 것은 흔히 있는 일이라고 생각합니다. 협상을 통해 미개척지의 이권을 빼앗는다면 그 공을 내세워 자신을 후계자라고 어필할 수 있다……. 이 또한 흔히 있는 일입니다."

"그런데 그 녀석들은 군을 가신에게 맡기고 있다. 명색이 귀족이 되겠다는 자가 스스로 군의 선두에 서기를 마다하다니……."

"오라버니들에게는 뭔가 생각이 있는 게 아닐까요?"

사실은 만에 하나라도 이 노인이 급사했을 때 곁에 없다면 라이벌이 먼저 후계자를 자처하고 나설까 두렵기 때문이겠죠.

노인은 내 의견을 듣고 '훗' 하고 웃었습니다.

내가 진심으로 그렇게 생각하는 것이 아님을 눈치 챘겠죠.

"블루아가의 몰락 위기인가……. 카를라, 나는 마지막까지 네가 생각하는 형편없는 최악의 악덕 귀족으로서 행동할 거다."

"그게 무슨 말씀인가요?"

이 노인은 또 다시 나를 자기 편할 대로 이용하려 하는 것 같네요.

"블라이히뢰더 변경백작가의 세력 신장의 요인인 바우마이스터백작령의 개발 이권, 이것을 어떻게 해서든 손에 넣을 것이다."

그 같은 일은 현실적으로 불가능하다고 생각하는데요.

무엇보다 당신은 침대에서 일어날 수도 없을 만큼 위독한데.

"네가 있지."

"저 말인가요?"

"한동안……아니, 영원히 바우마이스터 백작의 곁에 머물거라. 네가 바우마이스터 백작의 마음에 들면 되는 거야. 좋은 신랑감 아니냐."

……정말로 제 아버지지만 형편없는 인간이군요.

하지만 이곳에서 계속 이 노인의 시중을 드는 것보다는 낫겠죠.

바우마이스터 백작님에게 흥미가 없다고 한다면 거짓말일 거예요.

어차피 저는 이 노인의 명령을 거역할 수 없으니까요.

그래서 저는 아주 긴 외출 준비를 시작한 것입니다.

카타리나 린다 폰 바이겔

눈동자는 다른 히로인들보다
속눈썹이 길고 짙은 편.

빨간 매니큐어를
발랐습니다.

쿠스모토 히로키 원작 : Y.A

하지만!

저는 메인 여주인공의 요소를 가장 많이 갖추고 있어요.

우물 우물

첫째,

마법 실력이 뛰어나며,

벤델린 님은 남자 아닌 가요?

벨이 더 대단하잖아.

팟

오히려 가문은 엘리제쪽이 더 위인데.

엘리제도 귀족이야.

둘째,

이 이야기는 귀족 사회의 이야기이기도 해요.

우물 우물

윽.

매일
시간을
들이는
구나.

그리고
무엇보다

저의 이
귀족에 걸맞은
헤어스타일!

매일 정성껏
손질을 하고
있답니다.

엘리제도
그렇지만,

카타리나 같은
헤어스타일이
아닌 귀족
여성도 많지.

귀족이므로
어느 정도의
길이로
머리카락을
예쁘게
유지하는 게
중요하겠죠.

모두가
카타리나 씨
같은 헤어
스타일을
하지 않는
거예요.

헤어
스타일은
가풍이나
개인의
자유니까,

으으.

누, 눈부셔

여주인공 아우라

그렇게 해두면 나중에 어떻게든 되니까….

하지만 나는,

그 헤어스타일이 카타리나에게 잘 어울리는 것 같아.

오호호호호호

추신, 만화판도 많이 봐주세요!

다,

당연하죠!

HACHINAN TTE SORE WA NAIDESHOU! 6
©Y.A 2015
First published in Japan in 2015 by KADOKAWA CORPORATION, Tokyo.
Korean translation rights arranged with KADOKAWA CORPORATION, Tokyo.

팔남이라니, 그건 아니지! 6

2018년 6월 24일 1판 1쇄 인쇄
2018년 7월 1일 1판 1쇄 발행

저   자 Y.A
일 러 스 트 후지 초코
옮 긴 이 강동욱
발 행 인 유재옥
본 부 장 조병권
담당편집자 정영길
편   집 권오범, 김다솜, 김민지, 김혜주, 이문영, 정영길, 조찬희
라이츠담당 박선희, 오유진
디 지 털 최민성, 박지혜
미   술 강혜린, 박은정
발 행 처 ㈜소미미디어
인쇄제작처 코리아피엔피
등   록 제2015-000008호
주   소 서울시 마포구 토정로 222, 403호 (신수동, 한국출판콘텐츠센터)
판   매 ㈜소미미디어
마 케 팅 한민지 김선형
전   화 편집부 (070)4164-3962, 3963 기획실 (02)567-3388
          판매 및 마케팅 (02)567-3388, Fax (02)322-7665

ISBN 979-11-6190-572-3 04830
ISBN 979-11-5710-465-9 (세트)